Gitte Hænning (Hrsg.)

Die schönsten Weihnachts-
geschichten aus Skandinavien

W0054577

Ullstein

Besuchen Sie uns im Internet:
www.ullstein-taschenbuch.de

Umwelthinweis:
Dieses Buch wurde auf chlor- und säurefreiem Papier gedruckt.

Ungekürzte Ausgabe im Ullstein Taschenbuch
1. Auflage November 2008
2. Auflage 2008
© Ullstein Buchverlage GmbH, Berlin 2007/List Verlag
Umschlaggestaltung: HildenDesign, München
(unter Verwendung einer Vorlage von Sabine Wimmer, Berlin)
Titelabbildung: © Carl Larsson/Nationalmuseum
med Prins Eugens Waldemarsudde
Satz: LVD GmbH, Berlin
Gesetzt aus der Bembo
Druck und Bindearbeiten: CPI – Ebner & Spiegel, Ulm
Printed in Germany
ISBN 978-3-548-26973-3

Inhalt

GITTE HÆNNING

Erinnerungen an Weihnachten   9

HANS CHRISTIAN ANDERSEN

»Tölpel-Hans«   17

JOHAN LUDVIG RUNEBERG

»Ein Weihnachtsabend im Lotsenhäuschen«   22

AUGUST BLANCHE

»Der Ball des Seifenhändlers«   31

PETER CHRISTEN ASBJØRNSEN / JØRGEN MOE

»Ein altmodischer Heiligabend«   37

AUGUST STRINDBERG

»Der Weihnachtsabend der Kammerfrau«   50

HENRIK WRANÉR

»Eine Weihnachtspredigt im Angebot«   64

HERMAN BANG

»Weihnachten. Das Fest der Erinnerungen«   71

ASTRID LINDGREN
»Polly patent«   78

OLE STRANDGAARD
»Der Wichtel – ein Weihnachtsmysterium«   86

TINE BRYLD
»Friedliche Weihnacht«   95

K. ARNE BLOM
»Engel im Schnee«   103

ÅKE EDWARDSON
»Astrid und Isaak«   124

KJELL ERIKSSON
»Weihnachtsüberraschung«   142

HANNE-VIBEKE HOLST
»Das erste Weihnachten«   161

MARTIN HALL
»Neun Zigaretten«   167

MARK ØRSTEN
»Die Weihnachtsshow«   174

FREDRIK BROUNÉUS
»Der blöde Pullover«   183

HANS CHRISTIAN ANDERSEN
»Die Schneekönigin«   196

Quellennachweis   235

GITTE HÆNNING

Erinnerungen an Weihnachten

Ach, ich liebe Weihnachten! Ich liebe die Gerüche, die mir schon in der Phantasie entgegenströmen, wie Nelke, Zimt und Kardamom. Früher haben wir Weihnachten immer bei der Familie meines Vaters in Kopenhagen gefeiert, es kamen sehr viele Menschen, und bei ihnen war niemals zu wenig Mayonnaise in der Vorspeise, Soße im Hauptmenü oder Zucker im Dessert. Die Johansson-Familie war laut, ob wir nun gesungen oder gelacht haben. Jedenfalls wurde gefeiert, fröhlich gefeiert.

Mein Vetter Kim hatte eine Eisenbahn, oben im ersten Stock in seinem Kinderzimmer, auf die ich immer neugierig war. Ich fand, er sah aus wie Tony Curtis. Und ich glaube, ich war ein bisschen in ihn verliebt. Später zog die jährliche Familienfeier nach Odense – in die Geburtsstadt von Hans Christian Andersen –, meine Schwester, inzwischen Mutter von zwei erwachsenen Söhnen, übernahm die Rolle der Matriarchin, die dieses große Fest ausrichtete. Denn festzuhalten ist doch, dass uns Jesus von der Heiligen Mutter geschenkt wurde. Also war Maria schön! Dieses Fest gehört den Müttern!

Meine Schwester Jette und ich sind nicht religiös erzogen worden, aber wir haben uns durchaus unseren Kinderglauben bewahrt. Jette wohnte oft bei unseren Großeltern Kresten und Marie in Aarhus, sie waren sehr religiös. Sie hatten eine Bibel und ein Psalmbuch, und es war nicht ungewöhnlich, Jette dort mit dem Psalmbuch in der Hand herumstolzieren zu sehen, die Leute abfragend, ob sie nun den einen oder anderen Psalm kannten, Jette kannte viele! Beide Familien, Johansson und Andreasen, hatten ansonsten mit dem Christlichen, geschweige denn mit dem Kirchlichen, nichts zu tun. Aber wir reden ja vorläufig noch über Sinnesbilder. Auch bei Jette wurde auf den Braten nicht verzichtet, zu Weihnachten wird ja vor allem an die Älteren und die Kinder gedacht. Die Kinder freuen sich über den Christbaum, das Essen und die Geschenke, die Alten freuen sich, dass die Kinder sich über den Christbaum, das Essen und die Geschenke freuen. Es gab eine leichte Vorspeise, dann Ente oder Schweinsbraten mit Rotkohl und natürlich die berühmten dänischen »braunen Kartoffeln«, also karamellisierte Kartoffeln, die mochte ich am liebsten, und zum Schluss dann immer Ris Alamande. In dem Milchreis mussten viele grob gehackte Mandeln und natürlich (!) eine ganze sein. Und derjenige, der die ganze Mandel fand, hatte gewonnen! Er bekam ein Extrageschenk.

Auf all das war nicht zu verzichten in der Familientradition. Ich glaube, ich habe meine Familie ziemlich geärgert, weil ich zum Essen nicht fertig wurde: Ich war in ganz andere Welten versunken. Das besondere Geschenkpapier war so wichtig und die Bänder. Manchmal taten es auch Zeitungspapier und eine grobe Schnur, das fand ich genauso schick. Die kleinen persönlichen Briefe zu den Geschenken aber waren das Allerwichtigste. Kein Wunder, dass ich nie fertig wurde.

Meine Schwester hatte in kleinen Bänden Weihnachtslieder zusammengestellt, und das letzte Lied war entweder eine Polka oder ein schwedischer Walzer – und wir tanzten um den Christbaum und sangen es dazu. Wir hatten eine große Affinität zu den festlichen schwedischen Volksweisen.

Ich war schon immer neugierig darauf, die Weihnachtstraditionen anderer Länder zu erleben. Zum Beispiel stellte ich fest, dass man zu Weihnachten in Hamburg und Berlin traditionell zur Gänsekeule neben Rotkraut auch Grünkohl serviert bekommt. Wie schön, das Bittere und das Süße miteinander zu kombinieren! Ich versuchte dies in unsere Familientradition einzubringen, ohne Erfolg. Auch alle weiteren exotischen Vorschläge wurden abgelehnt. Allerdings hatte ich später ein bisschen mehr Glück mit Rotkohlsalat, Äpfeln und Walnüssen.

Mein Personal Trainer kommt aus Ghana. Er erzählte mir, dass er als Kind jedes Mal lachen musste, wenn seine deutsche Mutter dort versuchte, traditionelle deutsche Weihnachten mit ernsten Kirchenliedern zu veranstalten, während draußen eine große Party im Gange war und Feuerwerk knallte.

Erst später wagte ich, die Familienhäuptlinge zu bitten, eine der so gut bewahrten Traditionen zu brechen: Ich wollte zumindest jedes zweite Weihnachten alleine in Kopenhagen verbringen. Ich hatte Sehnsucht nach Frieden und Ausgeglichenheit und nach Märchen. Mir stand dort die Wohnung meiner Mutter zur Verfügung. Sie lag in einer wunderbaren Gegend, auf der einen Seite die Universität und auf der anderen ein Rosengarten. Meine Mutter Erna wusste mit Rosen sehr gut umzugehen.

Durch die Straßen zu schlendern war einfach schön. Ich war glücklich, wieder in Kopenhagen zu sein, und konnte sogar das Meer riechen. Irgendwann einmal hat mir ein kluger Mann erzählt, dass der Staat Alaska und die Städte Kopenhagen und Stockholm die Orte sind, an denen ich am besten transzendieren könne, also ließ ich mich von der Stimmung und den Schwingungen der Menschen um mich herum fast tragen.

Aber es gab dort auch andere Gerüche. Die Zeitungen berichteten darüber, wer den besten Glühwein in der Stadt hatte, und die Restaurants und Bars konkurrierten mit ihren ganz eigenen Rezepten. Ich fand den besten in Hviid's Vinstue. Man konnte über so einen Glühwein mit wildfremden Menschen ins Gespräch kommen, die entweder über das viel zu kommerzielle Weihnachten schimpften, ihren Job oder ihre Ehefrau. Und so zogen sie dem süßen Glühwein das dänische Bier vor und gingen dann später schwer beladen nach Hause, um das große Abendmahl herzurichten. Und ich trug meine neuen Eindrücke, meine Träume und meine Schätze ins Grand Hotel D'Angleterre, ließ mich angenehm müde aufs Sofa vor dem Kamin in der Lobby fallen, nahm dankbar das Glas Armagnac von dem höflichen Kellner entgegen. Das Feuer brannte, meine Wangen glühten, irgendwie fühlte ich mich zu Hause, hatte meinen eigenen Rhythmus gefunden, konnte ausatmen und genießen.

Meine Einkaufstüten schrien danach, verzehrt zu werden. Ich ging nach Hause. Im Radio und in dem kleinen Fernseher wurden längst die Weihnachtsmessen übertragen. Ich saß da – in der einen Hand eine Tüte Nordseekrabben, in der anderen einen (selbstverständlich!) guten Weißwein – ich war selig.

Manchmal ahnten Freunde, dass ich in der Stadt war. Eine gute Freundin klingelte und fragte: »Kommst du runter, mit mir spielen?« Sie hatte einen unschlagbaren Humor. Aber ich wollte eine Kirche. Die katholische Kirche wurde gerade renoviert, die große evangelische Marmorkirche aber war für die Menschen offen. Wir setzten uns auf eine der Bänke, hörten dem Pastor zu und sangen einige Psalmen. Ich wurde unruhig und musste mich bewegen, bald befand ich mich auf der Empore und schaute auf die Menge hinunter. Ich fand es rührend zu erleben, wie die Menschen, auf eine Botschaft hoffend, gebannt an den Lippen des Pastors hingen.

Auf etwas, das sie mit nach Hause nehmen konnten. Meine Freundin zwinkerte mir schelmisch zu. Es war nicht die beste Predigt, die wir je von einem Pastor gehört hatten, und auch nicht die schönste Kirche! Schon beim Anschauen wirkte der Marmor kalt – aber ich war in einer Kirche, einem Gotteshaus für die Menschen, und mit den Menschen.

Ein andermal fragte ich Frieder, ob er Lust habe, mit mir nach Kopenhagen zu fliegen, um für mich den Weihnachtsmann zu spielen. Er sagte ja, und wir zogen die bekannte Prozedur durch (Sie wissen, die mit den Nordseekrabben). Wir lauschten gerade Gustav Mahler, als ein Freund anrief und uns zu sich einlud. Er bereitete für uns Flugente in Orangensoße zu und hörte dabei »Round About Midnight« mit Dexter Gordon. Später aßen wir Stilton-Käse und tranken Portwein zu Glenn Gould und Sviatoslav Richter. Er mochte Rossini auch als Dirigent, ich zog Furtwängler vor.

Es war ein schöner Abend, und ich komme nicht drum herum – ich liebe Weihnachten noch immer.

★

Drei Autoren dieser Anthologie, zu denen ich eine besondere Beziehung habe, möchte ich gerne hervorheben.

Hanne-Vibeke Holst, eine junge dänische Romanautorin, bekannt unter anderem durch »Die Kronprinzessin«. Sie schreibt so, als hätte ich selbst das alles gerade erlebt und auch gleich aufgeschrieben, anregend, aufregend modern und jung.

August Strindberg verfügt über alles, was ein Dichter und Dramatiker braucht, Zynismus, Schärfe und Esprit. Dazu gibt es folgende kleine Geschichte zu erzählen: August Strindberg sitzt mit seinem Freund, dem Maler Edward Munch, zusammen, an einem Abend, an dem Liebe und Freude hätten Platz haben sollen, nämlich zu Weihnachten. In einer dunklen Stimmung. Sie trinken beide, um all das Schreckliche in der Welt zu vergessen. Nach vielen Gläsern und langem Schweigen sagt Munch: »Ich hasse das Leben. Ich hasse die Welt. Ich hasse alle. Ich hasse alle – nur nicht mich selbst!« Strindberg beugt sich vor und sagt: »Du bist ein sehr glücklicher Mann – ich hasse auch mich selbst!«

Diese beiden Schwarzseher haben uns vieles gegeben und sich in unsere Geschichte eingeschrieben – wie auch Hans Christian Andersen mit seinen wunderbaren Märchen. Ich habe für Sie nicht, wie sonst zu Weihnachten üblich, »Das Mädchen mit den Schwefelhölzern« ausgewählt, sondern »Tölpel-Hans« und »Die Schneekönigin«.

»Tölpel-Hans« deswegen, weil es als Kind meine Lieblingsgeschichte war. Sie ist erfrischend und wunderbar kurz, außerdem erinnert sie an Aschenputtel. Na ja – und wie sie gewinnt auch er.

»Die Schneekönigin«, weil dieses Märchen für mich ganz einfach das beste von Andersen ist, aber das habe ich erst begriffen, als ich erwachsen wurde. Der dänische Theologe und Autor Johannes Møllehave hat sich mit dieser außergewöhnlichen Geschichte ausgiebig beschäftigt. Ihr Ausgangspunkt ist, dass man die Welt und sich selbst so oder so sehen und daraus unterschiedliche Schlüsse ziehen kann. Das Gesehene ist von dem abhängig, der sieht, sagt man. Manche betrachten das Leben und finden es trist und hoffnungslos. Andere betrachten dasselbe Leben und finden es lebenswert. Aber wie kommt es, dass manche das Leben abscheulich und die Menschen hässlich und unausstehlich finden? Andersen erklärt es am Anfang des Märchens mit einem Mythos – und Mythen soll man ruhig vertrauen!

So, nun beginnen wir. Am Ende der Geschichte werden wir mehr wissen als jetzt, denn sie handelt von einem bösen Troll. Es war einer der allerschlimmsten, es war ›der Teufel‹. Eines Tages war er so recht guter Laune; denn er hatte einen Spiegel gemacht, der die Eigenschaft besaß, dass alles Gute und Schöne, das sich darin spiegelte, zu fast nichts zusammenschwand; aber was nichts taugte und sich schlecht ausnahm, das trat umso deutlicher hervor und wurde noch ärger. (…)

Alle, die in die Trollschule gingen, denn er hielt Trollschule, erzählten rundum, dass ein Wunder geschehen sei; jetzt könne man erst sehen, meinten sie, wie die Welt und die Menschen wirklich aussähen.

Sie liefen mit dem Spiegel umher, und zuletzt gab es kein Land und keinen Menschen, die nicht darin verzerrt worden wären. Nun wollten sie auch zum Himmel selbst hinauffliegen, um sich über die Engel und den Herrgott lustig zu machen. (…)

Höher und höher flogen sie, Gott und Engeln näher; da erzitterte der Spiegel so furchtbar in seinem Grinsen, dass er ihnen aus den Händen fuhr und zur Erde stürzte, wo er in hundert Millionen, Billionen und noch mehr Stücke zersprang, und gerade dadurch richtete er viel größeres Unheil an als zuvor. Denn einige Stücke waren knapp so groß wie ein Sandkorn, und diese flogen in der weiten Welt umher, und wo sie Leuten ins Auge gerieten, da blieben sie sitzen, und da sahen die Menschen alles verkehrt oder hatten nur Augen für das, was bei einer Sache verkehrt war; denn jedes kleine Spiegelkörnchen hatte die gleiche Kraft behalten, die der ganze Spiegel besaß. (…)

Der Böse lachte, dass ihm der Bauch platzte, und das kitzelte ihn so schön. Aber draußen flogen noch immer winzige Glassplitter in der Luft umher.

Und hier nimmt die Geschichte ihren Lauf. Es ist alles gar nicht so unreligiös, was hier passiert … Und gerade das finde ich gut in dieser – unserer Weihnachtszeit.

Ich wünsche Ihnen viel Spaß beim Lesen und vor allem

Fröhliche Weihnachten!

HANS CHRISTIAN ANDERSEN (1805–1875)

Tölpel-Hans

Draußen auf dem Land lag ein alter Hof, und dort wohnte ein alter Gutsherr, der zwei Söhne hatte, die so gewitzt waren, dass die Hälfte genügt hätte. Sie wollten um des Königs Tochter freien, und das durften sie, denn die Prinzessin hatte kundtun lassen, dass sie den zum Mann nehmen wolle, der am besten für sich reden könne.

Die beiden bereiteten sich nun acht Tage lang vor, mehr Zeit hatten sie nicht; aber es genügte auch, denn sie besaßen Vorkenntnisse, und die sind nützlich. Der eine konnte das lateinische Lexikon auswendig und drei Jahrgänge der Stadtzeitung, und das sowohl von vorn als von hinten. Der andere hatte sich mit allen Innungsgesetzen bekannt gemacht und wusste, was jeder Zunftmeister wissen muss. So konnte er mitreden über den Staat, meinte er, außerdem verstand er sich darauf, Hosenträger zu besticken, denn er war fein und hatte geschickte Finger.

»Ich bekomme die Königstochter!«, sagten sie alle beide, und dann gab ihr Vater einem jeden ein schönes Pferd; der, der das Lexikon und die Zeitung auswendig konnte, bekam ein kohlschwarzes, und der, der so zunftmeisterklug war und sticken konnte, bekam ein milchweißes. Und darauf schmierten sie sich die Mundwinkel mit Lebertran ein, damit sie geschmeidiger würden. Alles Gesinde war unten im Hof, um sie zu Pferde steigen zu sehen; in dem Augenblick kam der dritte Bruder, denn es waren drei; aber es gab niemand, der ihn als Bruder mitrechnete, denn er war nicht so gelehrt wie die zwei und ihn nannten sie nur Tölpel-Hans. »Wo wollt ihr hin, dass ihr im Staatszeug steckt?«, fragte er.

»Zu Hofe, um uns die Königstochter zu erschwatzen! Hast du nicht gehört, was im ganzen Land ausgetrommelt wird?« Und dann erzählten sie es ihm.

»Potztausend, da muss ich wohl mit!«, sagte Tölpel-Hans und die Brüder lachten ihn aus und ritten von dannen. »Vater, gib mir ein Pferd!«, rief Tölpel-Hans. »Ich bekomme solche Lust zu heiraten. Nimmt sie mich, so nimmt sie mich, und nimmt sie mich nicht, so nehme ich sie dennoch!«

»Das ist Geschwätz!«, sagte der Vater. »Dir gebe ich kein Pferd. Du kannst ja nicht reden! Nein, deine Brüder, das sind Staatskerle!«

»Soll ich kein Pferd bekommen«, sagte Tölpel-Hans, »dann nehme ich den Ziegenbock, der gehört mir, und der kann mich gut tragen!«

Und dann setzte er sich rittlings auf den Ziegenbock, drückte ihm seine Fersen in die Seiten und sauste davon über die Landstraße hin. Hui! Wie das ging!

»Hier komme ich!«, sagte Tölpel-Hans, und dann sang er, dass es nur so schallte.

Aber die Brüder ritten ganz still voraus; sie sprachen kein Wort, sie mussten über alle die guten Einfälle nachdenken, mit denen sie kommen wollten, denn das sollte fein ausgeklügelt sein.

»Hallo!«, rief Tölpel-Hans. »Hier komme ich, seht, was ich auf der Landstraße fand!« Und dann zeigte er ihnen eine tote Krähe, die er gefunden hatte.

»Tölpel!«, sagten sie. »Was willst du mit der?«

»Die will ich der Königstochter schenken!«

»Ja, tu das nur«, sagten sie, lachten und ritten weiter.

»Hallo! Hier komme ich, seht, was ich jetzt gefunden habe, das findet man nicht jeden Tag auf der Landstraße!«

Und die Brüder wandten sich wieder um, denn sie wollten sehen, was es war. »Tölpel!«, sagten sie. »Das ist ja ein alter Holzschuh, von dem das Oberteil abgegangen ist! Soll die Königstochter den auch haben?«

»Das soll sie«, sagte Tölpel-Hans, und die Brüder lachten, und sie ritten und kamen weit voraus.

»Hallo! Hier bin ich!«, rief Tölpel-Hans. »Nein, nun wird es ärger und ärger! Hallo! Es ist unvergleichlich!«

»Was hast du jetzt gefunden?«, fragten die Brüder.

»Oh«, sagte Tölpel-Hans, »das ist gar nicht zu sagen! Wie sie sich freuen wird, die Königstochter!«

»Uh!«, sagten die Brüder. »Das ist ja Schlamm, der direkt aus dem Graben geworfen wurde!«

»Ja, das ist es«, sagte Tölpel-Hans. »Und zwar von der feinsten Sorte, man kann ihn nicht festhalten.« Und dann füllte er seine Tasche.

Aber die Brüder ritten, was das Zeug hielt, und so kamen sie eine ganze Stunde voraus und hielten am Stadttor. Dort bekamen die Freier Nummern, wenn sie eintrafen, und wurden in Reihen geordnet, sechs in jedem Glied und so dicht zusammengedrängt, dass sie die Arme nicht rühren konnten, und das war nun ganz gut so, denn sonst hätten sie einander die Rücken aufgeschlitzt, nur weil der eine vor dem andern stand.

Alle übrigen Einwohner des Landes standen rings um das Schloss bis zu den Fenstern hinauf, um die Königstochter die Freier empfangen zu sehen, und sobald einer von ihnen in die Stube hineinkam, versagte seine Redegabe jämmerlich.

»Taugt nichts!«, sagte die Königstochter. »Weg!«

Nun kam derjenige von den Brüdern, der das Lexikon auswendig konnte; aber das hatte er ganz vergessen, während er in der Reihe stand. Und der Boden knarrte, und die Decke war aus Spiegelglas, so dass er sich selbst auf dem Kopf stehen sah, und an jedem Fenster standen drei Schreiber und ein Zunftmeister, die alles aufschrieben, was gesagt wurde, damit es gleich in die Zeitung kommen und für zwei Schillinge an der Ecke verkauft werden konnte. Es war fürchterlich, und dann hatten sie im Ofen derart eingeheizt, dass das Rohr ganz rot war.

»Das ist eine tüchtige Wärme hier drinnen«, sagte der Freier.

»Das ist, weil mein Vater heute junge Hähnchen brät!«, sagte die Königstochter.

Bäh! Da stand er! Die Rede hatte er nicht erwartet; nicht ein Wort wusste er zu sagen; denn etwas Lustiges hatte er sagen wollen. Bäh!

»Taugt nichts«, sagte die Königstochter. »Weg!« Und dann musste er fort. Jetzt kam der zweite Bruder.

»Hier ist eine entsetzliche Hitze«, sagte er.

»Ja, wir braten heute junge Hähnchen!«, sagte die Königstochter.

»Wie be – wie?«, sagte er und alle Schreiber schrieben: Wie be – wie?

»Taugt nichts!«, sagte die Königstochter. »Weg!«

Nun kam Tölpel-Hans, er ritt auf dem Ziegenbock gerade in die Stube herein. »Das ist ja eine Hitze!«, sagte er.

»Das ist, weil ich junge Hähnchen brate!«, sagte die Königstochter.

»Das ist ja ausgezeichnet!«, sagte Tölpel-Hans. »Dann kann ich wohl eine Krähe gebraten bekommen?«

»Das können Sie sehr gut!«, sagte die Königstochter. »Nur haben Sie etwas, um sie darin zu braten? Denn ich habe weder Topf noch Pfanne.«

»Gewiss!«, sagte Tölpel-Hans. »Hier ist ein Kochgeschirr mit Zinnrand!« Und dann zog er den alten Holzschuh hervor und legte die Krähe mitten hinein.

»Das ist ja eine ganze Mahlzeit!«, sagte die Königstochter. »Wo nehmen wir bloß die Tunke her?«

»Die habe ich in der Tasche!«, sagte Tölpel-Hans. »Ich habe so viel, dass ich davon wegschütten kann!« Und dann goss er etwas Schlamm aus der Tasche heraus.

»Das gefällt mir!«, sagte die Königstochter. »Du kannst doch antworten, und du kannst reden, und dich will ich zum Mann haben! Aber weißt du, dass jedes Wort, das wir sagen oder gesagt haben, aufgeschrieben wird und morgen in die Zeitung kommt? An jedem Fenster siehst du drei Schreiber und einen alten Zunftmeister stehen, und der Zunftmeister ist der Schlimmste, denn er kann nichts kapieren!« Und das sagte sie nur, um ihm Angst zu machen. Und alle Schreiber wieherten und spritzten einen Tintenklecks auf den Boden.

»Das ist sicher die Herrschaft!«, sagte Tölpel-Hans. »Da muss ich dem Zunftmeister das Beste geben!« Und dann kehrte er seine Taschen nach außen und warf ihm den Schlamm gerade ins Gesicht.

»Das war fein gemacht!«, sagte die Königstochter. »Das hätte ich nicht tun können; aber ich werde es schon lernen!«

Und so wurde Tölpel-Hans König, bekam eine Frau und eine Krone und saß auf dem Thron, und das haben wir direkt aus der Zeitung des Zunftmeisters – und auf die kann man sich nicht verlassen.

Aus dem Dänischen von Albrecht Leonhardt

JOHAN LUDVIG RUNEBERG (1804–1877)

Ein Weihnachtsabend
im Lotsenhäuschen

Eine gar zu eifrig betriebene Jagd in den Schären sowie der danach einsetzende Gegenwind und Sturm hinderten uns zu unserem großen Verdruss daran, rechtzeitig zum Weihnachtsabend wieder heim in die Stadt zu kommen, wie es unsere Absicht gewesen war.

Stattdessen wurden wir den ganzen Abend auf dem offenen Meer durchgeschüttelt. Dieser Zustand wäre gefährlich gewesen, hätten wir einen schlechteren Kahn als den unsrigen gehabt, und schlechterdings unerträglich, hätte sich nicht einer aus unserer Gesellschaft darauf verstanden, unsere Betrübnis durch seine Heiterkeit und seine Geschichten zu zerstreuen.

Dieser Mann war ein Ausländer und Kapitän eines Schiffes, das ihm selbst gehörte und mit dem er in unserem Hafen überwinterte. Ihm war es weit weniger wichtig als uns anderen, den Weihnachtsabend auf dem Festland zu feiern, denn er hatte keine Anverwandten, die ihn vermissten, während sie bei Milchreis und Torte beisammensaßen. Außerdem war er, im Gegensatz zu uns anderen, geradezu abgehärtet gegen Wind, Kälte und Wasser. Wenn er am Steuer seines eigenen Schiffes saß, kam es ihm kaum jemals in den Sinn, sich ängstlich zusammenzukauern, auch wenn die Wellen so hoch gingen, dass er mit jeder Woge Gefahr lief, den Mond zu streifen.

Indessen war und blieb unser Segeltörn keineswegs angenehm. Wir kreuzten und legten wohl zweidreiviertel Meilen zurück, ohne allzu viel gegen die heftig wogende See ausrichten zu können, die unermüdlich gegen uns arbeitete. Schließlich gaben wir die Hoffnung ganz auf, noch das Festland zu erreichen, und beschlossen, für diese Nacht auf der Lotseninsel anzulegen, einer steinigen, tannenbewachsenen Felsinsel mitten im Meer, um uns bei den Lotsen, die dort eine Hütte hatten, ein Dach über dem Kopf zu suchen. Wir sahen aus der Ferne den Feuerschein in den Fenstern, und der heitere Kapitän ließ seine Schaluppe mit dem Wind darauf zusteuern.

»Ohne prahlen zu wollen, meine Herren«, rief er aus, nachdem er einen ordentlichen Schluck kalten Punsch genommen hatte, »kann man sagen, dass wir es hier mit einem kräftigen Wind zu tun haben. Und so einer, wenn nicht sogar ein weit stärkerer, herrschte auch, als ich gerade mal vier, fünf Jahre alt war und obendrein allein auf weiter See. Ich habe noch nicht erwähnt, dass es mir umgekehrt geht wie den meisten anderen Menschenkindern: Ich weiß nämlich besser, wohin es mich in der Welt verschlägt, als woher ich komme.

Kurz und gut: Als ich ungefähr fünf Jahre alt war, und das muss, wie man mir gesagt hat, rund dreißig Jahre her sein, da befand ich mich eines Nachts draußen auf weiter See, genau wie jetzt, nur mit dem Unterschied, dass ich damals ganz hilflos und mir selbst überlassen war, und jetzt habe ich immerhin zwei ungereffte Segel da oben. Außerdem war ich damals ganz steif gefroren von der Kälte, während mir heute warm ist bis in den kleinen Zeh.

Ich entsinne mich kaum mehr der Umstände dieser meiner ersten Expedition, aber ich kann mich daran erinnern, dass ich auf einer Felsinsel inmitten der tobenden See allein zurückgelassen wurde und denen hinterherwollte, die mich derart verlassen hatten. Es war pechschwarz, wie jetzt, und als ich zu rudern versuchte, wurden mir die Ruder von der ersten Welle aus der Hand gerissen. Wie lange ich so umhertrieb, weiß ich nicht, sicher ist nur, dass ich zum Schluss bei guten Menschen landete.

Wie die Herren daraus ersehen können, weiß ich also kaum besser als Adam, ob ich Eltern gehabt habe oder nicht. Die, die mir erzählten, dass sie mich aufgefischt und wieder ins Leben zurückgeholt hatten, waren Gauner von Profession, oder vielleicht auch wohlhabende Bauern. Ich wuchs bei ihnen auf und beteiligte mich an ihrem Gewerbe, bis mir ein Bart zu sprießen begann. Da schloss ich mich dann einem von der Handelsmarine an und wurde ein ehrenwerter Mann.

So, jetzt die Bootshaken raus, und schön den Aufprall abfangen! – Ich glaube, der Teufel selbst zeigt mir den Weg durch diese Felsen.«

Die Schaluppe lag nun mit flatternden Segeln in einer Bucht, die von ins Wasser hineinragenden Klippen gebildet wurde. Jedermann streckte die steifen Glieder, gähnte und brüllte, um die Kälte aus dem Körper zu treiben. Der Kapitän und zwei Schiffsjungen blieben noch beim Schiff und verrichteten die letzten Handgriffe, während wir anderen in die warme Hütte wankten.

Dort wurde gerade so richtig Weihnachten gefeiert. Ein riesiges Feuer aus Kiefernscheiten prasselte auf der breiten Feuerstelle und erleuchtete das ganze Zimmer, in dem auf dem Tisch noch eine große verzweigte Wachskerze nebst mehreren schlichten Kerzen stand. An den Wänden hingen lauter Netze und anderes Fischereigerät, und in der Ecke der Hütte schimmerte das weiße Fell der Ziegen und Zicklein, die sich dort drängten.

Am Tisch in der Hütte saß eine sehr alte Frau und schien Lieder aus ihrem Gesangbuch zu singen, sowie ein Mann mittleren Alters mit seiner Frau und fünf Kindern, von denen vier ein grässliches Konzert auf Tonpfeifchen abhielten, begleitet vom fünften und ältesten, der sie mit einer gellenden Holztrompete begleitete.

Als wir eintraten, stand der Vater auf, stampfte kräftig mit dem Fuß auf den Boden, um die lärmenden Kinder zum Schweigen zu bringen, und nickte uns freundlich und ungezwungen zu.

Die alte Frau legte ihr Buch auf den Tisch, nahm die Brille ab und schaute uns sehr genau in die Augen.

»Woher seid Ihr, Ihr lieben Leute?«, fragte sie. »Habt Ihr denn an Weihnachten weder Haus noch Heim, oder liegt Euer Schiff mitsamt Eurem Hab und Gut vor Anker? Aber Ihr habt ja keinen Schuss abgegeben, dass wir Euch hätten lotsen können, das habt Ihr fürwahr nicht!«

Mit diesen Worten spuckte sie sich auf die runzligen Finger, drückte die Flamme einer Kerze aus, stand auf und leuchtete uns direkt ins Gesicht.

»Ha, ha«, fuhr sie fort, »das muss ja ein rechter Hase sein, dass man sich noch am Heiligabend die Mühe macht, ihn zu jagen. Dann wollen wir doch mal sehen, was man Euch zu essen anbieten könnte. Strömling haben wir hier, Gott sei Dank, und Anna soll versuchen, ob sie aus den Ziegen noch ein bisschen herausmelken kann. Milchreis wird mitten in der Nacht freilich keiner mehr kochen.«

Sowohl die alte Frau als auch die anderen wurden in dieser Hinsicht rasch zufriedengestellt. Wir legten unsere Pelze ab, wärmten uns auf und machten uns bei unseren Wirtsleuten mit einer Tasse Punsch beliebt, die wir ihnen mit Freuden anboten und die von jenen mit noch größerer Freude entgegengenommen wurde. Bald fühlten wir uns in der wohlig warmen Hütte wie zu Hause. Die Alte wollte gerade beginnen, uns ein Nachtlager zu richten, und drängte, rasch noch die Ziegen zu melken, als ein Zwischenfall ihre Tätigkeit unterbrach, der Folgen hatte, die wir nicht hatten voraussehen können.

Der Kapitän, der noch bei seiner Schaluppe zurückgeblieben war, hatte dort alles in Ordnung gebracht, die Segel richtig befestigt, das Schiff gut festgemacht und unsere Sachen zur Hütte geschickt, und war nun bereit, für die Nacht an Land zu gehen. Bevor er mit seiner Büchse in die Wärme kam, dachte er jedoch an das, was wir vergessen hatten, nämlich den Schuss abzugeben. Der Knall dieses Schusses lenkte die Alte sichtlich von ihrer Arbeit ab.

Sie hörte das Donnern und warf achtlos ein Kopfkissen mit Eiderdaunen beiseite, das sie gerade in der Hand hielt.

»Habt Ihr das gehört?«, fragte sie mit bebender Stimme. »Habt Ihr nicht den Schuss gehört? Möge Gott sich erbarmen über die Juno, die nicht in Norwegen überwintern konnte, sondern um diese Jahreszeit durch unsere Untiefen fahren wollte. Fahr mit dem Boot hinaus, mein Junge, und halte dich schön nordwestlich, damit du mit dem Wind segeln kannst. Wir passen schon auf die Kinder auf, mach dir keine Sorgen. Los, los, beeil dich!«

Den jüngeren Ohren fiel es nicht schwer, ihren Irrtum sofort zu bemerken. Der sogenannte Junge, ihr vierzigjähriger Sohn, unterbrach lächelnd ihre Erinnerungen und sagte halb verlegen, halb mitleidig:

»In Euren Ohren spukt es wieder, liebe Mutter. Ihr werdet noch Schüsse hören, wenn die Fliegen über das Grab laufen, in dem Ihr dereinst ruht. Aber wenn ich recht gehört habe, war das eine Flinte, die einer der Herren am Strand betätigt hat, und kein Donnerschlag aus Junos Sechspfundkanone.«

»Ho, ho«, sagte die Alte, »immer wollen die Jungen schlauer sein, aber ich bin nicht verrückt, und ich bin auch nicht Kind verrückter Eltern. Gott steh mir bei, aber der Weihnachtsabend, der für andere ein Freudenfest ist, ist für mich ein Abend der Trauer. Ich kann nichts dafür, was hätte ich arme Frau schon tun können? Aber setzt Euch doch ans Feuer, liebe Gäste, dann will ich Euch erzählen, was eine schwache Frau tat und welchen Lohn sie dafür erhielt.«

Wir kamen dem Wunsch der Alten nach, während uns unsere Besatzung gemeinsam mit der jungen Gastgeberin das Abendbrot auftrug und das Essen wärmte, das wir mitgebracht hatten. Die alte Frau aber begann zu erzählen:

»Es ist nun schon lange her – wenn ich Eure Gesichter so sehe, ist es wohl länger her, als sich viele von Euch, liebe Freunde, zurückerinnern können –, da war ich eines Heiligen Abends, gleich diesem, alleine hier in der Hütte. Ich mag mit Fug und Recht sagen, dass ich allein war, denn meine zwei Kinder, die um mich herumsprangen, brauchten ja selbst noch mehr Hilfe, als sie mir hätten geben können. Das Meer war stürmisch, so wie heute, und obwohl man jetzt auch schon meint, dass es recht durch die Dachluke heult, ist dies doch nur ein Lufthauch, verglichen mit dem Sturm, der damals tobte. Wir erwarteten kein Schiff, und mein Mann und seine Kameraden waren in die Stadt gefahren, um am Weihnachtsmorgen in die Kirche zu gehen und es am Abend vielleicht ein wenig vergnüglicher zu haben, als es hier möglich gewesen wäre. Aber damals hatte ich noch rötere Bäckchen, und ein Herz schlug in meiner Brust, wie es eine Frau nur haben kann.

Ich saß also hier und las in meinem Gesangbuch, wie ich es auch tat, als ihr hierherkamt. Die Kinder hatten gerade ihr Abendbrot bekommen und vergnügten sich mit den kleinen Spielsachen, die sie zu Weihnachten erhalten hatten. Der Ältere, der damals zehn war und heute alt und weise ist, segelte mit einem aus Baumrinde gefertigten Schiff über den

Hüttenboden, während der Jüngere seine Freude an dem Brett hatte, auf dem wir sonst den Fisch zerteilten und ausnahmen, und an einem Band aus Glasperlen mit einem goldenen Herzen als Anhänger, das mir mein Mann geschenkt hatte und das ich dem Jungen für diesen Abend um den Hals gehängt hatte.

So saßen wir hier, als ich plötzlich einen Schuss vom Meer her hörte. Gott möge mir vergeben, wenn ich unrecht gehandelt habe, das war nicht meine Absicht. Ich nahm den Älteren mit hinaus, damit er mir mit der Fockschot half, machte ein Boot los und segelte hinaus. Der Jüngere lief uns an den Strand nach. Ich befahl ihm, zurück in die Stube zu gehen, aber er blieb stehen und rief mir weinend hinterher, während der Sturm und die wogende See seine Schreie bald übertönten.

Als ich zu den Untiefen kam, sah ich das Licht eines Lastschiffes, das seinen Nordkurs beibehielt und in der Dunkelheit auf die Brandung zusteuerte, als wäre es noch nie zuvor in unserem Hafen gewesen. Ich kam gerade noch rechtzeitig, dass sie das Ruder zur Leeseite herumreißen konnten, und das Schiff hob sich wie ein Lachs aus dem gischtenden Wasser und fuhr seitlich an der Sandbank vorbei, und so wurde mir Frauenzimmer die Freude zuteil, dieses große Schiff unbeschadet in den Hafen zu geleiten. Und mein Leben lang hätte ich mich dieses Abends mit Freuden erinnert, hätte ich auch zu Hause alles so vorgefunden, wie es hätte sein sollen.

Es war schon vier Uhr morgens, als ich zurück in diese Hütte kam. Ich gedachte mir Ruhe zu gönnen, doch diese Ruhe sollte schlimmer werden als die Arbeit, die ich zuvor geleistet hatte. Mein jüngerer Sohn war verschwunden. Mit einer Laterne in der Hand suchte ich ihn die ganze Nacht über hier zwischen den Felsen, ich rief seinen Namen so laut, dass ich den Sturm übertönte, doch ebenso gut hätte ich auf dem Meeresgrund suchen und rufen können. Als der Tag dämmerte, sah ich den bloßen Pfahl, an dem unser anderes Boot vertäut war, und weder Boot noch Jungen habe ich je wiedergesehen. Das Boot war Gold wert, doch der Junge war mir teurer als mein eigenes Leben.«

Da verstummte die Alte und brach in Tränen aus. Der Kapitän war während ihrer Erzählung hereingekommen, schien aber kaum auf ihre Worte zu achten. Stattdessen starrte er die Wände an, das Dach, die Gegenstände in der Hütte, insbesondere aber ein altes Brett von der Sorte, die man benutzt, wenn man Fische zerteilt und ausnimmt. Es hing über der Feuerstelle und war in der Mitte fast durchgewetzt, während die Verzierungen an den Rändern noch recht gut erhalten waren.

Als die alte Frau geendet hatte, stand er jäh auf, trat zu ihr, riss Rock und Weste auf und zog eine Kette aus Glasperlen hervor, die er ihr in den Schoß legte.

Die Alte betrachtete sie eine Weile, dann hob sie den Blick und sah den Kapitän verwundert an. Im nächsten Moment stand sie auf, schlang ihm die Arme um den Hals und schluchzte, ohne ein Wort zu sagen. Als sie ihr Gesicht wieder erhob, erstrahlte darin aus sämtlichen Runzeln eine unbändige Freude.

»Und deinem Vater so ähnlich, als wäre er wieder unter uns!«, begann sie jetzt. »Allein, du bist viel hübscher als er. Gott schütze dich, du Wildfang, wer hat dir gesagt, du sollst alleine aufs Meer hinausfahren? Das war doch kein Wetter für dich. Aber was war ich auch für ein Schaf, dich nicht am Bettpfosten festzubinden, dann wärst du im Haus geblieben. Gott sei Dank! Jetzt kann ich in aller Ruhe sterben, und niemand wird an meinem Grab stehen und fragen, wo mein Kind geblieben ist.«

Unser aller Überraschung kann man sich leicht vorstellen, aber so wurde dieser Weihnachtsabend, der sich zunächst so traurig anlassen wollte, fröhlicher als manch anderer.

Aus dem Schwedischen von Wibke Kuhn

August Blanche (1811–1868)

Der Ball des Seifenhändlers

Eines Tages, Neujahr war nicht mehr fern, begegnete mir auf der Straße ein Seifenhändler namens Simling, dessen Bekanntschaft ich in den Kleinstädten gemacht hatte, die er so fleißig bereiste. Er hatte mir und meinen Kameraden vom Theater großes Wohlwollen entgegengebracht, indem er uns immer mal wieder auf ein Gläschen eingeladen und sogar Kredit eingeräumt hatte, wenn wir Handschuhe kauften; die hatte er auch im Sortiment. Was jedoch seine Seife anging, so war zumindest damals am Provinztheater die gewöhnliche Schmierseife um einiges populärer.

»Ah, sieh an, Bruder Ekström!«, rief er mir frohgemut entgegen. »Der Provinzadonis, hier in der Stadt! Wirklich und leibhaftig! Bei mir findet heute Abend eine kleine Zusammenkunft mit Tanz statt: ein paar hübsche Mädchen, ein paar gute Gläschen Punsch, ein paar anmutige Elevinnen vom Ballett des Königlichen Theaters, ein belegtes Brötchen und Weißfisch dazu. Außerdem habe ich eine Leber zu Hause in der Küche liegen, die zu essen ein Gast sich ebenfalls glücklich schätzen dürfte. Wenn Sie sich anschließen möchten, so sind Sie mir herzlich willkommen.«

Ich bedankte mich aufs Verbindlichste für die Einladung und versprach zu kommen. Nachdem er mir seine Adresse genannt hatte, gingen wir auseinander. Am gleichen Abend war ich bei Emelie Högqvist zum Essen verabredet, wo es wie immer hoch herging. Dort wurde ich so lange aufgehalten, dass es schon fast zehn Uhr war, als ich mich endlich auf den Weg zu meinem Freund, dem Seifenhändler, machte. Vom Sekt war ich bereits ziemlich angeheitert. Zumindest komme ich noch rechtzeitig zum Weißfischessen, dachte ich, was freilich recht undankbar von mir war.

Im Haus, in dem der Seifenhändler seine Wohnung hatte, waren alle Fenster des ersten Stocks hell erleuchtet, und als ich den Flur betrat, sah ich mehrere elegante junge Herren, die ihre Mäntel abnahmen und sie einem Bediensteten in prächtiger Livree übergaben. Na, dieser Seifenhändler ist vielleicht ein Teufelskerl!, dachte ich und betrat mit den anderen Neuankömmlingen einen großen Saal, der von nicht weniger als drei Kronleuchtern erhellt wurde und in dem sich die elegantesten Herren und Damen drängten. Wie gewöhnlich waren mehr von Letzteren zu finden. Gerade als ich eintrat, spielte das Orchester eine Quadrille. Ein vornehmer Herr mit Schnurrbart, der mir jedoch genauso unbekannt war wie all die anderen, eilte auf mich zu.

»Pardon, haben der Herr Gesellschaft?«, fragte er eifrig.

»Nein, ich bin gerade erst gekommen«, erwiderte ich.

»Gut! Ich werde jemand für Sie suchen. Haben der Herr eine Dame?«

»Nein, ich kenne hier leider niemand.«

»Dann werde ich den Herrn vorstellen. Wen habe ich die Ehre zu …«

»Mein Name ist Ekström, ich bin Artist«, antwortete ich, denn ich meinte, dass Artist wohl besser klang als Schauspieler.

»Bei welchem königlichen Regiment? Svea oder Göta?«

»Königliches Regiment? Svea?«, wiederholte ich mit großen Augen. »Ich bin Artist.«

»Pardon! Ich meinte zu hören, Sie seien Artillerist. Seien Sie so gut und folgen mir!«

Ich dachte, ich sollte vielleicht zuerst den Gastgeber und

seine Frau begrüßen, doch ich konnte ihn nirgends entdecken – die Frau hatte ich noch nie zu Gesicht bekommen –,
daher folgte ich meinem neuen Bekannten, der mir einen
Weg durchs Gedränge bahnte. Er geleitete mich zu einer
jungen Dame in rosarotem, spitzenbesetztem Seidenbarege
und einem kostbaren Kranz aus Wildrosen auf dem dunklen,
kunstvoll hochgesteckten Haar.

»Erlauben mir Fräulein Piper, den Herrn Artisten Ekström
vorzustellen.«

Na, dieser Seifenhändler ist vielleicht ein Teufelskerl!,
dachte ich abermals und stammelte ehrfürchtig eine Aufforderung zur Quadrille. Das stolze Fräulein maß mich einen
Augenblick mit großen Augen, doch schließlich reichte sie
mir mit gnädiger Miene die Hand zum Tanze. Vielleicht
dachte sie sich: Besser irgendeiner als gar keiner, denn wie
schon erwähnt, waren mehr Damen als Herren auf dem Fest,
und manche von ihnen bekamen keinen zum Tanzen ab.
Bevor ich mich's versah, war ich auch schon mitten in der
Quadrille, die damals in den guten wie in den einfacheren
Kreisen gleichermaßen Ansehen genoss.

Ich hatte mich immer noch nicht von der Überraschung
erholt, unter Leute geraten zu sein, die zur sogenannten
»Creme der Gesellschaft« zu gehören schienen. Die meisten
der älteren Herren trugen Orden, und überall hörte man
Titel: Graf, Baron, Ihro Gnaden, gnädiges Fräulein, höchst
selten einmal Mademoiselle. Verglichen mit der Schmierseife, steht die Toilettenseife zwar nachgerade aristokratisch
da, doch lässt sich wohl kaum dasselbe vom Seifenhändler
selbst sagen. Könnten es vielleicht seine vornehmsten Kun-
den sein, die er auf diesem Ball empfing? Warum nicht? Ich
begann mich immer mehr mit diesem Gedanken anzufreun-
den und beglückwünschte insgeheim meinen Freund Simling zu so zahlreichen eifrigen Abnehmern.

Nach der Quadrille wurde ich zwischen die anderen Gäste gedrängt und sprach allerlei Erfrischungsgetränken zu, die von livrierten Bediensteten angeboten wurden. Doch ich wunderte mich, dass der Gastgeber so gar nicht zu sehen war.

»Wo ist denn eigentlich unser trefflicher Gastgeber?«, erkundigte ich mich schließlich.

»Wahrscheinlich im Spielzimmer«, antwortete mir der Angesprochene.

»Und die Gastgeberin?«

»Die Gastgeberin? Dort steht sie doch.«

Er zeigte auf eine ältere Dame, die mit ihrer Aufmachung und ihrem Aussehen wahrlich hervorstach.

Na, dieser Seifenhändler ist vielleicht ein Teufelskerl!, dachte ich abermals und näherte mich der stattlichen Dame.

»Ich hatte bis jetzt noch nie die Ehre«, erklärte ich ihr, »aber Bruder Simling und ich sind alte Bekannte.«

»Bruder Simling?«, wiederholte die ältere Dame und starrte mich an.

Das ist bestimmt nicht die Gastgeberin, dachte ich und zog mich zurück, woraufhin die ehrwürdige Dame gleich wieder von anderen umringt wurde, die ihr sicher Angenehmeres zu sagen hatten. In der Zwischenzeit wurden noch mehrere Tänze gespielt, an denen ich jedoch nicht teilnahm, in Ermangelung eines Begleiters, der mich anderen Tanzpartnerinnen vorgestellt hätte. Aber da Bruder Simling gesagt hatte, er habe auch ein paar Elevinnen aus dem Ballett eingeladen, begab ich mich auf die Suche nach diesen. Die kann ich immerhin auffordern, dachte ich. Schließlich erblickte ich ein paar fünfzehn- oder sechzehnjährige Mädchen, die besonders schrecklich und sylphidenhaft aussahen, und ich bildete mir ein, sie schon einmal gesehen zu haben. In der Annahme, es handelte sich bei ihnen um die Ballettmädchen, näherte ich mich der Gruppe mit einer gewissen Vertraulichkeit.

»Die Damen haben heute Abend also frei«, begann ich.

Die jungen Mädchen bedachten mich mit wenig freundlichen Blicken. Dabei kann man doch einem jungen Mädchen auf einem Ball sicher Unhöflicheres sagen, als dass es frei hat.

»Nun, ich meine, dass ›Ferdinand Cortez‹ heute Abend gar nicht gespielt wird«, versuchte ich mich herauszureden. »Was für eine wundervolle Oper! Was für ein Ballett! Und die luftig leichten mexikanischen Kostüme! Aber da in dieser Oper ja das Ballettkorps des Königlichen Theaters tanzt, konnten die Damen heute Abend hier auf dieses Fest kommen. Nicht wahr?«

»Wie meinen Sie?«, rief eines der jungen Mädchen entrüstet aus.

»Wir? Beim Ballett?«, meinte die andere im gleichen Ton.

»Was ist denn los?«, fragte ein älteres Frauenzimmer, das in der Nähe stand.

Ich erkannte, dass ich eine Dummheit begangen hatte, und wollte mich aus der Affäre ziehen, wurde jedoch von der älteren Frau aufgehalten, die mich verärgert fragte:

»Sagt der Herr, meine Tochter sei beim Ballett?«

»Sagt der Herr, die Damen Olivecrants seien beim Ballett?«, fragte ein junger Leutnant, der daneben stand.

»Ich bitte untertänigst um Verzeihung!«, stammelte ich. »Aber unser Gastgeber selbst hatte mir gesagt, dass er ein paar Mädchen vom Ballett eingeladen hat.«

»Mädchen vom Ballett eingeladen!«, rief mindestens ein Dutzend Stimmen gleichzeitig.

»Ja, so hat es mir mein Freund Simling gesagt.«

»Simling? Aber was ist Ihr Freund Simling denn nur für einer?«, fragte ein Herr.

»Aber, meine Herrschaften«, rief ich, »sind wir hier denn nicht beim Seifenhändler Simling?«

»Seifenhändler!«, fiel ein ganzer Chor ein, dass es nur so durch den Saal hallte.

»Ach Gott, der wohnt ja im dritten Stock!«, schrie ich in höchster Not, denn erst jetzt fiel es mir wieder ein. Ich stürzte zur Tür, lief auf den Flur, warf mir den Mantel über den Arm und rannte die restlichen Treppen hoch.

»Na, jetzt kommst du aber zu spät!«, begrüßte mich mein Freund Simling. »Vor einer Stunde sind wir vom Tisch aufgestanden.«

»Wer wohnt denn im ersten Stock des Hauses?«, fragte ich ihn atemlos.

»Der Generalzolldirektor.«

»Teufel auch!«

»Ja, das kannst du wohl sagen. Die Musikanten, die eigentlich für uns spielen sollten, wurden für den Ball dort unten engagiert. Und unsere Damen sind auch schon zeitig von dannen gezogen, so dass wir jetzt nur noch Punsch trinken und herumhüpfen können, falls dir das Spaß machen sollte.«

Ich glaube fast, wir taten schließlich beides.

Aus dem Schwedischen von Wibke Kuhn

PETER CHRISTEN ASBJØRNSEN (1812–1885)
UND JØRGEN MOE (1813–1882)

Ein altmodischer Heiligabend

Vor meinem Fenster pfiff der Wind durch die alten Linden
und Ahornbäume; der Schnee tobte in den Straßen, und der
Himmel war so dunkel, wie eben ein Dezemberhimmel hier
in Kristiania sein kann. Mir selber war ebenso dunkel zumute. Es war Heiligabend – der erste, den ich nicht zu Hause
verbringen würde. Ich war vor Kurzem Offizier geworden
und hatte vorgehabt, meine alten Eltern mit meinem Besuch
zu erfreuen; und ich hatte gehofft, mich in all meiner Pracht
den Damen meines Heimatortes vorstellen zu können. Aber
ein Nervenfieber hatte mich ins Krankenhaus gebracht, von
wo ich erst vor einer Woche wieder entlassen worden war.
Jetzt befand ich mich in dem Zustand der hochgepriesenen
Rekonvaleszenz.

Zwar hatte ich nach Hause geschrieben und gebeten, mir
Storborken mit dem Wagen und Vaters Reisepelz zu schi-
cken, aber der Brief konnte kaum vor dem zweiten Weihnachtstag oben im Tal eintreffen, und das Pferd würde also
vor Neujahr nicht hier zu erwarten sein. Meine Kameraden waren alle heimgereist, und ich hatte hier in der Stadt
keine Verwandten, bei denen ich es etwas gemütlich haben
könnte.

Gewiss, die beiden alten Jungfern, bei denen ich wohnte,
waren gutmütige und nette Menschen und hatten mich
während meiner Krankheit rührend betreut, aber sie waren
sehr altmodisch, was nicht gerade nach dem Geschmack eines Jugendlichen war. Meist kreisten ihre Gedanken in der

Vergangenheit, und wenn sie mir Geschichten vom Leben in der Stadt erzählten, schienen diese wie von längst vergangenen Zeiten zu berichten. Auch das Haus, in dem sie wohnten, stimmte mit dem altmodischen, etwas naiven Wesen dieser Damen überein. Es war eines dieser alten Häuser in der Tollbodstraße, mit tiefen Fenstern, langen, düsteren Gängen und Treppen, dunklen Kammern und Böden, wo man unwillkürlich an Kobolde und Gespenster denken musste – gerade so ein Haus, wie Mauritz Hansen es in seiner Geschichte »Die Alte mit der Kapuze« schildert; ja, wer weiß, vielleicht war es sogar dies Haus.

Der Bekanntenkreis meiner Wirtinnen war äußerst begrenzt: Außer einer verheirateten Schwester und ein paar langweiligen Damen kam nie jemand zu ihnen. Die einzige Abwechslung bestand in einer hübschen Nichte und ein paar lebhaften Neffen, denen ich immer Märchen und Koboldgeschichten erzählen musste.

In meiner einsamen und missmutigen Verfassung versuchte ich, mich etwas abzulenken, und beobachtete alle Menschen, die draußen im Schneegestöber mit rotblauen Nasen und halb geschlossenen Augen auf der Straße gingen. Und es war direkt lustig, die Emsigkeit und Eile zu beobachten, die drüben in der Apotheke herrschte: Die Tür stand nicht einen Augenblick still, Dienstboten und Bauern strömten aus und ein, und wenn sie wieder herauskamen, studierten sie die ärztlichen Anordnungen. Es sah so aus, als ob einige sie deuten konnten; aber andere standen lange und grübelten und schüttelten bedenklich die Köpfe – die Aufgabe war wohl zu schwer für sie. Es begann zu dämmern, und ich konnte die Gesichter nicht mehr erkennen. Stattdessen starrte ich das alte Gebäude an: Mit seinen rotbraunen Mauern, spitzen Giebeln, den Bleifenstern und dem Turm mit dem Wetterhahn stand die Apotheke da wie ein Zeugnis der Baukunst aus Kristians IV. Zeit. Doch unverändert war der Schwan, würdig, mit einem goldenen Ring um den Hals, Reitstiefeln an den Füßen und zum Flug gespreizten Flügeln.

Ich war vertieft in diese Betrachtungen, als ich plötzlich von Kinderlachen und Lärm im Nebenzimmer unterbrochen wurde; gleich darauf klopfte es mädchenhaft scheu an meine Tür.

Auf mein »Herein« trat die Älteste meiner Wirtinnen, Jungfrau Mette, ein und fragte mit einem altmodischen Knicks nach meinem Befinden; darauf bat sie mich umständlich, doch mit dem Abendbrot bei ihnen vorliebzunehmen. »Es tut Ihnen gar nicht gut, hier so alleine im Dunkeln zu sitzen, lieber Herr Leutnant«, fügte sie hinzu, »wollen Sie nicht mit herüberkommen? Die alte Mutter Skau und die Töchter meines Bruders sind da; vielleicht kann es Sie ein wenig ablenken. Sie mögen doch die fröhlichen Kinder so gern.«

Ich folgte der freundlichen Einladung. In dem großen viereckigen Kachelofen brannte ein Feuer und warf durch die offenen Ofentüren ein rotes, unstetes Licht ins Zimmer. Es war ein tiefer Raum, eingerichtet mit alten Stilmöbeln, hochlehnigen Juchtenstühlen und einem Kanapee aus der Zeit der Fischbeinröcke und Pärchenromantik. An den Wänden hingen Ölgemälde von steifen Damen mit gepuderten Perücken, von Oldenburgern und anderen Berühmtheiten in Harnisch oder roten Jacken.

»Sie müssen wirklich entschuldigen, Herr Leutnant, dass wir noch kein Licht angezündet haben«, sagte Jungfrau Cecilie, die jüngere Schwester, die gewöhnlich Sillemor genannt wurde, als sie mir mit einem Knicks entgegenkam. »Aber die Kinder lieben es, so im Halbdunkel rumzulaufen, und Mutter Skau mag das Geplauder in der Ofenecke auch so gern.«

»Geplauder hier und dort! Du magst doch selber so gern ein Plauderstündchen in der Dämmerung, und dann sollen wir die Schuld kriegen!«, sagte die alte, kurzatmige Dame, die Mutter Skau tituliert wurde.

»Nein, dort sind Sie ja, junger Mann. Kommen Sie, setzen Sie sich hier zu mir, und erzählen Sie mir mal, wie es Ihnen geht. Sie sehen ja wirklich gerupft aus!«, sagte sie zu mir, zufrieden mit ihrer eigenen, etwas rundlichen Figur.

Ich musste von meiner Krankheit erzählen und dann die lange, umständliche Geschichte über ihr Asthma und die Rheumaplagen über mich ergehen lassen. Glücklicherweise wurden wir dann von den Kindern unterbrochen, die von einem Besuch bei der treuherzigen Dienstmagd, der alten Stine, in die Stube stürmten.

»Tante, weißt du, was Stine sagt?«, rief die zierliche, kleine Braunäugige. »Sie sagt, dass wir heute Abend mit auf den Heuboden kommen dürfen und dem Kobold seinen Weihnachtsbrei bringen. Aber ich will nicht, ich fürchte mich vor dem Kobold.«

»Oh, das sagt Stine nur, um euch loszuwerden; die traut sich ja selber nicht auf den Heuboden, die gute Alte, weil sie einmal vom Kobold so erschreckt worden ist«, sagte Jungfrau Mette.

»Aber wollt ihr denn dem Leutnant nicht Guten Tag sagen, Kinder?«

»Oh, bist du das, Leutnant, ich hab dich gar nicht wiedererkannt; du bist so blass geworden«, riefen die Kinder und scharten sich um mich.

»Jetzt musst du uns was erzählen, was Lustiges; du hast uns so lange nichts erzählt! Erzähl vom Butterbauch und Goldzahn!« Ich musste vom Butterbauch und vom Hund Goldzahn erzählen und noch ein paar Geschichten vom Vaker-Kobold und dem Bure-Kobold, die einander das Heu wegholten und sich dann, mit je einer Heuhucke, trafen und so kloppten, dass sie in einer Heuwolke verschwanden. Und dann noch vom Kobold von Hesselberg, der den Hofhund so lange ärgerte, bis der Mann ihn von der Scheunenbrücke runterwarf. Die Kinder klatschten in die Hände und lachten: »Das geschah ihm recht, dem frechen Kobold«, und verlangten mehr.

»Nein, Kinder, jetzt habt ihr den Leutnant genug geplagt«, sagte Jungfrau Cecilie, »jetzt erzählt sicher Tante Mette noch eine Geschichte.«

»Ja, Tante Mette, erzähl!«, riefen sie alle miteinander.

»Ich weiß nicht so recht, was ich erzählen soll«, antwortete Tante Mette, »aber wo wir nun mal bei den Kobolden sind, kann ich auch was von einem erzählen. Ihr wisst sicher noch – die alte Kari Gausdal, Kinder, die hier immer zum Fladenbrotbacken kam und so viele Märchen erzählte«?

»O ja«, riefen die Kinder.

»Nun, die alte Kari erzählte, dass sie vor vielen Jahren mal im Waisenhaus arbeitete. Damals war es dort noch viel einsamer und trauriger als heute, am anderen Ende der Stadt, in einem dunklen und unheimlichen Haus – dem Waisenhaus! Kari sollte dort Köchin sein, weil sie so tüchtig und fix war. Eines Nachts stand sie auf, um zu brauen; da sagten die anderen Dienstmädchen zu ihr: ›Du musst dich vorsehen und nicht zu früh aufstehen; vor zwei Uhr darfst du nichts auf den Rost legen.‹

›Warum denn nicht?‹, fragte Kari.

›Du weißt doch wohl, dass hier ein Kobold ist; der will nicht so früh gestört werden. Vor zwei Uhr kannst du nichts auf den Rost legen‹, sagten sie.

›Pah, ist das alles?‹, sagte Kari; sie war immer so keck, ›mit dem Kobold hab' ich nichts zu schaffen. Wenn der kommt, werde ich ihm, verflixt noch mal, den Garaus machen, das könnt ihr mir glauben!‹

Die anderen sagten, sie solle sich hüten, aber sie blieb dabei, und als die Uhr etwa eins war, stand sie auf, machte Feuer unter dem Braukessel. Aber dauernd ging das Feuer unter dem Kessel aus, als ob jemand den Brand immer sogleich löschen würde; aber wer das war, konnte sie nicht sehen. Immer wieder karrte sie die Glut zusammen, aber es half nichts. Zum Schluss war sie es leid, nahm ein glühendes Holzscheit und lief damit überall herum, schwang ihn oben und unten und rief: ›Mach dich davon, dorthin, wo du herkommst. Glaub nur nicht, dass ich vor Schreck weglaufe.‹

›Pfui, hol dich der Teufel!‹, rief es aus einer der dunkelsten Ecken, ›jetzt habe ich schon sieben Seelen hier im Haus gekriegt, und ich meinte, ich würde die achte auch noch bekommen!‹

›Seit der Zeit hat niemand mehr was vom Kobold im Waisenhaus gehört‹, sagte Kari Gausdal.«

»Ich fürchte mich! Nein, du sollst erzählen, Leutnant. Wenn du erzählst, werde ich nie so bange; du erzählst immer so Lustiges«, sagte einer der Kleinen. Ein anderer schlug vor, dass ich vom Kobold erzählen sollte, der Halling mit den Mädchen tanzt.

Darauf ließ ich mich ungern ein, denn dazu gehörte Gesang. Aber die Kinder gaben mir keine Ruhe, und ich fing schon an, zu räuspern und zu hüsteln, um meine unmusikalische Stimme auf den Halling-Vers vorzubereiten, als die hübsche Nichte zur Freude der Kinder eintrat und mich rettete.

»Wenn ihr Cousine Lise dazu bekommt, den Halling zu singen, Kinder, erzähl ich euch die Geschichte. Und den Halling tanzt ihr selbst, nicht wahr?« Die Kinder hängten sich an ihre Cousine, sie willigte ein, und ich erzählte:

»Da war mal irgendwo, ich glaube es war in Hallingdal, ein Mädchen, das mit dem Rahmbrei zum Kobold gehen sollte; ich weiß nicht mehr, ob es an einem Donnerstagabend war oder am Weihnachtsabend. Sie fand es aber zu schade, dem Kobold den leckeren Brei zu geben, aß ihn selber und trank auch das Fett; dann ging sie mit einem Schweinetrog mit Haferbrei und saurer Milch in die Scheune. ›Hier hast du deinen Trog, du Scheusal!‹, sagte sie. Aber kaum hatte sie das gesagt, da kam der Kobold angesaust, packte sie und fing an mit ihr zu tanzen; er hörte nicht auf, bis sie auf dem Boden lag und kaum noch pusten konnte. Als die Leute am nächsten Morgen in die Scheune kamen, war sie mehr tot als lebendig. Aber solange er tanzte, sang er [und hier übernahm Jungfrau Lise die Rolle vom Kobold]:

›Willst dem Kobold sein' Brei verzehren,
wird er dich das Tanzen lehren! –
Ja – willst dem Kobold sein' Brei verzehren,
wird er dich das Tanzen lehren!‹«

Ich half dabei und trampelte den Takt mit beiden Füßen, während die Kinder lärmend und jubelnd auf dem Fußboden herumtollten.

»Mir scheint, ihr stellt die ganze Stube auf den Kopf, Kinder. Ihr macht solchen Krach, dass ich Kopfschmerzen bekomme«, sagte Mutter Skau. »Seid mal still, dann erzähle ich euch Geschichten.« Da wurde es still.

»Die Leute reden so viel von Kobolden und Zwergen und Waldweiblein; ich glaube nicht viel von dem Gerede. Habe weder den einen noch den anderen gesehen – bin ja auch nicht so viel herumgekommen –, aber ich glaube, das ist alles nur Schnack. Doch die alte Stine draußen, die sagt, dass sie den Kobold gesehen hat. Als ich beim Pfarrer zum Unterricht ging, war sie bei meinen Eltern als Dienstmädchen. Vorher war sie bei einem alten Schiffer im Dienst gewesen, der nicht länger zur See fuhr. Dort war es ruhig und still; nie kam jemand auf Besuch, und nie besuchten sie jemanden.

Der Schiffer ging nie weiter als bis zum Hafenkai. Ich kann mich noch gut an ihn erinnern, wie er dort ging, in Pantoffeln, mit einer weißen Nachtmütze, einer langen Pfeife und einem langen, perlgrauen Mantel mit Stahlknöpfen. Sie gingen immer frühzeitig zu Bett; und man sagte, dass dort ein Kobold sei. Aber einmal, erzählte Stine, saßen sie und die Köchin noch in der Kammer und nähten etwas für sich selber, als es Bettzeit wurde; denn der Wächter hatte schon zehn Uhr ausgerufen. Es ging auch nicht so gut mit dem Nähen und Stopfen, denn die Augen fielen ihnen dauernd zu. Mal nickte ich ein, mal sie, sagte Stine, denn sie waren seit dem frühen Morgen auf, um Wäsche zu waschen. Aber dann hörten sie ein furchtbares Gepolter aus der Küche, als ob alle Teller auf den Boden geworfen würden.

›Wir sprangen auf‹, sagte sie, und ich rief: ›Bewahre uns Gott, das ist der Kobold!‹, und ich hatte solche Angst, dass ich keinen Fuß vor den andern setzen konnte, um in die Küche zu gehen. Die Köchin war gewiss auch sehr bange, aber sie nahm sich ein Herz und ging in die Küche: Da lagen alle Teller auf dem Fußboden, aber nicht ein einziger war kaputt, und in der Nische an der Tür stand der Kobold mit seiner roten Zipfelmütze und lachte herzlich. Aber nun hatte sie gehört, dass es gelegentlich glückte, den Kobold dazu zu bringen, woanders hinzuziehen, wenn man ihn darum bat und ihm sagte, dass er es dort ruhiger bekäme; und sie hatte auch Lust, ihm einen Streich zu spielen, und darum sagte sie zu ihm – ein bisschen zitterte sie wohl dabei –, dass er doch zum Kupferschmied auf der anderen Straßenseite ziehen solle, denn dort gingen sie jeden Abend um neun Uhr zu Bett. Und – sagte die Köchin zu mir – das stimmte auch, aber du weißt, von drei Uhr morgens und den ganzen Tag über waren der Meister und alle seine Gesellen und Lehrlinge schon zu Gange und klopften und lärmten. Seit dem Tag sahen wir den Kobold nie wieder beim Schiffer. Doch beim Kupferschmied fühlte er sich wohl, trotz allen Lärms, denn, so hieß es, die Frau dort setzte ihm jeden Donnerstag eine Schüssel mit Brei oben auf den Boden; da braucht man sich nicht darüber zu wundern, dass sie dort reich wurden; denn der Kobold verschaffte ihnen sicher dies und jenes. Und, sagte Stine, das ist wirklich wahr, sie wurden reiche und wohlhabende Leute. Aber ob der Kobold ihnen dazu verhalf, weiß ich nicht«, fügte Mutter Skau hinzu und räusperte sich – es war für ihre Verhältnisse eine ungewöhnlich lange Geschichte.

Nach einer Prise Tabak war sie wieder ganz munter und begann aufs Neue:

»Meine Mutter – und das war eine ehrenhafte Frau – erzählte eine Geschichte, die hier in der Stadt passierte. Das war sogar in der Weihnachtsnacht; die ist ganz sicher wahr, denn es kam nie ein unwahres Wort über ihre Lippen.«

»Lass uns hören, Mutter Skau«, sagte ich, und die Kinder riefen: »Erzähl, erzähl!« Die Madam hüstelte ein wenig, nahm eine neue Prise Tabak und begann:

»Als meine Mutter noch ein Mädchen war, kam sie manchmal zu einer Witwe, einer Frau …, Madam … Nein, ich komme nicht auf den Namen, aber das ist auch gleich. Die wohnte oben in der Möllerstraße und war, wie man so sagt, über ihr bestes Alter hinaus. Nun war es Heiligabend, so wie heute; sie hatte vor, am Weihnachtstag zur Frühmesse zu gehen, denn sie war eine fleißige Kirchgängerin. Sie stellte sich eine Tasse Kaffee bereit, damit sie was Warmes zu trinken hätte und nicht mit nüchternem Magen zur Kirche ginge. Als sie aufwachte, schien der Mond durchs Fenster auf den Fußboden. Aber als sie aufstand und auf die Uhr sah, war die stehen geblieben, und die Zeiger standen auf halb zwölf. Sie wusste nicht, wie spät es war, und ging zum Fenster und sah zur Kirche hinüber. Es leuchtete aus allen Kirchenfenstern. Da weckte sie das Küchenmädchen und ließ es, während sie selbst sich anzog, den Kaffee kochen, nahm ihr Gesangbuch und ging zur Kirche. Auf der Straße war es ganz still, sie sah keinen einzigen Menschen. Als sie in die Kirche kam, setzte sie sich auf ihren üblichen Platz. Aber als sie sich umschaute, fand sie, dass alle Menschen so blass waren und so merkwürdig aussahen, als ob sie alle miteinander tot wären. Sie sah keinen, den sie kannte, aber viele, die sie glaubte, schon mal gesehen zu haben, nur nicht wusste, wo. Als der Pfarrer an die Kanzel trat, war das keiner von den Stadtpfarrern; es war ein hoher, blasser Mann, und sie meinte, auch ihn schon mal gesehen zu haben. Er predigte ganz gut, und es war auch nicht so viel Hüstelei und Räuspern in der Kirche wie sonst bei der Frühmesse am Weihnachtstag – ja, es war so still, dass man eine Nadel hätte fallen hören. Ihr wurde ganz merkwürdig zumute. Als sie wieder anfingen zu singen, beugte eine Frau, die neben ihr saß, sich zu ihr herüber und flüsterte ihr ins Ohr: ›Wirf deinen Mantel lose um dich und geh; denn wenn du länger hier bleibst, machen sie dir ein Ende. Hier halten die Toten Gottesdienst.‹«

»Oh, nein, hör auf, mir wird bange, mir wird so bange, Mutter Skau«, wimmerte eins der Kinder und kroch auf einen Stuhl.

»Psst, psst, Kinder, es passiert ihr ja gar nichts; hört nur, wie es weitergeht: Der Witwe wurde auch bange; denn als sie die Stimme hörte und die Frau ansah, erkannte sie sie: Es war ihre Nachbarin, die vor vielen Jahren gestorben war. Und als sie sich jetzt in der Kirche umschaute, erinnerte sie sich sehr wohl an den Pfarrer und viele aus der Gemeinde, die alle vor Jahren gestorben waren. Sie bekam eine solche Angst, dass ihr eiskalt ums Herz wurde. Dann warf sie sich den Mantel lose um, wie die Frau neben ihr gesagt hatte, und eilte davon.

Aber da schien ihr, als ob alle nach ihr griffen, und ihr zitterten die Beine; fast wäre sie in der Kirche umgefallen. Als sie auf die Kirchtreppe kam, merkte sie, dass die Toten nach ihrem Mantel fassten; da ließ sie ihn los, so dass sie ihn behalten konnten, und lief, so schnell sie nur konnte, nach Hause. Als sie an ihre Haustür kam, schlug die Kirchenuhr eins, und als sie hereinkam, war sie fast halbtot vor Angst. Am Morgen, als die Leute zur Kirche kamen, lag der Mantel auf der Treppe, aber er war in tausend Stücke zerrissen. Meine Mutter hatte den Mantel oft gesehen, und ich glaube, dass sie auch einen dieser Fetzen gesehen hat; nun, genug, es war jedenfalls ein kurzer, hellroter Stoffmantel mit Hasenpelzfutter und Pelzkanten, wie sie zu meiner Kindheit getragen wurden. Jetzt sieht man sie kaum noch, aber hier in der Stadt sind einige alte Frauen aus der Altstadtstiftung, die gehen Weihnachten mit solchen Mänteln zur Kirche.«

Die Kinder, die sich während des ersten Teiles der Erzählung gefürchtet hatten, erklärten, dass sie nicht noch mehr solche Geschichten hören wollten. Sie waren auf die Stühle und das Kanapee gekrochen, weil sie glaubten, dass jemand unter dem Tisch nach ihnen griffe. In dem Augenblick wurden die Kerzen in den Kandelabern hereingetragen, und es wurde hell. Wir mussten lachen, als wir sahen, dass die Kinder die Füße auf den Tisch gelegt hatten.

Das warme Licht, Weihnachtskuchen, Kompott, Plätzchen und der Met verjagten bald die Gespenstergeschichten und beglückten alle; das Gespräch wandte sich den Lebenden und den mehr alltäglichen Dingen zu. Zum Schluss kamen der Reisbrei und der Rippenbraten, und unsere Gedanken kreisten nun vor allem um unser leibliches Wohl. Wir verabschiedeten uns früh und wünschten einander eine fröhliche Weihnacht.

Aber ich hatte eine unruhige Nacht. Ob die Erzählungen

daran schuld waren, die reiche Kost, meine Schwäche – oder eben alles miteinander –, weiß ich nicht. Ich lag jedenfalls und warf mich von einer Seite zur anderen und befand mich die ganze Nacht über mitten in Kobold-, Hulder- und Gespenstergeschichten. Zum Schluss fuhr ich zur Kirche, dem Glockengeläut entgegen. Die Kirche war hell erleuchtet, und als ich hereinkam, war es unsere Kirche daheim im Tal. Dort waren nur Leute aus dem Tal mit ihren roten Mützen, Soldaten in vollem Staat und Bauernmädel mit Kopftuch und roten Wangen. Der Pfarrer stand auf der Kanzel – es war mein Großvater. Der war gestorben, als ich noch ein kleiner Junge war. Mitten in der Predigt machte er plötzlich einen Sprung und landete auf dem Kirchboden – er war bekannt dafür, ein impulsiver Mann zu sein, so dass der Talar an die eine Seite flog und der Kragen an die andere. Und er rief: »Dort liegt der Pfarrer, und hier bin ich« – ein Ausspruch, den er oft verwandte –, »lasst uns jetzt einen Springtanz machen.«

Augenblicklich taumelte die ganze Gemeinde in wildestem Tanz umher, und ein großer, langer Mann aus dem Tal kam zu mir, legte mir die Hand auf die Schulter und sagte: »Du musst mitkommen, Junge!«

Ich wusste gar nicht, wie mir war, als ich im gleichen Moment aufwachte, den Griff an meiner Schulter spürte und denselben Mann sah, den ich im Traum gesehen hatte; er beugte sich über mein Bett, die rote Mütze tief über die Ohren gezogen, eine Pelzjacke überm Arm und ein paar große Augen auf mich gerichtet.

»Ich meine, du träumst, Junge«, sagte er, »der Schweiß steht dir auf der Stirn, und du schläfst tiefer als der Bär im Winterschlaf. Gott grüße dich und fröhliche Weihnachten!, soll ich dir von deinem Vater und den anderen im Tal wünschen. Hier ist ein Brief vom Schreiber und eine Jacke für dich, und Storborken steht unten auf dem Hof.«

»Aber lieber Himmel, bist du es, Tor?« Es war meines Vaters Verwalter, ein netter Kerl. »Wie in aller Welt bist du denn hierher gelangt?«

»Das kann ich dir sagen: Ich bin mit Borken gekommen; aber ansonsten war ich mit dem Schreiber draußen auf Nes, und da sagte er: ›Tor‹, sagte er, ›von hier ist es nicht weit bis zur Stadt. Nimm Borken und fahr zum Leutnant; und wenn er gesund genug ist, um mitzufahren, dann bring ihn nach Hause‹, sagte er.«

Als wir aus der Stadt fuhren, war klares Wetter und die Wege waren frei. Mit seinen alten, schnellen Beinen langte Borken aus, und solch ein Weihnachten, wie ich es damals feierte, habe ich später nie wieder erlebt.

Aus dem Norwegischen von Nanna Quam
(überarbeitet von Frank Zimmer)

Der Weihnachtsabend
der Kammerfrau

Der Kammerherr und seine Verlobte waren nun so weit, dass sie sich ihre Wohnung einrichten und heiraten wollten. Und da er sie über alles liebte, sollte sie über das Haus bestimmen dürfen, denn dann würde sie zufrieden sein und konnte ihm nichts vorwerfen, und so gehört es sich ja auch.

Nun denn. Der Kammerherr kam also um die Mittagszeit, um sein künftiges Heim zu besichtigen und zu bewundern. Sie hatten sich ein Haus in der schönsten Straße ausgesucht, mit einem prächtigen Ausblick über den Djurgården.

Aber da bekam er was zu sehen! Im Esszimmer, das doch eigentlich hell und fröhlich sein sollte und wo man zusammenkommt, um sein tägliches Brot zu verzehren und sich von den Mühseligkeiten des Daseins zu erholen, hatte seine Verlobte Gardinen aufhängen lassen. Und die Gardinen, die doch einen Rahmen für das Zimmer wie auch für den Ausblick abgeben und in hübsch drapierten Falten hängen sollten, waren vor den Fenstern angebracht wie Jalousien und verdeckten so die teure und schöne Aussicht. Allerdings war der Stoff leicht durchscheinend, so dass man das hässliche Skelett der Fensterrahmen sehen konnte, und alles im Raum nahm eine staubähnliche Farbe an.

Ohne nachzudenken, fasste der Bräutigam die Gardinen, hob sie an und legte sie auf eine Halterung, die in der Wand neben dem Fenster eingelassen war. Und schon strömte von der großartigen, strahlenden Frühlingslandschaft dort draußen das hellgrüne Licht herein.

Doch seine Verlobte nahm die Gardine sogleich wieder von der Halterung und zog sie zurück vors Fenster.

»So muss es sein«, sagte sie.

Da wendete sich der Kammerherr zu ihr, um sich zu vergewissern, dass es ihr ernst war mit diesem Unsinn. Als er seiner Liebsten in das schöne Gesicht mit dem strengen Ausdruck blickte, erkannte er, dass sie das Licht nicht liebte. Und er bekam Angst vor ihr. Als er sich die Gardinen nun noch einmal genauer besah, merkte er, dass sie an Spinnweben erinnerten oder auch an Segelgarn oder Löschpapier oder an die Masse, aus der die Wespen ihre Behausung bauen, und er fühlte sich eingesponnen und gefangen. Aber es war zu spät, um einen Rückzieher zu machen. Ihr Aufgebot war bestellt, und er war eine altmodische, treuherzige Seele und glaubte, dass die Liebe über alles siegt.

Als er jedoch einen verzweifelten Blick an die Decke warf, um von dort oben vielleicht ein wenig Licht zu erhaschen, entdeckte er, dass die Gardinenstangen schmutzfarben waren und man die Verzierungen an beiden Enden abgesägt hatte, was schrecklich schlampig gemacht und überhaupt töricht aussah.

Klug, wie er war, behielt er seine Kritik für sich, aber er dachte insgeheim: Man hätte ja wohl auch eine kürzere Stange wählen können, dann hätte man nichts absägen brauchen.

Doch die Braut schien seine Gedanken lesen zu können und antwortete auf seine Beanstandung:

»Die Stangen waren zu lang!«

Da konnte er sich nicht länger beherrschen und sagte:

»Es wird doch wohl auch andere Stangen gegeben haben als diese!«

»Ja, aber diese waren zu lang!«

Da wechselte er das Gesprächsthema. Seine Verlobte hatte ihr Zimmer mit Möbeln aus gebeiztem Holz eingerichtet, dessen Farbe an geronnenes Blut erinnerte. Und alles war hart, eckig und scharfkantig.

»Das ist modern!«, erklärte die Braut.

Die Bezüge sahen aus wie verwelktes und verrottetes Laub, verdorbenes Gemüse, Bleichsellerie und Streu.

»Das ist modern!«, erklärte die Braut.

Und was sollte man da nun einwenden, dagegen lässt sich schlecht etwas sagen.

Doch die Spinnweben verfolgten ihn von einem Zimmer ins nächste, ebenso wie das verwelkte Laub und die Blätter und die Schmutzfarben.

Und dann dieses Harte, Eckige; überall nur gerade Linien, wie in der Geometrie. Die Lampen waren wie die Laternen an den Kutschen, viereckig und steif, und nirgendwo war mal ein Ornament zu sehen. Doch, da gab es eine Schlange auf dem Kerzenleuchter, der auf ihrem Schreibtisch stand. Aber das Unerträglichste war die Porträtsammlung an den Wänden und auf den Kaminsimsen. Dort waren alle seine Feinde versammelt, sowohl die aus ihrer Verwandtschaft, die die Heirat zu unterbinden versucht und sich ihm – wo immer möglich – in den Weg gestellt hatten, als auch sämtliche Persönlichkeiten aus Literatur, Kunst und Musik, die ihm zuwider waren – hier hingen und standen sie alle vereint.

Er überwand sich jedoch und sagte nichts, denn er glaubte ja an die Liebe.

»Es ist Gedankenlosigkeit oder Unverstand«, sagte er sich und ging mannhaft seinem Schicksal entgegen.

Nun wollen wir sehen, was weiter geschah!

Sie waren verheiratet, und es war einfach wunderbar.

Aber! Aber, aber! Es gibt so viele Aber, noch in den schönsten Dingen, und hier gab es unzählige.

Als die beiden Eheleute ihre erste gemeinsame Mahlzeit einnahmen, fiel dem Mann auf, dass das Service ein ungewöhnliches Dekor hatte. Und als er genauer hinsah, war sein Teller mit Spinnen verziert. Das ist vielleicht noch nichts Schlimmes, aber es ist auch nicht gerade schön, Spinnen im Essen zu sehen. Er steckte auch dies schweigend weg, denn er wollte sie nicht böse machen. Traurig konnte sie nicht werden, nur böse. Aber andererseits konnte er den Gedanken an die Spinnweben vor den Fenstern auch nicht unterdrücken und brachte sie mit den Spinnen im Essen in Verbindung.

Und so gab es an allem irgendeinen kleinen Fehler, so einen kleinen Fehler, der einem das Leben vermiest und vergällt, und wenn man nichts dagegen tut, wird es immer mieser und galliger. Aber es brachte auch nichts, etwas zu beanstanden, denn wenn er sich damit an seine Frau wandte, wurde er als Nörgler bezeichnet, und wenn er sich an die Dienerschaft wandte, dann hieß es, er mische sich in die Haushaltsführung ein. Indessen, es fehlte, neben manch anderem, ein Senflöffel. Er entschied sich für die netteste Art, dies zu äußern, machte sich selbst mitschuldig an dem Versäumnis und brachte die Sache in humorvollem Ton vor:

»Wir (wir zwei!) haben vergessen, einen Senflöffel zu kaufen!«

In den Augen der Frau blitzte es auf wie kurz vor einem Gewitter, und sie bat das Dienstmädchen, einen Teelöffel zu bringen. Der Teelöffel kam, aber er passte nicht durch die Öffnung des Senffässchens.

Nun ist ja der Senf eine scharfe und hitzige Angelegenheit, die man ungern berührt und an der man nicht ungestraft verhaftet! Doch gewisse einfachere Gerichte, besonders wenn sie schlecht gekocht sind, erfordern unbedingt Senf, um den Geschmack zu verbessern; und der Mensch war eben auch nicht geschaffen wie ein Storch und konnte daher schlecht einen Schnabel ins Senffässchen stecken. Das Problem verblieb also ungelöst, stand aber fortwährend als ein brennendes Anliegen im Raum, bis die Frau versprach, sie werde einen Senflöffel kaufen, sobald sie wieder Besorgungen machte!

Ja, so fing es an! Und die Fortsetzung kam ganz von selbst.

Die Frau mochte keine Pflanzen und glücklicherweise auch keine Tiere, doch Edelsteine, am liebsten die echten, die liebte sie fast wie sich selbst. Immerhin hatte sie ein paar Palmen gekauft, denn die waren modern, die musste man einfach haben.

»Die gieße ich selbst!«, verkündete sie.

Aber als sie das nicht machte, taten dem Mann die Pflanzen leid, denn er hatte die Vorstellung, dass sie auch irgendwie lebendig waren, sie lebten und starben ja schließlich, und so gab er ihnen Wasser, als sie dürsteten.

Schon sahen sie auch gleich froher aus, woraus er schloss, dass sie unter ihrem Durst gelitten hatten.

Aber da gab es vielleicht ein Theater!

»Wer hat meine Blumen gegossen?«

»Ich!«

»Das will ich aber selbst machen!«

»Aber wenn du es nicht tust, muss ich es doch machen! Sonst sterben sie! Blumen sterben nämlich, wenn sie kein Wasser bekommen, und diese waren schon halb tot.«

Das war sicherlich ganz richtig gesagt, wenngleich ein wenig zu ausführlich, vielleicht auch ein wenig zu logisch.

Und da gab es vielleicht ein Theater!

Nach vierzehn Tagen siechten die Palmen wieder vor sich hin, und da sie obendrein kein anderes Licht bekamen als das, was durch die Spinnweben sickerte, sah man, dass sie litten wie kranke Kinder.

Der Kammerherr sah es, und er litt mit ihnen.

»Handle recht und sei barmherzig, und wenn die Welt zugrunde geht!«, sagte er sich.

Und so gab er den Dürstenden Wasser.

»Wer hat meine Blumen gegossen?«

»Ich! Und wenn du Blumen oder andere Lebewesen quälst – mich ausgenommen, denn du hast ja das Recht, mich zu quälen –, dann bekommst du Ärger!«

Letzteres war nicht als Drohung gemeint, denn der Kammerherr rächte sich nie, aber es klang doch irgendwie drohend.

Da gab es vielleicht …!

Doch die Monate vergingen, und das sollen sie ja auch auf die eine oder andere Art, und wie auf einer Perlenkette reihte sich ein Zankapfel an den nächsten. Der Senflöffel stand ganz oben, bildlich gesprochen natürlich, denn es kam ja nie ein solcher ins Haus; und als der Kammerherr einen Diener bat, einen zu kaufen, ging der Diener zur Kammerfrau und bat sie um Geld, und da erwiderte sie, dass sie das selbst erledigen würde. Doch sie tat es nicht. Der Kammerherr erbot sich, ihn selbst zu kaufen, aber er durfte sich nicht in den Haushalt einmischen. Und so ging es auch mit allem anderen. Die Frau behinderte alles, so dass die notwendigen Dinge nie erledigt wurden. Sie behinderte oder widerrief einmal gegebene Aufträge, andere wieder schob sie auf, so dass zu guter Letzt das ganze Haus nur noch aus Fehlern und Mängeln bestand. Am traurigsten war es, wenn sie Gäste hatten, denn auch da fehlte es an allem, sogar an Essen.

Da die Welt nun einmal so beschaffen ist, dass niemand mit dem Mangelhaften zufrieden sein kann, sondern jeder versucht, zu verbessern und zu vervollkommnen, so war nun auch der Kammerherr nicht zufrieden.

»Überall siehst du Fehler«, sagte seine Frau.

»Weil überall Fehler sind!«, erwiderte der Kammerherr, und da hatte er ja auch recht.

Dann verreiste die Frau einmal für ein paar Tage zu einer Verwandten aufs Land.

Der Mann, der nun allein zu Hause war, wollte seiner Frau eine angenehme Überraschung bereiten, wenn sie wieder heimkam, daher schickte er nach dem Tapezierer. Dann ließ er die Spinnweben entfernen, hängte Gardinen in fröhlichen, frischen Farben auf, und als das Licht in seine Wohnung strömte, merkte er erst, wie schlimm es doch gewesen war, die ganze Zeit im Dunkeln zu hausen.

Am Tag vor der Heimkehr seiner Frau bekam er einen Brief von seiner Herzallerliebsten. Er war kurz, im Tonfall hart und scharf. Er legte sich dem Mann wie Spinnweben übers Gesicht, verschleierte ihm den Blick und ließ sein Herz frieren. Ohne sich etwas dabei zu denken, hielt er das Papier gegen das Licht, als wollte er gleichsam hinter ihrer Schrift etwas anderes lesen. Und man denke nur, das Wasserzeichen des Briefbogens zeigte ein Spinnennetz mit einer Kreuzspinne in der Mitte. Das hatte sie natürlich nicht selbst gemacht, aber solches Papier kann man ja kaufen.

Dem Kammerherrn wurde beklommen zumute, und düstere Ahnungen überkamen ihn.

Nun gut: Die Frau kam nach Hause! Und als sie die fröhlichen Farben und das Licht sah, verfinsterte sich ihre Miene.

Und da gab es vielleicht was!

Doch das Gewitter entlud sich diesmal nicht auf einmal und in eine Richtung, sondern nach und nach und über jeden im Hause.

Auf der anderen Seite des Flurs lagen die Küche und die Kammer, in der die zwei Dienstmädchen wohnten. Als Erstes nahm die Kammerfrau den Dienern ihre Zimmer. Als Zweites sperrte sie die Speisekammer ab und bezeichnete die Mädchen als Diebinnen. Als Drittes zählte sie die Zuckerwürfel ab. Als Viertes … ja!

Tags drauf waren die Spinnweben wieder an ihrem Platz, am Esstisch saß man vor schwarzfleckigen Kartoffeln, und das Fleisch war nicht geschnitten, sondern sah aus, als wäre es von Jagdhunden zerrissen worden.

Der Kammerherr, der immer noch an die unendliche Macht der Liebe glaubte, sagte nichts.

Doch am nächsten Tag waren die Kartoffeln abermals schwarzfleckig, und so blieb es die nächsten sechs Monate. Der Kammerherr versuchte, ein Gespräch in Gang zu bringen, über den verregneten Sommer im letzten Jahr und dessen Folgen für die landwirtschaftlichen Erzeugnisse, wurde aber gänzlich missverstanden.

Schließlich traten gewisse Krankheitssymptome im Hause auf, und da alle dieselben Beschwerden hatten, kam der Herr auf den Gedanken, sie könnten vergiftet worden sein, und zwar höchstwahrscheinlich durch den Kochtopf.

Als er diesen Verdacht äußerte, da gab es …

Da der Herr nun aber nicht vergiftet werden wollte, klingelte er und ordnete an, den Kartoffeltopf ins Esszimmer zu bringen. Der Topf wurde gebracht und für mangelhaft befunden.

»Siehst du, dass die Emaille hier gesprungen ist und einen Riss aufweist?«, fragte er seine Frau.

»Nein!«, antwortete sie.

Da verlor er den Glauben an die Liebe, stand vom Tisch auf und ließ einen Laufburschen holen.

Als dieser kam, schickte der Herr ihn los, einen neuen

Kochtopf zu kaufen und dazu gleich noch einen Senflöffel.

In der folgenden Nacht brannten sämtliche elektrischen Lichter im Haus, die ganze Nacht hindurch bis zum Morgen. Die Kammerfrau hatte sie angeschaltet!

Da begann der Hass, nicht die Liebe, sondern der große, berechtigte, wunderbare Hass auf das Böse, auf die ausgeklügelte Bosheit, die vorsätzliche Gemeinheit.

Und das verzehrende, reinigende Feuer brannte die Spinnweben vor seinen Augen weg, und er erkannte, dass er nicht mit einem Menschen, sondern mit einem Teufel verheiratet war.

Das ganze Heim sah aus wie eine einzige große, gelbgrüne Gemeinheit. Hier wurde so gehasst, dass es nach Schwefel und Phosphor roch; die Diener hassten, dass sich die Frau krümmte und verzweifelt Schutz und Trost bei ihrem Mann suchte, der dann doch wieder Mitleid bekam:

»Du bist so böse, dass du einem schon wieder leidtun kannst!«, sagte er.

Aber kaum hatte er sie getröstet, schaltete sie wieder überall das elektrische Licht ein.

Sämtliche Freunde waren aus dem Hause vertrieben worden, und die Verwandten machten sich rar, denn sie hielten es in dieser Wohnung nicht aus; der Hass, der darin waltete, schien sie zu ersticken.

In diesem Haus wurde so gehasst, dass das Messing und die Vergoldungen schwarz anliefen, die Möbel Risse im Holz bekamen und auch die Täfelungen Sprünge zeigten; es wurde so gehasst, dass die Kachelöfen qualmten, die Blumen eingingen und das Essen verdarb.

Die Kammerfrau wurde nervös, aber ansonsten ging es ihr gut. Als sie jedoch wegen ihrer Nerven den Arzt konsultieren musste, wurden ihr Arsenpillen verschrieben. Da wurde sie noch giftiger und verpestete die Luft im ganzen Haus.

Und bösartiger wurde sie auch. Über den Betten der Diener hatte sie eine Glocke anbringen lassen, um sie noch besser quälen zu können, und damit klingelte sie jede Nacht mehrmals, um zu überprüfen, ob sie auch ja alle im Bett lagen.

Doch ihre Dienstmädchen erzählten den anderen Dienstmädchen im Haus von all den Grausamkeiten ihrer Hausherrin, und wenn sie durchs Treppenhaus ging, zischte es von allen Seiten, als würde man auf einen Herd spucken.

Dann wurde es schließlich Weihnachten, und man hätte meinen können, dass nun der Weihnachtsfrieden Einzug halten würde. Doch weit gefehlt! Es begann schon früh am Morgen.

»Hast du den Dienern ihr Weihnachtsgeld gegeben?«, fragte der Kammerherr.

»Nein, die kriegen keines, denn sie haben sich schlecht aufgeführt.«

»Das finde ich nicht; sie sind doch auch Menschen.«

»Nein, Tiere sind das! Und wenn du es wagen solltest, ihnen etwas zu geben, dann stecke ich das Haus in Brand.«

»Ja, aber dem Pförtner müssen wir doch etwas geben.«

»Nein, davon steht nichts im Vertrag.«

»Aber dann wird er sich rächen.«

»Das wagt er nicht. Die Getreidegarben für die Vögel habe ich allerdings schon gekauft, denn das macht sich so nobel auf dem Balkon. Obwohl die Vögel das eigentlich auch nicht verdienen, die sind ja doch bloß Ungeziefer.«

Nun wollte die Frau einkaufen gehen; sie wusste aber gar nicht, was sie kaufen sollte, denn sie hatte ja nicht vor, Weihnachtsgeschenke zu machen. Um nach unten zu gelangen, musste sie den Fahrstuhl nehmen. Im Gang begegnete sie den Armen, denen der Kammerherr regelmäßig Almosen gab, und sie schickte sie mit dem guten Ratschlag weg, sie sollten doch arbeiten gehen. Daraufhin stieg sie in den Fahrstuhl und zog an dem Seil, das ihn in Bewegung setzte.

Er glitt ein Stückchen abwärts, aber dann blieb er stehen. Die Frau zog und zog, kam aber nicht vom Fleck.

Da gab es vielleicht was! Sie schrie und schimpfte und rief nach dem Pförtner, aber der hörte sie nicht.

Doch die Dienstmädchen des Hauses hatten sie sehr wohl gehört, und sie versammelten sich vollzählig vor der vergitterten Kabine, um sich »das Tier« anzusehen. Und sie zeigten mit dem Finger auf sie, streckten ihr die Zunge heraus und sagten ihr böse Dinge, so richtig böse.

Schließlich kam der Pförtner, aber er konnte die Kabine weder öffnen noch wieder in Bewegung setzen. Er wollte allerdings versuchen, einen Schlosser zu erreichen. Und so ging er davon, aber an seiner Stelle kamen nun all die Armen, die die Frau weggeschickt hatte. Sie blieben vor ihr stehen und starrten sie an, sagten jedoch kein einziges Wort. Und das kann ja auch ziemlich unangenehm sein.

Drei Stunden musste die Kammerfrau ausharren. Und als sie endlich befreit worden war, ließ sie eine wütende Tirade auf den Pförtner los, weil er den Aufzug nicht richtig wartete, aber Weihnachtsgeld würde er keines bekommen, und das Holz dürfe er ihnen auch nicht mehr für eine kleine Entlohnung hochtragen. Für ihn war das, als würde er ein Stück von seinem täglich Brot einbüßen.

Dann ging sie hinaus, um einzukaufen. Als sie auf die Straße trat, stellte sie sich auf den Bürgersteig auf der gegenüberliegenden Straßenseite, um zuzusehen, wie sich die Vögel an ihrer Getreidegarbe gütlich taten.

Die Spatzenscharen kamen angeflogen, setzten sich auf den Balkon, flogen dann aber gleich weiter zu den Garben der Nachbarn. Ihre Ähren wollten sie nicht, denn die rochen nach Hass und Bosheit. Da wurde sie böse, denn traurig werden konnte sie ja nicht.

Dann tat sie ein paar Stunden so, als würde sie einkaufen, und kam nach Hause, um zu Abend zu essen, denn sie war sehr hungrig geworden. Sie ging die Treppen hinauf – den Fahrstuhl mochte sie nicht mehr –, schloss die Tür auf, klingelte nach den Dienern, aber niemand kam. Da lief sie in die Küche, um die Dienstboten zu schelten. Aber siehe da, es war niemand dort, den sie hätte schelten können. Daraufhin rannte sie durch die Wohnung, um ihren Mann zu suchen, doch auch der war nirgends zu finden. Da begriff sie: Alle waren fort.

Auf dem Esstisch lag jedoch ein Brief – sie riss ihn an sich und machte ihn auf. Darin las sie Folgendes:

»Leb wohl, meine Herzallerliebste! Danke für das Gute und Schöne, das du mir gegeben hast. Das Böse und Garstige werde ich vergessen!«

Die Frau wurde böse und zerriss den Brief. Sie wurde immer über alles böse, denn sie gehörte zu den Menschen, die wegen nichts und wieder nichts böse werden.

Dann ging sie wieder in die Küche, um sich etwas zu essen zu suchen, aber dort gab es nichts.

Erneut wurde sie böse und ging zum Telefon, aber siehe da, es funktionierte nicht, es war kaputt.

Da wurde sie noch böser, so dass sie ein Glas Wasser brauchte, um ihren Zorn zu löschen, aber siehe da, aus der Wasserleitung kam kein Wasser mehr.

Sie wollte hinausgehen, zu irgendjemand nach Hause gehen, aber nachdem sie hin und her überlegt hatte, zu wem sie gehen sollte, dämmerte ihr, dass sie keinen einzigen Freund besaß, weil sie ja alle fortgejagt hatte.

Sie blieb so lange am Esstisch sitzen, bis es dunkel wurde,

und da fürchtete sie sich vor der Dunkelheit und stand auf, um das elektrische Licht einzuschalten. Aber siehe, es ward kein Licht. Sie ging in die Küche, um sich ein Streichholz zu holen, aber sie fand keines.

Und so tastete sie sich in der Dunkelheit zurück ins Esszimmer, wo sie sich hinsetzte. Stunden saß sie dort und dachte über die Vergangenheit nach und darüber, dass Heiligabend war. Heiligabend! Und in ihrer Erinnerung kam etwas nach oben, zusammen mit vielem anderem, eine Kleinigkeit nur: In der Zeit ihrer Verlobung war ihr einmal, als sie geadelt und geläutert war durch die grenzenlose Liebe ihres Bräutigams, bewusst geworden, dass sie nicht der Engel war, für den sie sich hielt. Sie bekam Mitleid mit ihrem Mann, und in einem ihrer besseren Momente schrieb sie ihm einen Brief, sagte ihm, sie sei nicht die, für die er sie halte, sondern der böseste Mensch, der überhaupt geschaffen worden war, und bat ihn, sich rechtzeitig in Sicherheit zu bringen. Aber er glaubte ihr nicht, glaubte nur an seine großen Gefühle.

Da schrillte das Telefon, und in der Annahme, dass nun die Rettung nahte, eilte sie hin, hob den Hörer ans Ohr und horchte.

»Hexe! Nachtmahr! Spinne!«, tönte eine grobe Stimme, die sie nicht erkannte.

Und böser als zuvor ging sie zurück zum Esstisch und setzte sich, nachdem sie das Telefon ausgesteckt hatte. Aber kaum hatte sie wieder Platz genommen, da begann das Telefon sozusagen von selbst zu reden, jedenfalls kam es ihr so vor.

Und es erzählte ihr von all ihren Boshaftigkeiten: Wie sie ihren armen Mann das elektrische Licht hatte bezahlen lassen, das sie die ganze Nacht über brennen ließ. Von den Dienstmädchen, die sie mit der Klingel gequält hatte. Von dem vergifteten Kochtopf, und überhaupt alles, alles!

Da war es endgültig um sie geschehen: Sie weinte über sich selbst und über ihre Bösartigkeit, und in der Dunkelheit fielen ihre Tränen wie Regen. Sie konnte einem leidtun. Und sie hörte die Worte ihres Mannes: Du bist so böse, dass du einem schon wieder leidtun kannst!

Sie saß im Dunkeln und hatte das Gesicht in den Händen vergraben – aber als sie nun aufblickte … war das ganze Esszimmer, die ganze Wohnung festlich beleuchtet, der Tisch war mit Zweigen und Weihnachtsgeschenken geschmückt, aus der Küche hörte man munteres Klirren und Klappern und das frische Brausen des Wasserhahns, und eine leichte, warme Hand strich ihr über die kalte Wange, und sie hörte eine wohlbekannte Stimme, die klang wie der Sommerwind, der durch die Blumen einer Waldwiese streift:

»Liebste!«

Aus dem Schwedischen von Wibke Kuhn

HENRIK WRANÉR (1853–1908)

Eine Weihnachtspredigt
im Angebot

Auf dem Lande in Schonen lebte vor vielen, vielen Jahren ein Schusterssohn, der es irgendwie geschafft hatte, auf die Oberschule in einer kleinen, kleinen Stadt zu gelangen. Was den jungen Habenichts am meisten verwunderte, war nicht, dass er fortwährend von seinen Klassenkameraden verprügelt und wegen seiner armseligen Kleider gehänselt wurde: Er begriff ja, dass er all diesen Söhnen mit ihren feinen Manieren und ihrer noch feineren Kleidung lächerlich vorkommen musste. Nein, das Wunderlichste waren ihre Schilderungen des Heiligen Abends: Sie, diese Kinder der Stützen der städtischen Gesellschaft, sangen keine Weihnachtspsalmen oder gingen zur Frühmesse, nein, sie tanzten um einen Tannenbaum herum und schenkten einander kostbare Dinge, die ›Weihnachtsgeschenke‹ genannt wurden.

Der Schusterssohn lauschte diesen Erzählungen begierig. Die Worte ›Feiertag‹ und ›Fest‹ hatten für ihn eine ausschließlich kirchliche Bedeutung: Er war einmal bei einer Bischofsvisite dabei gewesen und hatte Bischof Thomander predigen hören. Kurz darauf ging ihm auf, dass Thomander Moses auf dem Berg Sinai in der Bibelgeschichte sehr ähnelte. Obwohl, vielleicht nicht darin, wie er einen ansah.

Als der Schusterssohn in den Weihnachtsferien nach Hause kam und sein Vater beim Anblick des tadellosen Zeugnisses lächelte, seiner Mutter gar Freudentränen in die Augen traten, da begann er sich zu überlegen, wie er Weihnachtsfreude in das ärmliche Heim bringen könnte. Jaja, das war nicht so einfach! Etwas zu essen gab es ja. Jedes zweite Jahr wurde ein Schwein geschlachtet, und dieses war ein fettes Jahr. Aber Weihnachtsgeschenke? Und ein Tannenbaum? Wie sollte er das anstellen? Er überlegte hin und her. Und so kam ihm schließlich eine Idee.

Er bat seine Mutter, den Küchentisch abzuwischen, dann setzte er sich nieder und begann zu schreiben. Zwei ganze Tage lang war er damit beschäftigt. Am dritten bat er seine Mutter, ihm die besten Sonntagskleider und den feinsten Mantel herauszulegen. Und er selbst machte sich daran, seine Schuhe zu putzen, so dass sie blitzten wie die ›Sonne in Karlstad‹.

Der Vater war währenddessen unterwegs und schusterte – zu Weihnachten wollen die Leute ja neue Schuhe haben. Die Mutter sah immer wieder nach dem Jungen, sagte aber nichts zu der fleißigen Schreibtätigkeit. Als er die Zettel in die Brusttasche seiner grünen Strickjacke steckte und sich anschickte aufzubrechen, konnte sie sich jedoch nicht länger zurückhalten:

»Wo willst du hingehen? Und was hast du die ganzen Tage über geschrieben? Ich kann ja nicht schreiben und nicht lesen – bin ja so ungebildet. Aber etwas Besonderes muss es schon sein, da du doch so viel Papier verbraucht hast.«

»Ich verrate nichts, erst wenn ich zurück bin!«, sagte der Junge.

»Nicht mal deiner Mutter?«

»Nein, denn ich weiß nicht, ob es dir gefallen wird.«

»Na gut, etwas Unrechtes wird es schon nicht sein, das weiß ich. Mach, wie du denkst – und der Herr sei mit dir!«

Der Junge ging. Eine Stunde später stand er vor der Tür des Propstes.

Das war zu einer Zeit, als es noch Pröpste gab, die Humor besaßen – davon gibt es inzwischen nicht mehr viele. Manche haben zu wenig zu tun und zu viel Einkommen – bei manchen ist es genau umgekehrt. Die einen werden träge, die anderen sind erschöpft.

»Guten Tag! Was hast du auf deinem jungen Herzen?«, fragte der Propst freundlich. »Nun, wie läuft es in der Schule?«

»Hier ist mein Zeugnis.«

»Das ist ja sehr schön. Aus dir kann etwas werden. Was möchtest du denn später machen?«

»Propst werden«, sagte der Junge voller Überzeugung.

»Ach ja? Warum denn das?«

»Es muss schön sein, sechs Tage die Woche frei zu haben.«

»Hahaha! Glaubst du das? Vor allem in einem Jahr wie diesem, wo man drei Feiertage am Stück hat! Hahaha! Nun?«

»Ich hätte so gerne einen Weihnachtsbaum für zu Hause und Weihnachtsgeschenke für Vater und Mutter und meine Geschwister.«

»Soso. Das hast du dir ja nicht schlecht überlegt. Aber, wie stellst du dir das vor?«

»Hier im Pfarrhaus gibt es Weihnachtsbäume.«

»Du meinst, ich soll dir einen Baum geben?«

»Ergebensten Dank«, sagte der Junge und verbeugte sich.

»Haha! Aber was ist mit den Weihnachtsgeschenken?«

»Vater soll Kautabak, Mutter Kaffee und meine Geschwister sollen Apfelsinen bekommen.«

»Und wie soll das gehen?«, fragte der Propst.

»Mit Geld«, antwortete der Junge.

»Hast du denn welches?«

»Nee! Aber ich habe mir gedacht, dass ich vom Herrn Propst welches bekommen könnte.«

»Hahaha! Ach ja?«

»Wenn der Herr Propst dafür meine Predigt nimmt.«

»Was sagtest du? Deine Predigt?«

»Ja, letztes Jahr Weihnachten war ich zur Frühmesse in der

Kirche von By. Und hier ist die Predigt, die der Pastor dort gehalten hat – ich kann mich an jedes einzelne Wort erinnern und habe alles aufgeschrieben. Das kann für Sie während der Festtage ja eine Erleichterung sein.«

»Nun möchtest du also, dass ich seine Predigt halte? Weißt du, was das heißt: Eulen nach Athen tragen?«, fragte der Propst lachend.

»Nee.«

»Oder: Bäckerskindern Stuten geben.«

»Hmm. Aber die Predigt ist schön.«

»Schöner als meine?«

»Ja, das ist sie sicher«, anwortete der Junge gelassen.

»Hahaha! Du bist ein lustiges Kerlchen. Wärest du ein Student, hättest du die Predigt selbst halten müssen und hättest dafür einen Zehner bekommen. Aber, weißt du, ich mag nicht die Predigten anderer Leute halten.«

»Warum nicht? Der Herr Propst hat doch die gleiche Bibel wie der Pastor in By?«

»Du bist nicht dumm. Hahaha! Zeig die Predigt mal her!« Er schaute sie sich an.

»Was willst du dafür haben, dass du sie aufgeschrieben hast?«

»Für das Schreiben nichts – aber dafür, dass ich sie auswendig kann.«

»Jaja, ist gut. Wie viel kostet mich das?«

»Ich finde, in der Predigt sind herrliche Worte Gottes enthalten.«

»Das stimmt. Der Pastor in By ist ein wahrer Israelit, dem Worte Gottes treu. Aber, weißt du …«

»Ja, der Kautabak kostet 25 Öre und der Kaffee 75 – das macht eine Krone –, und meine Geschwister sollten jeder eine Apfelsine bekommen; vier mal zehn Öre, das macht fünfzig – denn ich selbst hätte auch gern eine.«

»Hahaha. Gott segne dich, Knirps!«

»Das macht zusammen einundeinhalb Kronen. Da spart der Herr Propst acht Kronen und 50 Öre, und die Gemeinde hat mehr davon, als wenn ich die Predigt halten würde. Hat die Frau Propst vielleicht ein paar Kerzenstummel übrig vom Weihnachtsbaum aus dem letzten Jahr oder von der Frühmesse am Neujahrstag …«

»Du hast richtige Pfaffenmanieren, mein Junge! Du fängst mit der Predigt an, und dann überlegst du dir alles Weitere so, dass du bekommst, was du willst. Hahaha. Komm herein zu meiner Frau, dann sprechen wir mit ihr darüber.«

»Darüber können doch wir Männer uns verständigen. Die Straßen sind so aufgeweicht, so kann ich nicht in die gute Stube gehen.«

»Du verstehst dein Handwerk! Hahaha! Klopf deine Schuhe auf der Fußmatte ordentlich aus.«

Der Junge nahm ein Taschentuch hervor und wischte seine Schuhe ab.

»Ich habe zwei Tücher, und dies hier kann ich später waschen.«

»Was für ein Junge! Hahaha. Wenn du nicht mal als Bischof endest …«

Die Frau Propst machte große Augen, als ihr lieber Mann in die Stube trat, in der die ganze Familie an kleinen Tischen damit beschäftigt war, Weihnachtsgeschenke einzupacken.

»Darf ich vorstellen: mein erster Hilfsprediger!«, sagte er feierlich. »Er will mir eine Weihnachtspredigt verkaufen – nun muss sich zeigen, ob wir ihn auch bezahlen können.«

Die zwei Mädchen machten große Augen. Die eine war zwölf, die andere neun. Der Junge trat zu ihnen, unterdessen fasste der Propst seine Frau um die Taille, und sie verschwanden im Nebenzimmer.

»Sind das Weihnachtsgeschenke?«, fragte der Junge.

»Ja«, antwortete die Kleinere.

»Was sind das für Geschenke?«, fragte er neugierig.

»Hier drin sind ein paar Filzpantoffeln für Vater, und hier ist eine Wolljacke für Mutter – ich habe sie selbst gestrickt«, sagte die Kleine und schaute mächtig stolz drein.

»Kann … kann die kleine Dame so was denn schon?«

»Ja sicher. Im Übrigen heiße ich Anna und nicht kleine Dame. Und wenn ich erwachsen bin, werde ich Fräulein heißen und nicht Dame.«

»Möchte Anna denn dem Propst nicht lieber Kautabak schenken?«

»Nein, er nimmt keinen Priem.«

»Ach so, er ist ja auch ein vornehmer Mann.«

Dann kam der Propst zurück.

»Geht zu Mama, ihr kleinen Kinder, sie hat euch etwas zu sagen!«, sprach er.

»Jaa! Jaa!« Und sie rannten hinaus.

»Nun wollen wir eine Tasse Kaffee trinken, du kleiner Pastor! Setz dich!«

»Das ist ein schrecklich süßes Mädchen, diese kleine Anna!«

»Hah, wenn er nicht schon die erste Hilfspfarrerverliebtheit zeigt! Hahaha!«

Die Frau Propst kam mit dem Kaffeetablett. Und der Junge durfte so viel Gebäck essen, wie er schaffte.

»Hier hast du zwei Kronen. Dann kaufe ich dir wohl deine Predigt ab. Und bewahre Sie für dich auf. Viel Erfolg in der Schule! Und wenn du später einmal Student bist, kannst du die Predigt dann selbst in deiner Heimatgemeinde halten. Hier hast du auch noch ein Paket – das sind ein paar Kleinigkeiten für deine Weihnachtsgeschenke, die meine Frau für dich zusammengesucht hat. Und Kerzen für den Weihnachtsbaum. Den Baum soll Per mit dir zusammen im Wald schlagen. So, vielen Dank, dass du mich alten Propst besucht hast.

Wenn du geistige oder leibliche Sorgen hast, komm gerne wieder! Sodann, sag zu Hause einen schönen Gruß von mir!«

»Die Handschuhe sind von mir«, sagte die kleine Anna und machte mit strahlender Miene einen Knicks.

»Man soll sich an Heiligabend nicht verplappern!«, sagte ihre Mama.

Am Abend herrschte im Häuschen der Schusterfamilie große Freude. Oh, wie der Vater auf seinem Priem herumkaute!

Der Junge kam nie dazu, seine Predigt zu halten, denn er wählte eine andere Laufbahn. Aber mit Anna, der Tochter des Propstes, ist er nun verheiratet.

Aus dem Schwedischen von Frank Zimmer

Herman Bang (1857–1912)

Weihnachten.
Das Fest der Erinnerungen

Weihnachten ist das Fest der Erinnerungen. Erinnerungen aus der Kindheit scharen sich um den Namen. Erinnerungen aus der Zeit, als wir nach Weihnachten fragten, sobald die Abende nur etwas länger zu werden begannen, und Mutter sagte, dass es noch ganz, ganz lange dauern würde. Aber das erste Zeichen, dass es nun bald so weit war, das bekamen wir, als die großen Steinkrüge aus der Speisekammer geholt wurden und Mutter Berge von Mehl und Butter abwog und den Teig für die »braunen Kuchen« in dem großen Trog knetete. Und wenn der Teig geknetet war, kam er in die Steinkrüge, die verschlossen und in die Speisekammer zurückgestellt wurden, und es dauerte noch lange bis Weihnachten. Denn erst musste der Teig gehen.

Doch wenn es einem gelang, unbemerkt in die Speisekammer zu schlüpfen, wo die Töpfe standen, dann hob man ein wenig den Deckel an, ein ganz klein wenig – nur um zu sehen, ob der Teig auch wirklich ging, denn dann wusste man: Nun war es bald so weit, und nun sollte gebacken werden. Sonst würden die Kuchen weich werden, sagte das Küchenmädchen.

Und man sah es außerdem auch an anderen Dingen: Stets musste irgendetwas schnell im Nähkästchen verschwinden, es kamen viele Pakete an, und Mutters Kabinett wurde abgeschlossen: Die Weihnachtssachen lagen dort drinnen auf dem Sofa. Zuletzt wurde sogar etwas ins Schlüsselloch gestopft, so dass man überhaupt nicht mehr hineinsehen konnte, und dann wusste man, dass der Weihnachtsbaum eingetroffen war. Man ging von nun an früh am Abend ins Bett, damit die Zeit schneller verging. Eine ganze Woche lang wurden Herzen ausgeschnitten und lange Streifen aus Seidenpapier, die mit einer Papierschere geschnitten werden mussten, und kleine Körbchen aus Glanzpapier. Aber am schwierigsten ist es, die Herzen zu flechten, das kann nur Mutter. Minna weint, weil sie sich mit der kleinen Stickschere in die Finger gestochen hat. Fritz sagt, sie mache nur das Papier kaputt.

Hatte man Geld im Sparschwein, dann ging es auf zum »Einkaufen«. Es ist so voll und so hell beim Kaufmann, in allen Glaskugeln unter der Decke ist Licht, und auf den Tischen stehen kleine Weihnachtsbäume und Lampen hinter allen Puppentheatern. Es gibt viel zu sehen beim Kaufmann. Wenn wir an der Reihe sind, fragt uns der Verkäufer, wie viel wir haben, und zählt das Geld. Wir brauchen etwas »für acht« für die drei Mark und sieben Schilling. Dann fragen wir nach den teuersten Dingen, aber zuletzt gehen wir hinaus mit einer Garnrolle aus Horn für Marie, das Küchenmädchen, und einem kleinen Nadelkissen in Gestalt eines Apfels für Hanne …

Am nächsten Tag ist Backtag. Nie zuvor haben wir Mutter so früh aufstehen sehen. Es ist so dunkel, dass sie Licht machen muss, während sie Tee trinkt und vor dem Spiegel steht und sich ihre weiße Schürze umbindet, eine große Schürze. Und dann können wir hören, wie es in der Küche klirrt und klappert, und Mutter, Hanne und Marie lachen und singen und haben alle Hände voll zu tun. Wir bekommen den Tee ans Bett, denn dann ist man uns solange los. Später bekommen wir etwas Teig ins Speisezimmer heraufgebracht und formen daraus Kringel und Herzen und Frauen mit Rosinen als Augen und einer braunen Mandel als Nase. Am Abend werden alle Kuchen in weiße Schüsseln gelegt, und Mutter legt die verbrannten beiseite und füllt die anderen in Blechdosen. »Weihnachten dauert lange«, sagt sie.

Dann wiegt sie Reis ab für die Armen und füllt Zucker in Tütchen aus Zeitungspapier, und zu jedem Päckchen legt sie zwölf braune Kuchen, ein Paar Strümpfe und einen Unterrock. Das ist für die Alten, aber wenn die Pakete für das Waisenhaus gepackt werden, bittet sie uns um etwas Spielzeug und sagt, dass nichts zu gut sein könne. Jeder holt seines hervor, und wir streiten uns darum, wer das Beste geben kann, und zuletzt schimpft Mutter: nun sei es aber genug. »Ach – nur dies noch!«, sagen die Kinder.

Und wenn wir dann ins Bett gehen, ist am nächsten Tag Weihnachten. Den ganzen Tag über hat Mutter sich in ihrem Kabinett eingeschlossen, und die Kinder sitzen jedes in seiner Ecke und wickeln ihre Geschenke in Schreibpapier ein, ohne miteinander zu reden. In jedem Mund sind zehn Geheimnisse versteckt. Wenn man aber alles eingepackt and wieder ausgewickelt und wieder eingepackt hat, trippelt man im Speisezimmer herum und spielt alles Mögliche, was einen dann aber auch gleich wieder langweilt. Und man kann überhaupt nicht verstehen, dass es nicht einen einzigen winzigen Spalt in der Tür zum Kabinett gibt – und dann die viele Watte im Schlüsselloch!

Manchmal kommt Mutter heraus, aber bevor sie die Tür öffnet, ruft sie von drinnen: »Weg von der Tür, Kinder!«, und schließt sie ganz schnell wieder. Was sie aus dem Sekretär holt, versteckt sie unter ihrer Schürze.

Hanne kommt hineingestürzt, und Mutter muss schnell im Buch des Postboten unterschreiben, um die Kiste aus Kopenhagen zu bekommen, die Kiste von den Großeltern, und man kann hören, wie Mutter im Kabinett mit Papier raschelt, während sie das Paket auspackt. Was von den Großeltern kommt, ist immer das Allerbeste.

Wenn alles fertig ist, zieht Mutter sich um. Die Glocken drüben in der Kirche haben angefangen zu läuten. Wenn man das Gesicht gegen die Fensterscheibe drückt, kann man sehen, wie die Leute draußen auf dem Marktplatz hin und her eilen, der eine mit einem Baum, der andere mit einem Paket. Die meisten wollen in die Kirche – die großen Kirchenfenster leuchten über den ganzen Marktplatz auf den Schnee.

Dann gehen wir an Mutters Hand in die Kirche. In der Dämmerung haben wir die Weihnachtslieder gesungen, so dass wir sie jetzt gut können. Doch hier drinnen braust der Gesang wie eine Woge, man bekommt fast Angst, obwohl es so schön ist. Und die Lichter und Tannenzweige an allen Bänken, und alle Menschen singen.

»Mama«, sagt Minna, »Mama – Mathiesen singt auch.«

»Ja.«

Aber Minna kann nicht begreifen, dass Mathiesen singen kann – der dicke Bierbrauer mit dem roten Gesicht –, und sie starrt auf sein Mondgesicht und seinen ungeheuren Mund, aus dem der Gesang wie ein dumpfes Grollen heraus-donnert.

Und wieder fragt sie: »Mama – wieso singt Mathiesen denn?«

»Weil das Christkind geboren ist, Minna«, sagt Mutter. »Er freut sich so sehr.«

Und als das Lied zu Ende ist, trocknet sich Mathiesen mit einem roten Taschentuch den Schweiß von der Stirn.

»Mama«, fragt Minna ganz leise, »geht es jetzt los mit der Predigt?«

»Ja – er steht doch schon da oben ...«

So viele große runde Augen, die auf dem Pastor ruhen. Und die ganze Zeit sitzen sie still, unbeweglich, ohne sich zu rühren, denn gestern Abend, als sie alle in der Ecke beim Klavier gesessen haben und Mutter ihnen vom Jesuskind erzählt hat, hat sie gesagt: »Wenn man nicht stillsitzt, während der Pastor predigt, dann wird der liebe Gott böse.« Still wie eine Maus sitzt man, bis sie wieder zu singen anfangen, und noch länger.

Aber zuletzt schielt Minna doch ein ganz klein wenig zu Mathiesen hinüber. »Mama«, flüstert sie, »jetzt singt Mathiesen aber nicht mit.«

Und kurz darauf flüstert sie wieder: »Mama – Mama …«

»Minna – pst – sitz still …«

»Ja – aber Mama, Mathiesen schläft.«

Dann singt der Pastor etwas ganz vorn in der Kirche, und die Orgel braust los, und wie schön er jetzt geschmückt ist, der Pastor, da vorne bei den vielen Lichtern. Und Minna drückt sich eng an Mutter heran: »Kommen jetzt die Engel?«, fragt sie.

Zu Hause bekommt man keinen Bissen herunter, weder von der Grütze noch von der Gans oder von sonst etwas. Aber Vater sagt, dass es nicht Weihnachten wird, wenn man nicht aufisst. Und dann versteckt man die Reste unter seiner Gabel …

Mutter geht die Lichter anzünden. In der dunklen Stube erzählt Vater Geschichten, aber alle Augen starren hinüber zur Kabinettstür, und man darf aufstehen und vorsichtig auf und ab gehen. Endlich kommen Hanne und Marie in ihren schwarzen Kleidern herein und stehen an der Speisezimmertür – und dann steht Mutter in der Tür und sagt:

»So, Kinder!«

Wie sie hineinstürmen zu ihrem Tisch! Und der Baum – ach, wie voll er hängt! Oh – und der Wichtel auf der Spitze, der mit dem Kopf nicken kann. Den hat Großvater geschickt.

»Mama! Ich hab ja doch einen Säbel bekommen!«

»Mutter … Mutter … die Puppe kann Mama sagen!«

Am Weihnachtsmorgen wacht man auf und denkt sofort an das Spielzeug und die Süßigkeiten, und wir sind schon wach, lange bevor es hell wird, und Hanne bringt uns die Sachen ans Bett, und wir bekommen Tee mit Weihnachtsgebäck, und wenn die Leute zum Gratulieren kommen, bekommen wir Schokolade. Vater macht sich Sorgen um unsere Mägen, aber Mutter sagt, dass nur einmal im Jahr Weihnachten sei …

Und dann wird es Neujahr! Wie sie auf dem Marktplatz schießen, und wir bekommen so viele Töpfe ans Tor und einen auch an die Küchentür, dass Hanne fast in Ohnmacht fällt. Der ist von Maries Liebhaber. Um zwölf gibt es Punsch, und dann sagt Vater, dass jetzt eigentlich alles vorbei ist. Aber es sind doch auf jeden Fall noch acht Tage, bevor die Schule wieder anfängt, und wir wollen noch zum Ball im Klub …

»Du verziehst die Kinder«, sagt Vater.

»Ach was – zu Weihnachten, Karl«, und Mutter küsst ihn wieder gut. »Denk doch nur mal daran, wie wir selbst Kinder waren.«

So scharen sich glückliche Erinnerungen um das Wort »Weihnachten«, und sie erquicken selbst das Gemüt der Kranken, und den Reichen machen sie mildtätig, den Armen aber dankbar. Daher nehmen die guten Taten zu Weihnachten zu, und alle bekommen ihren Anteil am Fest. In den Stuben der Hospitäler werden Weihnachtsbäume aufgestellt, und die Kranken, die nicht laufen können, trägt man hinein, damit auch sie das schöne Licht sehen können. Für viele von ihnen ist es der letzte Baum. Jemand holt die armen Kinder zusammen, die ohne Zuhause in den Straßen und Gassen herumstreunen, und gibt ihnen Kleider und Essen. Und dort draußen, wo man jeden Tag hungert, ganz elendig hungert, ohne einen Bissen Brot zu besitzen, dort bekommt man heute etwas zu essen und hungert nicht – zumindest nicht an diesem einen Tag.

Dem Unglück, das man kennt, dem will man so gerne abhelfen. Doch es gibt stumme Leidende, deren Schmerz man nicht kennt und denen man auch nicht helfen könnte, wenn man ihn kennte – und doch schenkt man ihnen und ihren Sorgen einen milden, mitfühlenden Gedanken.

Denn Erinnerungen stimmen das Gemüt milde.

Aus dem Dänischen von Joachim Grage
und Anne-Bitt Gerecke

Polly patent

Ich wünschte, ihr könntet das Haus sehen, in dem Polly wohnte. Es war so klein und niedlich, dass man es beinahe für ein Märchenhaus halten konnte, wisst ihr, so ein Märchenhaus, in dem sonst Zwerge oder Kobolde wohnen. Das Haus lag an einer engen, abfallenden Kopfsteinpflasterstraße im allerärmsten Teil der Stadt. Es war wirklich eine arme Straße, und die anderen Häuser dort waren nicht viel feiner als Pollys Haus.

Pollys Haus – was sage ich? Natürlich war es nicht Polly, die in diesem Haus schaltete und waltete. Das tat Großmutter. Großmutter, die Bonbons kochte und sie dann jeden Sonnabend auf dem Markt verkaufte. Ich nenne es aber trotzdem Pollys Haus. Wenn man vorbeiging, konnte man Polly auf der Steintreppe zur Straße hin sitzen sehen. Sie hatte die braunsten und fröhlichsten Augen und die rosigsten Wangen, die wohl jemals irgendein Kind gehabt hat. Und dann sah sie – wie soll ich sagen? – sie sah so patent aus.

Ja, so patent! Deswegen hatte ja ihre Großmutter auch den Einfall gehabt, sie »Polly patent« zu nennen.

Großmutter sagte, Polly habe schon damals, als sie drei Monate alt war und in einem Körbchen lag, patent ausgesehen. Das Körbchen war eines Tages bei Großmutter abgestellt worden mit dem Bescheid, sie möchte sich um die Kleine kümmern, weil kein anderer da sei, es zu tun.

Oh, das Haus, wie war es niedlich! Zwei kleine Fenster gingen auf die Straße hinaus, und dort konnte man oft eine

Nasenspitze und zwei fröhliche braune Augen sehen. Hinter dem Haus, gut beschützt durch einen hohen grünen Zaun, lag ein kleiner Garten – wenn man einen Platz, auf dem nur ein Kirschbaum und einige Stachelbeersträucher stehen, Garten nennen kann.

Es gab natürlich auch ein kleines saftig grünes Stückchen Rasen dort, und da saßen im Frühling, wenn es warm und sonnig war, Polly und die Großmutter und tranken Kaffee. Das heißt: Großmutter trank den Kaffee. Polly tauchte nur Würfelzucker in Großmutters Kaffeetasse. Und dann warf sie den Spatzen, die auf dem Gartenweg umherhüpften, Brotkrumen zu.

Polly fand Großmutters Haus wunderschön, wenn es auch klein war. Abends, wenn sie auf das Küchensofa gekrochen war, wo sie schlief, und Großmutter am Küchentisch saß und Bonbonpapier zuschnitt, sprach Polly mit heller und klarer Stimme ihr Abendgebet:

Ein Engel geht, von Gott gesandt, ums Haus, zwei Kerzen in der Hand. Er trägt ein Buch, er winkt mir zu. Jetzt schlaf ich ein in guter Ruh.

Polly war sehr froh, dass ein Engel während der Nacht um ihr Haus ging. Es war so beruhigend. Sie war nur ein wenig in Sorge, wie er das alles tragen konnte, zwei Kerzen und ein Buch. Sie hätte sehr gern gesehen, wie er das machte und wie er dabei auch noch winken konnte.

Polly sah oft aus dem Fenster in den Garten. Vielleicht konnte sie doch einmal den Engel sehen. Bis jetzt war es ihr noch nie geglückt. Sicher kam er immer erst, wenn Polly schon eingeschlafen war.

Als das geschah, wovon ich erzählen will, war Polly noch nicht sieben Jahre alt. Was geschah, war nicht besonders merkwürdig. Großmutter rutschte auf dem Küchenfußboden aus und verletzte sich ein Bein. Merkwürdig war das nicht, denn so etwas kann jeden Tag passieren. Aber es war nur noch eine Woche bis Weihnachten.

Denkt nur, was wurde aus den vielen Bonbons, die auf dem Weihnachtsmarkt verkauft werden sollten? Wer sollte das machen, wenn Großmutter im Bett lag und das Bein nicht bewegen konnte, ohne gleich vor Schmerzen zu stöhnen? Wer sollte den Weihnachtskuchen backen und die Weihnachtsgeschenke einkaufen und das Haus weihnachtsfein machen?

»Das mache *ich*«, sagte Polly.

Ich habe ja gesagt, sie war ein patentes Kind.

»Achachach«, sagte Großmutter in ihrem Bett, »gutes Kind, das kannst du doch nicht. Wir werden Frau Larsson fragen müssen, ob sie über Weihnachten auf dich aufpassen will. Und dann werden wir sehen, ob ich nicht ins Krankenhaus kommen kann.«

Da sah Polly patenter aus als je zuvor. Sollte sie Weihnachten bei Larssons sein? Und Großmutter im Krankenhaus? Sollten Großmutter und Polly nicht Weihnachten so feiern, wie sie es gewohnt waren? Doch, das sollten sie, sagte Polly, bald sieben Jahre alt und mit den braunsten und fröhlichsten Augen der Welt.

Und dann begann sie mit dem Weihnachtsgroßreinemachen. Sie musste natürlich Großmutter fragen: Wie macht man Weihnachtsgroßreinemachen?

Polly hatte nur eine schwache Vorstellung davon, dass man zuerst einmal das ganze Haus auf den Kopf stellte, so dass die Möbel in wüstem Durcheinander herumstanden und alles so ungemütlich wie möglich wurde. Dann stellte man alles wieder zurecht, und es war Weihnachten.

Großmutter meinte: »In diesem Jahr nehmen wir es mal nicht so genau. Wir kümmern uns nicht darum, die Fenster zu putzen.«

Davon aber wollte Polly nichts hören. Ohne saubere Gardinen konnte gar nicht Weihnachten sein, und saubere Gardinen konnte man doch nicht vor schmutzige Fenster hängen. Frau Larsson kam und half ein bisschen. Sie schrubbte den Fußboden in der kleinen Küche und in dem kleinen Zimmer. Sie putzte auch die Fenster. Aber alles andere machte Polly.

Ihr hättet sehen sollen, wie sie umherlief mit einem Tuch um den Kopf und dem Besen in der Hand! Sie sah unglaublich patent aus. Sie steckte saubere Gardinen auf. Sie legte Flickenteppiche auf den Küchenfußboden und staubte alle Möbel ab. Und zwischendurch musste sie alles liegen lassen und Kaffee für Großmutter kochen und Wurst und Kartoffeln braten. Im Herd musste sie selber Feuer anmachen. Ein Glück, dass es ein so guter Herd war! Polly stopfte das Zeitungspapier und das Holz hinein und blies. Und dann horchte sie aufgeregt, ob es knisterte. Und wie es knisterte! Großmutter bekam ihren Kaffee, und sie wiegte den Kopf hin und her und sagte: »Mein gutes Kind, wie könnte ich ohne dich fertig werden!«

Und Polly saß auf der Bettkante, einen großen Schmutzfleck auf der Nase, und tauchte ein Stück Zucker in Großmutters Kaffeetopf, bevor sie wieder ans Reinemachen ging.

Ja, aber nun die Bonbons, die schon fertig waren und auf dem Markt verkauft werden sollten? Wer sollte das machen? Polly und kein anderer! Aber Polly konnte doch nicht rechnen und die Bonbons auch nicht auf der kleinen Waage abwiegen, so wie Großmutter es tat, wenn sie in ihrem Bonbonstand auf dem Markt war. Aber Polly wusste, wie ein Fünfziger aussah. Das wusste sie! Großmutter musste sich im Bett aufrichten und die Bonbons in Tütchen einwiegen. Hundert Gramm in jedes Tütchen. Das wurden genau Fünfzigertütchen.

Drei Tage vor Heiligabend war Weihnachtsmarkt. An dem

Morgen war Polly früh auf, und Großmutter bekam ihren Kaffee ans Bett.

»Gutes Kind«, sagte Großmutter, »es ist doch so kalt. Du frierst dir die Nase ab.«

Da lachte Polly nur. Sie war schon fertig, fertig für ihr großes, seltsames Bonbonabenteuer. Und wie sie angezogen war! Zwei dicke Jacken unter dem Mantel und die Pelzmütze heruntergezogen bis über die Ohren und einen dicken Wollschal um den Hals geschlungen und große rote Handschuhe an und dann Großmutters riesige Strohschuhe über ihren Stiefeln – wegen des Frostes. Und an ihrem Arm hing der Korb, voll von Bonbons.

»Auf Wiedersehen, Großmutter«, sagte sie und ging in die Winterfinsternis hinein. Viele Menschen waren schon unterwegs auf den Straßen. Das war auch kein Wunder, denn es war Weihnachtsmarkt.

Es war wirklich kalt. Der Schnee knirschte unter den Strohschuhen, als Polly zum Markt ging. Aber drüben im Osten begann der Himmel herrlich rot zu werden. Es würde einen schönen Tag geben.

Frau Larssons Mann war so nett gewesen, Großmutters Stand am gewohnten Platz aufzubauen. Polly brauchte nur die Bonbontüten aufzustellen. Die anderen Marktfrauen starrten Polly verwundert an.

»Hat Matilda denn den Verstand verloren? Soll die Kleine jetzt auf dem Markt stehen?«, fragten sie.

»Ja, sie soll«, sagte Polly patent.

Wie Rauch stand der Atem vor ihrem Mund, und ihre Augen leuchteten vor Eifer, als sie die Tüten aufstellte.

»Das ist doch wohl die kleinste Marktfrau, die ich je gesehen habe«, sagte der Bürgermeister, als er auf dem Weg zum Rathaus vorbeikam. Er kaufte zwei Tüten Bonbons und gab Polly ein blankes Einkronenstück.

»O nein«, sagte Polly. »Ich muss zwei Geldstücke haben. Zwei Fünfziger müssen es sein!«

Da lachte der Bürgermeister und suchte nach zwei Fünfzigern.

»Hier hast du sie«, sagte er. »Und die Krone kannst du auch behalten, du kleines patentes Kerlchen.«

Aber das wollte Polly nicht.

»Ich muss zwei Fünfziger haben«, sagte sie. »Einen für jede Tüte. Das hat Großmutter gesagt.«

Und schob patent die Krone zurück.

Viele Käufer kamen zu Polly. Alle wollten sie von der allerkleinsten Marktfrau kaufen. Großmutters Bonbons, rot und weiß, süß und herrlich, waren aber auch die besten in der ganzen Stadt. Polly hatte eine Zigarrenkiste, in die sie das Geld hineinlegte, und es klapperte schon ganz schön. Aber nur von Fünfzigern. Andere Geldstücke erkannte Polly nicht an.

Die anderen Marktfrauen wurden beinahe neidisch, als sie sahen, welch ein großartiges Geschäft Polly machte. Polly selbst war so froh und ausgelassen, dass sie kaum stillstehen konnte. Ha, auf so etwas würde sie sich werfen, Millionen, viele Millionen Bonbons würde sie kochen und dann jeden Tag auf dem Markt stehen!

Großmutter lag zu Hause in ihrem Bett und machte gerade ein Schläfchen, als Polly angestürmt kam und den Inhalt der Zigarrenkiste auf der Decke ausschüttete. Und der Korb war leer! Nicht ein einziger Bonbon war mehr da.

»Gutes Kind«, sagte Großmutter, »wie könnte ich ohne dich fertig werden.«

Und dann das mit den Weihnachtsgeschenken! Großmutter hatte ja nichts im Voraus kaufen können. Sie hatte bis nach dem Weihnachtsmarkt damit warten wollen. Vorher hatte sie doch kein Geld! Nun lag sie da und konnte sich nicht rühren. Und Polly, die sich so sehnlich eine Puppe wünschte! Nicht irgendeine Puppe – nein, die süßeste Puppe der Welt! Söderlunds in der Hinteren Kirchgasse hatten sie. Viele Male hatten Großmutter und Polly sie sich angesehen. Und ganz heimlich hatte Großmutter schon Fräulein Söderlund gebeten, *diese* Puppe bis nach dem Weihnachtsmarkt zurückzulegen. Die Puppe hatte ein entzückendes Spitzenkleidchen, konnte schlafen und Mama sagen und war überhaupt ohne Frage die herrlichste Puppe, die es gab.

Großmutter konnte doch nicht Polly losschicken, damit sie sich ihr eigenes Weihnachtsgeschenk kaufte. Ja, da war guter Rat teuer. Aber was dachte sich Großmutter aus? Sie schrieb einen Zettel an Fräulein Söderlund, einen Geheimzettel. »Geheim« stand groß darauf.

Eigentlich war das überflüssig, denn Polly konnte ja sowieso noch nicht lesen. Mit dem Zettel in der Hand lief Polly zu Söderlunds.

Fräulein Söderlund las den Zettel lange und sorgfältig. Und dann durfte Polly in den Raum hinter dem Laden gehen, dorthin, wo es so geheimnisvoll roch. Nachdem sie da ein Weilchen gesessen hatte, kam Fräulein Söderlund, gab ihr ein großes Paket und sagte:

»Geh jetzt hiermit direkt zur Großmutter. Und verlier das Paket nicht!«

O nein, *das* Paket verlor Polly nicht. Sie drückte nur ein bisschen daran. Sie hoffte ja, es wäre die Puppe, aber ganz sicher konnte man nicht sein.

Polly kaufte für Großmutter auch ein Weihnachtsgeschenk. Ein paar feine Fingerhandschuhe. Die hatte sich Großmutter schon lange gewünscht.

War da jemand, der geglaubt hatte, dass es bei Polly und ihrer Großmutter kein richtiges Weihnachtsfest geben würde? In diesem Fall wünschte ich nur, er hätte am Weihnachtsabend einmal durch eins der kleinen Fenster in Pollys Haus hineingeschaut. Dann hätte er die sauberen Gardinen gesehen und die Flickenteppiche auf dem Boden und den schönen Weihnachtsbaum, der dicht bei Großmutters Bett stand. Polly hatte ihn selbst auf dem Markt gekauft und ihn mit Lichtern und Kugeln und Äpfeln und Nüssen geschmückt. Er hätte dann auch gesehen, wie Polly bei Großmutter auf dem Bettrand saß und wie die Weihnachtsgeschenke auf Großmutters Bettdecke lagen und wie Pollys Augen leuchteten, als sie das Paket öffnete und die Puppe sah. Vielleicht leuchteten sie noch mehr, als Großmutter *ihr* Paket aufmachte.

Und auf dem großen runden Tisch brannten die Kerzen in den roten Leuchtern. Da stand auch das ganze Festessen, das Polly zubereitet hatte. Natürlich hatte Großmutter ihr erklärt, wie sie es machen musste.

Und Polly sang viele Weihnachtslieder, und Großmutter nickte mit dem Kopf und sagte:

»So ein gesegnetes Weihnachtsfest!«

Als Polly am Weihnachtsabend endlich auf dem Küchensofa lag, war sie so müde, dass sie am liebsten auf der Stelle eingeschlafen wäre. Mit ziemlich schläfriger Stimme stotterte sie das Gebet von dem Engel, der ums Haus geht, und warf noch einen hastigen Blick aus dem Fenster in den Garten. Es schneite draußen, es war strahlend weiß.

»Großmutter!«, rief sie. »Weißt du, dass der ganze Garten voller Engel ist?«

Großmutter lag zwar im Zimmer, und das hatte nur Fenster zur Straße, aber sie sagte:

»Ja, ja, gutes Kind, der ganze Garten ist voller Engel.« Und dann schlief Polly ein, ihre Puppe im Arm.

Aus dem Schwedischen von Karl Kurt Peters

Der Wichtel –
ein Weihnachtsmysterium

In der Nacht zum ersten Dezember schlug das Wetter um. Der November war nass und regnerisch gewesen, am ersten Adventssonntag regnete es Bindfäden. Aber im Laufe des Montags klarte es auf, und in der Nacht kam der Frost.

Am Morgen des ersten Dezember musste Mads Povlsen zum ersten Mal in diesem Winter Eis von den Fenstern des großen museumseigenen Lieferwagens kratzen, in dem er immer zur Arbeit fuhr.

Mads Povlsen war stellvertretender Direktor des Museums von Tand, das in der alten Wassermühle lag, schräg gegenüber von der Kirche. Er freute sich auf den Weihnachtsmonat, seinem zweiten auf diesem Posten, der hoffentlich in Stille und Frieden und ohne dringliche Aufgaben verlaufen würde. Er wollte diese ruhige Zeit nutzen, um seinen Arbeitsbericht zu schreiben und sich die Jahresabrechnung vorzunehmen. Es war ihm gelungen, die neuen Ausstellungen in einer der alten Ziegeleien von Hyllesund vor Anbruch der Sommersaison fertigzustellen, und das Publikumsinteresse war überwältigend gewesen. Nun war es schön, auf einen solchen Erfolg zurückblicken zu können.

Funkelnde Sterne standen an diesem Morgen am Himmel, und Mads bekam Lust, anstelle des direkten Weges von Onstrup, wo er wohnte, zur Arbeit den kleinen Umweg über Kirke Balle zu fahren. Diesen Weg nahm er ab und zu, denn die Kirche von Balle, ein gedrungener, turmloser Feldsteinbau mit einem Bleidach, das sich gerade so eben über das

Stückchen Heide unmittelbar östlich der Kirche erhob, gab ihm das Gefühl, sich in einer uralten Landschaft zu befinden. Stärker noch als in Tand, das viel zu idyllisch war.

Es war kalt, als er über den gefrorenen Kies des Friedhofs ging, und er musste die Lederjacke zuknöpfen. Die Kälte brannte an den Ohren, und er bereute, seine Mütze nicht aufgesetzt zu haben. Er zündete die erste Pfeife des Tages an, während die Morgensonne den östlichen Horizont einzufärben begann.

Während er dastand und den blauen Tabakrauch in die stille, klare Frostluft aufsteigen ließ, fiel sein Blick auf ein Haus oder vielmehr eine Kate weiter nördlich. Er erinnerte sich nicht, sie früher schon einmal bemerkt zu haben. Es war ein weiß gekalktes, flaches Gebäude mit einem Strohdach, das ringsherum beinahe den Boden berührte, nur nicht an der einen Seite, wo in der Mitte deutlich ein Tor auszumachen war. Kein Schornstein war zu entdecken, aber ein feiner, weißer Rauch stieg aus einem Loch im Dachfirst auf.

Mads dachte, es wäre das Licht, das dieses Haus fast erscheinen ließ, als stammte es aus der Eisenzeit, so wie es dort schön windgeschützt am Fuß eines Grabhügels lag. Er musste auf die alte Karte im Museum schauen, dachte er, und herausfinden, wer dort wohnte. Dieser Ort wäre einen Besuch wert. Nur sonderbar, dass er ihn bislang nie bemerkt hatte.

Im Büro hatte Lone den Weihnachtsschmuck verteilt, eine Adventskerze auf den Tisch im Pausenraum gestellt und kleine Tannensträuße an alle Türen gehängt. Fast zu viel, dachte er, aber es war schon gemütlich. In den Büros mit ihren niedrigen Decken und kleinen Fenstern musste zu dieser Jahreszeit den ganzen Tag über das Licht anbleiben.

Mads Povlsen suchte die Karten der Gemeinde Balle heraus. Aber weder die neueste Gemeindekarte noch das älteste Generalstabsblatt von 1890 wies ein Haus an diesem Ort aus. Ungläubig holte er die Luftbildaufnahmen aus den fünfziger Jahren hervor und schaute mit der Lupe darauf. Sorgfältig studierte er die Landschaft und fand mühelos den Grabhügel, vom Haus jedoch keine Spur.

Die Kirchspielbeschreibungen, dachte er. Vielleicht wurde er da fündig. Das waren Karten des Nationalmuseums, auf denen alle Altertumsfunde registriert waren.

Er legte die durchsichtige Folie über die Karte im gleichen Maßstab und sah, dass der Hügel als Grabstätte aus der Bronzezeit eingestuft worden war. Aber gleich daneben war das Symbol für einen Baugrund aus der Eisenzeit hinzugefügt worden, mit einem kleinen Fragezeichen versehen.

Während er dasaß, nachdenklich seine Pfeife paffte und sich allmählich damit abfand, dass seine Phantasie ihm einen Streich gespielt hatte, fiel sein Blick auf eine Wichtelfigur aus Porzellan, die auf seinem Tisch stand. Es war eine kleine, zwergenhafte Gestalt aus feinem weißen Biskuitporzellan. Die Zipfelmütze und die Jacke waren in einer dunkelroten Farbe glasiert, die hier und da abgeplatzt war.

Mads nahm die Wichtelfigur in die Hand und betrachtete sie eingehend. Sie war eindeutig sehr alt, ganz anders in den Details als die Wichtelfiguren, die man heute so kaufen konnte. Der Wichtel stand breitbeinig auf seinen kleinen, ebenfalls rot glasierten Lederstiefeln und lehnte sich mit in die Seiten gestemmten Händen ein wenig zurück. Er schaute auf, ein großes Grinsen im breiten Gesicht, mit Augen, die Mads mit einer Intensität ansahen, die unglaublich war für einen vermutlich in Massenproduktion hergestellten Serienartikel. Made in Germany?

Mads drehte die Figur um und sah, dass sie eine Registraturnummer hatte, die sorgfältig mit Tusche auf das weiße Porzellan gemalt worden war, neben dem Loch, das sich von der Fußsohle aus wie eine Höhle durch das stämmige Bein bis zum Rumpf zog.

Es war eine alte Nummer, konnte er erkennen, aus der Gründungszeit des Museums in den dreißiger Jahren. Gleich nach dem Vormittagskaffee würde er ins Register sehen. Vorsichtig stellte er die Figur auf den Tisch zwischen die Fotos von den Mädchen und den immerwährenden Kalender, der schon auf dem Tisch gestanden hatte, als er die Stellung angetreten hatte, den er aber immer umzublättern vergaß.

Er nahm ihn in die Hand und schlug die kleinen weißen Pappkärtchen bis zu Dienstag um, dem ersten Dezember, vor. Er zuckte zusammen, als er den Kalender zurückstellte, denn hatte der Wichtel ihm nicht eben mit seinen kleinen weißen Porzellanaugen zugeblinzelt?

Hastig stand er auf und nahm Pfeife und Tabaksbeutel. Jetzt war es an der Zeit für eine Kaffeepause.

Vagn, der Museumsassistent, war schon hereingekommen. Wie gewöhnlich war er mit allen möglichen Reparaturen im Mühlenhaus beschäftigt gewesen. Die Mühle funktionierte noch und mahlte Mehl während der Sommersaison, aber davon nutzten die alten Holzzahnräder ab, und mehr als einmal hatten sie davon gesprochen, mit dem Mahlen aufzuhören. Es war unverantwortlich, Museumsexponate zu verschleißen, aber die Museumsleitung und der Fremdenverkehrsverein wollten es so.

Lone, die Museumssekretärin, zündete die Adventskerze an.

»So«, sagte sie. »Jetzt wird es Weihnachten.«

»Ja, das ist gemütlich«, sagte Mads. »Du hast auch so hübsch geschmückt. Und das mit dem alten Wichtel auf meinem Schreibtisch war eine gute Idee. Wo hast du den denn herausgekramt?«

Aber Lone wurde seltsam stumm und schaute weg, als ob sie darüber nicht reden wollte. Auch in Ordnung, dachte Mads. Man muss es ja nicht unnötig breittreten.

Vagn hatte einen Weihnachtskuchen mit Sukkade und Rosinen gekauft. Es war reichlich für alle da, denn sie waren nur zu dritt. Die Wächter waren nur sonntags da zu dieser Jahreszeit, zu der es kaum jemandem in den Sinn kam, ins Museum zu gehen. Und sie hatten es bewusst so eingerichtet, dass gerade auch keine Erwerbslosen in Arbeitsbeschaffungsmaßnahmen zu betreuen waren. Die Weihnachtszeit wollten sie gern in Ruhe und unter sich verbringen.

»Übrigens«, sagte Mads, »habe ich heute Morgen bei der Kirche von Balle ein Haus entdeckt, das mir vorher noch nie aufgefallen ist. Ein komisches, altmodisches Haus, beinahe wie ein Langhaus aus der Eisenzeit. Wer wohnt da, habt ihr eine Ahnung?«

Weder Lone noch Vagn wussten etwas über ein Haus dort, obwohl sie beide aus der Gegend stammten, doch sie reagierten seltsam ausweichend.

Sie dehnten die Kaffeepause an diesem Tag etwas aus, um deutlich zu machen, dass jetzt der Weihnachtsfrieden nahte, und am Ende war der Kuchen dann doch weg.

Danach schlug Mads im Register nach.

»No. 243«, war da zu lesen, »außergewöhnlich gut modellierte Wichtelfigur. Weißes Biskuitporzellan mit roter Glasur, 15 cm. Vermutlich Import. Eingegangen am 13. Dezember 1932. Der Spender möchte anonym bleiben, erzählte jedoch, dass er in Nähe der Kirche von Balle wohne, an einem Ort, den ich nie habe finden können. Es war ein kleiner Mann mit einem langen weißen Bart. Er meinte, die Figur habe keine besondere Geschichte, sagte nur: ›Sie ist da, wenn man sie sieht‹.«

Wie alle anderen Einträge aus dieser Zeit, war auch dieser

in einer klaren kursiven Schrift mit Feder und Tinte vorgenommen und mit ›JA‹ signiert worden. Das stand für Johannes Arnesen, der nicht nur der Gründer des Museums gewesen war, sondern auch Dorfschullehrer und viele Jahre lang Gemeinderatsmitglied für die Partei Venstre.

Auf seinem Schreibtisch stand die Wichtelfigur nun auf der anderen Seite des Kalenders, neben einer grünen Dose mit Büroklammern.

Das muss ein Scherz sein, den sie sich mit mir erlauben, dachte Mads. Deshalb wahrscheinlich das ausweichende Verhalten. Er dachte zurück an die Zeit, als seine Töchter Hanne und Karen noch klein gewesen waren. Bente und er hatten die Mädchen zu Weihnachten immer Brotkrümel neben die Wichtel auf der Fensterbank legen lassen. Am nächsten Morgen hatten sich die Krümel in Bonbons verwandelt. Die Mädchen hatten daran geglaubt.

Und wenn Lone und Vagn ihn zum Besten halten wollten, dann hatte er nichts dagegen, sondern würde den Spaß mitmachen. Er verlor während des ganzen Weihnachtsmonats kein Wort mehr über den Wichtel.

Jeden Tag, wenn er zur Arbeit kam, stand der Wichtel an einer anderen Stelle: auf dem Regal, auf der Fensterbank, drüben auf dem Stahlschrank. Und seltsamerweise zeigte der Kalender nun jeden Tag das richtige Datum an.

Er gewöhnte sich an seinen Wichtel und erwiderte oft dessen Blick, der ihm in dem kleinen Büro überallhin zu folgen schien.

Einen Tag vor Weihnachten kamen die Mädchen mit dem Zug angereist, groß und schlaksig, alle beide. Hanne, die Große, und Karen, die Kleine, aber sie waren jetzt beide fast gleich groß.

Er hatte so eingekauft, dass er das Weihnachtsfest für ein ganzes Heer hätte ausrichten können.

»Papa, du hast sie doch nicht mehr alle«, sagte Karen vorwurfsvoll.

Und er stellte die beiden auf die Probe, wollte wissen, ob sie immer noch auf die Sache mit den Brotkrümeln und den Wichteln hereinfielen, aber sie waren dafür schon zu groß geworden.

»Aber Papa!«

Vielleicht sollte er seinen Wichtel aus dem Büro mit nach Hause holen?

Heiligabend gingen sie nachmittags in die Kirche von Balle. Die Kirche in Onstrup war ein hässliches Rotklinkerding im Bahnhofsstil aus den fünfziger Jahren, und Mads mochte sie nicht.

Die kleine Kirche war bis oben hin voll, und sie mussten stehen, aber es herrschte dort dieses Zusammengehörigkeitsgefühl und dieser Friede, der zu Weihnachten gehört. Mads war kein großer Kirchgänger. Eigentlich ging er nur am Weihnachtsabend und zu Beerdigungen hin. Aber wenn er da war, gefiel es ihm jedes Mal.

Er sah seine beiden Mädchen an und fragte sich, ob sie ihre Mutter vermissten. Es ist manchmal schwer, Heiligabend nicht zu Hause zu sein, aber zu Hause waren sie ja auch bei ihm. Er legte die Arme um sie und drückte sie, während sie »Dejlig er jorden« sangen; dieses Lied trieb ihm immer die Tränen in die Augen.

Danach nahm er sie mit hinaus auf den Friedhofswall, wo sie eine Weile herumstanden und in das Winterdunkel starrten. Es hatte schon lange keinen Frost mehr gegeben, das typische nasse dänische Weihnachtswetter also. Weiter draußen, Richtung Norden, genau dort, wo es sein sollte, schien ein einzelnes Licht, nicht weiß wie eine moderne Leuchtstofflampe auf einem Hofplatz, sondern gelblich wie das Licht hinter einer Scheibe.

»Was sollen wir hier?«, fragte Karen.

»Nichts«, antwortete er. »Nur sehen, wie die Weihnachtsnacht anbricht.«

Sie hatten nette und vernünftige Geschenke für ihn mitgebracht, und er überschüttete sie mit viel zu teuren und viel zu vielen Geschenken, aber sie freuten sich und hatten das wohl auch so erwartet.

Weihnachten verging mit Essen und Mensch-ärgere-dich-nicht-Spielen, und ehe sie sich versahen, war Silvester gekommen, das sie mit Papierhüten und Tischfeuerwerk tapfer überstanden. Er spürte, dass dies wohl das letzte Mal war, dass sie sich dazu überwinden konnten, auf diese Weise zu feiern. Jedes zweite Weihnachten verbrachten sie bei ihm, und in zwei Jahren würde Hanne sicher lieber mit ihren Freunden feiern wollen.

Am Neujahrstag fuhren sie nach Hause, und er nutzte das Wochenende, um sie zu vermissen und um aufzuräumen.

Am Montag stand der Wichtel immer noch da, dieses Mal oben auf dem Regal. Da Vagn erzählte, dass er am Silvesterabend im Museum gewesen sei, um die Flaggenschnur zu sichern und den Briefschlitz wegen der Feuerwerkskörper zuzukleben, hatte er bei der Gelegenheit bestimmt auch gleich den Wichtel umgesetzt.

Es fiel ihnen nicht schwer, die Kaffeepause auch an diesem Montag in die Länge zu ziehen. Schließlich hatte man von Weihnachten zu berichten. Der Weihnachtsschmuck sollte bis zum Dreikönigstag liegen bleiben, sagte Lone.

Und das tat er auch.

Als Mads am 6. Januar zur Arbeit kam, war der Wichtel weg, und Lone sammelte das vertrocknete Tannengrün zusammen.

Fast spaßeshalber schlug er wieder das Register auf. Er dachte, »in Nähe der Kirche von Balle, an einem Ort, den ich nie habe finden können«, müsste das Haus liegen, das er gesehen hatte. Sein Herz machte einen Satz, als er Nummer 243 nicht im Register entdecken konnte. Es gab 242 und 244, aber 243 gab es nicht. Ohne den anderen etwas zu sagen, die verlegen zu ihm rüberschielten, als ob sie genau wüssten, was er dachte, nahm er seine Jacke und fuhr zur Kirche von Balle.

Er rannte beinahe zum Friedhofswall hin. Es hatte angefangen, ein wenig zu schneien, aber das ließ die Umrisse der Landschaft nur umso deutlicher hervortreten. Er sah die Heide und er sah den Grabhügel und dahinter den alten Bahndamm an der Strecke Onstrup–Hyldsund, die schon lange nicht mehr befahren wurde.

Aber da war kein Haus. Kein großes Strohdach, keine Rauchsäule. Nachdenklich steckte er sich seine Pfeife an, sie zischte, sobald eine Schneeflocke auf die Glut traf.

»Sie ist da, wenn man sie sieht«, hatte im Register gestanden. Das war unbestreitbar wahr.

Aus dem Dänischen von Catrin Frischer

Friedliche Weihnacht

Die Sonne hatte den ganzen August und September geschienen, ja, sogar bis weit in den Oktober hinein war es warm und milde. Aber dann war sie plötzlich nicht nur von Stürmen und nasskalten Morgen verdrängt worden, sondern auch noch von den ersten Weihnachtsauslagen in dem verführerischsten und zugleich hässlichsten Laden, den ich kenne: zehn Kronen für alle diese Dinge, die uns locken und anstrahlen und in ein reines Schlaraffenland mit Weihnachtsmännern und -frauen ziehen, angefertigt in den ärmsten Ländern, in denen Weihnachten etwas Fremdes, aber Unterhalt Versprechendes ist.

Als wenn das nicht schon genug wäre, gibt die bekannteste dänische Frauenzeitschrift bereits am 31. Oktober ihr erstes Weihnachtsheft heraus, mit ›Frohe Weihnachten‹, Herzen, Kugeln und Piepvögelchen auf dem Titelblatt. Der allzeit optimistische Leitartikel der Chefredakteurin mit der Überschrift »Weihnachten ist Balsam für die Seele« handelt vom »Bedürfnis nach Gemütlichkeit, Licht und Farbe in einer Jahreszeit, die genau genommen lediglich von Tag zu Tag trüber und dunkler wird ...« Ja, danke, Winter und Schneematsch sind auch nicht mein Ding, aber ich kriege Pickel und Zuckungen, wenn ich lese, dass wir es uns so recht adventlich gemütlich machen sollen, Geschenke kaufen, Kerzen anzünden und ach so liebevoll und freundlich sein.

Jedes Jahr meckere ich darüber, dass die Versandkataloge, Zeitschriften und Geschäfte immer früher mit dem Weih-

nachtswahn beginnen, aber da versagt mein Erinnerungs-
vermögen, denn das verhält sich schon so, seit die kleine
Familie Dänemark zu Geld gekommen ist und die Weihnachtszeit um zwei irisch-amerikanische Erfindungen er-
weitert wurde, die im November vom Stapel laufen: Hallo-
ween mit verkleideten Kindern, die wie Monster in der
Nacht an noch nicht weihnachtlich geschmückten Türen
klingeln, um Geld zu schnorren, und Thanksgiving mitsamt
Truthahn und sämtlichen Schweinereien, das von meiner
afroamerikanischen Schwiegertochter eingeführt wurde.
Erfindungen wie der Weihnachtskalender im Fernsehen
und Weihnachtsfeiern mehrere Wochen vor und nach dem
eigentlichen Fest tragen ebenfalls zur Verlängerung des
Weihnachtswahns bei.

Familien mit Kindern sind besonders stark betroffen wegen der vielen Weihnachtsfeiern in Kitas und Schulen, mit
den eigenen oder den Patchworkkindern, die alle spüren sollen, dass wir sie lieben.

Und hier behauptet jetzt keine alte, verbitterte Tante, dass
früher alles besser war. Ich erkenne das alles wieder.

Denn schon als ich ein Kind war, begann Weihnachten mit
ewigen Diskussionen darüber, wer zum Weihnachtsabend
kommen würde und wer davor und danach eingeladen werden sollte. Das fing im Oktober an und hörte am 2. Januar
auf, dem Geburtstag meines Vaters. Und der sollte selbstverständlich wie alles andere gefeiert werden, mit Kindern aus
der einen und der anderen Ehe, tauben und senilen Brüdern,
Tanten und so weiter. Und meine arme Mutter, die unter einem Kümmergen litt, meinte, dass sie alle zufrieden stellen
müsste. Süße und nicht so süße Kinder und Stiefkinder, den
griesgrämigen Mann und die Tochter.

Das Fest fing am ersten Adventssonntag mit Weihnachts-
basteleien und mit den immer gleichen braunen Kuchen,

Glühwein und Kakao für die Kinder an. Die Erwachsenen waren beschwipst und schnitten schief aus, also waren es am Ende immer die mehr oder minder gelungenen Wichtel und Herzen der Kinder, die im Esszimmer an die Wand gehängt wurden. Dort waren sie stets allen möglichen Kommentaren ausgesetzt, wenn ein neuer Gast eintrat und seiner Verwunderung über diese sturen Versuche Ausdruck geben musste, geflochtene Buntpapierherzen zu basteln. Ich habe den Duft nach Tannenzweigen, die auf dem Tisch ausgebreitet lagen und als Teil der Weihnachtsdekoration gedacht waren, in der Nase, während ich schreibe. Wenn sich die Gelegenheit bot, kokelte ich sie über der Kerze an und hoffte, der ganze Papiermist würde in Flammen aufgehen.

Ich war die Jüngste in einer bunten Schar aus sechs von beiden Seiten eingebrachten Kindern. Verwöhnt und überzählig, wenn in der Weihnachtszeit die großen Gefühle ausgebreitet wurden, bei Geburtstagsfesten und zu besonderen Anlässen. Aber ich bekam alles mit, auch wenn sie englisch sprachen oder im Erwachsenencode flüsterten. Das Thema war nicht nur der Weihnachtsabend und wer dabei sein sollte und wer nicht, sondern auch mein Geburtstag, der sechs Tage vor Weihnachten war und um den sich meine Mutter natürlich kümmern musste. Auf keinen Fall sollte ich darunter zu leiden haben, dass ich an diesem unglücklichen Tag geboren war, nur weil mein Vater nicht aufgepasst hatte. Und ich sollte sowohl meine Freunde nach Hause einladen als auch die erwachsenen Verwandten für den Tag danach, damit niemand sich vernachlässigt fühlte. Auch die nicht, die von der Weihnachtsliste gestrichen worden waren.

Früher war die wahnsinnige Tante meiner Mutter Weihnachten immer dabei gewesen, aber das ging nicht mehr, deshalb wurde sie stattdessen zu meinem Geburtstag eingeladen. Der größte Graus war für mich immer, wie sie diesmal wieder aussehen würde. In einem Jahr hatte sie ihre Wangen lila bemalt und sich wie eine Ballerina angezogen, im Alter von 65 Jahren. Im Jahr darauf waren die Wangen orangefarben, und die Augen quollen ihr aus den Höhlen, umrahmt von schwarzem Mascara, oder vielleicht war es auch Schuhcreme. Sie war okkult. Stand in Verbindung mit Mitgliedern der königlichen Familie, die im Kronleuchter saßen. Wenn sie so drauf war, dann unterhielt sie alle Anwesenden, bis ihnen ein Vorwand einfiel, die Gesellschaft zu verlassen. Es kam also vor, dass meine Mutter auf ihrem schönen Essen für zehn Personen sitzenblieb, und es schließlich nur für vier Leute aufgetischt wurde, für mich, meinen großen Bruder und meine Eltern.

Am Weihnachtsabend sollte ich immer mit meinem Vater in die Kirche gehen. Und ich genoss es, in Vartov in der Kirche zu sitzen, wo wir entspannt der Weihnachtspredigt lauschten. Wenn wir nach Hause kamen, war die Tür zum großen Wohnzimmer verschlossen. Dahinter stand der Weihnachtsbaum mit all den Päckchen unter seinen geschmückten Zweigen, und mein Herz begann zu hämmern. »Nur nicht so ungeduldig, meine Kleine«, sagte mein Vater, wenn ich ihn nach der Uhrzeit fragte. Das Ritual kannte ich ja. Nach dem Essen las er die Weihnachtsgeschichte vor, und wir sangen Weihnachtslieder, wozu die erwachsenen Kinder und ihre diversen Liebsten zwangsverpflichtet worden waren, obwohl sie längst über dreißig, rote Socken und Weihnachtsverächter waren. Ich liebte die Gans, hasste jedoch den Milchreis, der eine »gute Grundlage« abgeben sollte, und die im Reis versteckte Mandel bekam ich nie. Ich bin mir ziemlich sicher, dass ich sie auch nicht kriegen sollte. Der Preis, den es für die Mandel gab, war nämlich ein großes, dickes Marzipanschwein, aus dem ich mir nichts machte.

Endlich, zwischen neun und zehn Uhr abends, wurden

wir in einer langen Reihe aufgestellt, die Jüngste (ich) zuerst und dann dem Alter nach. In meiner Erinnerung ist das der einzige magische Moment an Weihnachten gewesen. Die brennenden Kerzen, das Silber- und Goldpapier, in das besonders die großen Geschenke eingewickelt waren. Ich bekam fast immer große Geschenke. Ich sollte nicht das Gefühl haben, weniger zu bekommen, weil ich kurz vor Weihnachten Geburtstag gehabt hatte und weil ich die Nachzüglerin war und darunter leiden musste, dass so viele andere zu berücksichtigen waren. Und das bedeutete natürlich, dass ich ungeheuer berechnend wurde. Wenn ich nicht genug bekommen hatte oder wenn sie mit ihren Geschenken danebenlagen, wurde ich stinksauer. Und als ich älter wurde, überkam mich dann der unbezwingbare Drang, meine Geschenke zu inspizieren, ehe sie unter den Weihnachtsbaum gelegt wurden. Ach, wie enttäuscht meine Mutter war, als sie das spitzbekam. Seitdem hab ich ein etwas gebrochenes Verhältnis zu Weihnachten und Geschenken. Das war auch nicht anständig.

Irgendwann sagte ich mir: Nie mehr Weihnachten. Wie bei den meisten Teenagern fing das so mit fünfzehn an. Die Verzauberung bröckelte und die Festgesellschaft auch. Meine Halbgeschwister hatten selbst Familie und zogen es vor, bei sich zu feiern, worauf meine Eltern allerdings ebenfalls bestanden. Deshalb saßen wir schließlich zu dritt um einen Baum herum, der mit den Jahren immer kleiner wurde. Gut so. Ich war der Meinung, dass die ganze Sache mit Weihnachten total übertrieben war.

Und was passierte dann, als ich selber Kinder hatte, geschieden wurde, Patchworkkinder und ein neues Kind bekam und mir die Aufgabe zufiel, das Fest zu gestalten?

Ich veranstaltete genau denselben Zirkus wie meine Mutter und noch was obendrauf. Selbstverständlich waren alle willkommen. Ich bastelte Päckchenkalender für meine eigenen Kinder und wickelte mit größtem Erfindungsreichtum 48 kleine, bescheuerte Geschenke ein, hauptsächlich an den letzten beiden Novembertagen, damit das Ganze zum 1. Dezember fertig war. Im Unterschied zu meiner Mutter nahm ich an sämtlichen Weihnachtsveranstaltungen in Kindergarten, Schule und Hort teil, und jedes Mal musste zu den Feiern irgendetwas mitgebracht werden. Die meisten backten. Das mache ich nie, ich kann den Geruch nicht ab, aber dafür habe ich auf dem Hin- oder Rückweg sicher tonnenweise Naschkram oder was ähnlich Leichtes gekauft.

Für mich ist der Dezember immer der Hassmonat gewesen, in dem ich all das tat, was ich – mit unerklärlicher Angst, dennoch nicht gut genug zu sein – meinte, unbedingt tun zu müssen. Ich sehe mich selbst im gestreckten Galopp von morgens bis abends mit Plastiktüten herumlaufen und mit bettelnden Kindern, Kindern, die mein schlechtes Gewissen anfachen, wenn sie davon erzählen, was andere Mütter alles schafften, Kindern, die alle ihre Wünsche aus den Weihnachtskatalogen ausschneiden und unsortiert auf einem Haufen ablegen.

Keiner der Wünsche kostete auch nur ein Bruchteil dessen, was ich mir auszugeben vorgenommen hatte, denn wenn's drauf ankam, wollte ich meine Kinder ja nicht enttäuschen, wenn sie jedes zweite Jahr zu ihrem Vater und seiner neuen Frau sollten. Ich sehe die Blicke der beiden Erwachsenen immer noch vor mir, wenn ich mit einer Wagenladung Geschenke zur Tür hineinkam, während sie lobenswerterweise darauf beharrten, dass sich Geschenke in einem vernünftigen, meiner Meinung nach ein wenig zu vernünftigen Rahmen zu halten hatten. Allerdings konnte der Vater der Kinder etwas, das ich überhaupt nicht konnte: sich als Weihnachtsmann verkleiden. Bis zu einem gewissen Alter glaubten sie an ihn, und ihre Augen strahlten, als sie mit meinen teuren Geschenken nach Hause kamen, die ihnen der Weihnachtsmann persönlich überreicht hatte.

Ach, ich vermisste sie wie an keinem anderen Abend des Jahres. Diesem heiligsten Familienabend. Selbstmitleid überwältigte mich, Scham- und Schuldgefühle flammten mitten in der großen Fressorgie im Kreise anderer Erwachsener auf, die die Bio-Freilandente zu genießen verstanden, die es jetzt ohne Kinder gab.

Inzwischen trage ich meine Last mit einem Lächeln, versuche ab und an zu verschwinden. Ein paarmal flüchtete ich in warme Länder, aber jetzt traue ich mich nicht mehr. Denn letztes Mal habe ich mir den Fuß gebrochen und musste in einer sternenklaren Weihnachtsnacht ein lauwarmes, trockenes Hähnchen auf einem Hotelzimmer in Agadir verzehren, mit zwei erwachsenen Männern, die keine Lust hatten, mein Wehklagen über meine armen, mittlerweile erwachsenen Kinder anzuhören, die ich allein mit ihren Halbgeschwistern zurückgelassen hatte. Ihr Weihnachten war übrigens phänomenal entspannt.

Es sind Enkelkinder dazugekommen – halbe und ganze, und man glaubt es kaum, drei davon haben im Dezember Geburtstag, genau wie meine Tochter und ich. Der Hassmonat ist zum Monat der Kinder der Liebe geworden, die im schönen Frühling gezeugt wurden, den ich so liebe. Ich sehne mich nach der Zeit, an der vor Ausgelassenheit alles explodieren will. Ich sehne mich nach den kleinen Überraschungen des Alltags im Grau. Dass ich »Tante Wahnsinn« ohne tausend andere Verpflichtungen einladen kann. Eine Blume verschenke oder selber eine geschenkt bekomme und von ungeladenen Gästen überrannt werde oder mit dem Enkelkind in den Wald gehe, ohne über Geschenke zu reden oder in die Weihnachtskerzen zu spucken.

Ich wünsche allen ein frohes Weihnachtsfest. Das Sonnenwendfest, nach dem die Tage länger werden und wir langsam erwachen.

Aus dem Dänischen von Catrin Frischer

K. ARNE BLOM (*1946)

Engel im Schnee

Morten Dahl-Nielsen aus Lund war Kriminalkommissar, verwirrt und Katholik.

Er hielt es für ein Wunder, dass das Wetter in so kurzer Zeit derart umschlagen konnte. Es war der 23. Dezember, und innerhalb eines halben Tages war die Temperatur von plus fünf auf minus sieben Grad gefallen. Außerdem hatte man schon eine Andeutung von Schnee zu sehen bekommen, aber die weiße Schicht am Boden war hauptsächlich auf den reichlichen Raureif zurückzuführen.

Er kam gerade von zu Hause, wo er ein schnelles Mittagessen eingenommen hatte: Joghurt und ein paar Käsebrote, und war nun auf dem Weg durch Lundagård zurück zum Polizeirevier. Während er sich dicke Scheiben vom gut gereiften Edamer abgeschnitten hatte, musste er gegen den deprimierenden Gedanken an ein einsames Weihnachten in seiner Wohnung an der Stora Tomegatan ankämpfen. Er verspürte nicht die geringste Lust, sich eine Reise in den Süden zu buchen, um dann auf irgendeiner Insel südlich des Äquators zu sitzen und in den Sternenhimmel zu starren. Die Einsamkeit konnte man nicht zu Hause lassen, sie war mittlerweile ein Teil von ihm und seinem Leben geworden.

Auf einmal flog er durch die Luft und wurde mit voller Wucht zu Boden geschleudert. Er schlug hart auf und pustete schwer. Alles tat ihm weh, und im ersten Moment dachte er schon, er hätte sich ernsthaft verletzt. Zumindest war er nicht mit dem Hinterkopf aufgeschlagen.

Dann bemerkte er einen Mann, der an ihm vorbeieilte, ohne sich zu erkundigen, ob alles in Ordnung war. Dahl-Nielsen setzte sich langsam auf. Kein Arm oder Bein gebrochen. Ihm war nur ein bisschen übel. Nun sah er auch die kleine Eisfläche, auf der er ausgerutscht war und die sich heimtückisch unter der pudrig dünnen Schicht aus Schnee und Raureif verbarg. Er ließ sich auf den Rücken zurücksinken, und ohne sich dessen bewusst zu sein, bewegte er die Arme und Beine hin und her. Als er nach einer Weile aufstand, blieb an der Stelle, wo er gelegen hatte, ein Abdruck im Schnee zurück, der an einen Engel erinnerte.

Er gelangte zum Dom, auf dessen Türmen bereits die Lichter leuchteten, obwohl es noch nicht sonderlich spät war. Traditionell wurden die Türme des Doms vom ersten Adventssonntag an bis kurz vor Neujahr beleuchtet. Er verstand nicht, warum man das nicht auch an den übrigen Abenden und Nächten des Jahres so machte.

Da sah er die Frau an der Telefonsäule vor der Buchhandlung stehen, die im Gebäude südlich des Doms untergebracht war. Der erste Gedanke, der ihm durch den Kopf schoss, war, dass sie fast ein bisschen grotesk aussah. Im nächsten Moment schob er den boshaften Gedanken wieder beiseite. Gleichzeitig sank die übergewichtige Frau in sich zusammen und landete mit einem schweren Plumps auf dem Boden, während sie mit ihrer schrillen, klagenden Stimme weiter lamentierte.

»… ich hinsoll! Wohin soll ich denn gehen? Ich hab keinen, den ich besuchen oder bei dem ich über Weihnachten bleiben kann. Ich habe keinen Menschen, der sich drum schert, ob ich lebe oder tot bin …«

Morten Dahl-Nielsen betrachtete sie. Sie mochte um die dreißig sein, oder vielleicht auch schon über vierzig. Bei ihrem Aussehen war das schwer einzuschätzen. Ihr Haar war mehr oder weniger rattenfarben, strähnig und ungepflegt. Die Züge ihres runden Gesichts waren ausgeprägt und ein wenig aufgedunsen. Sie war einfach nur dick, diese Frau, die laut jammerte, während ihr die Tränen über die Wangen strömten.

Langsam überquerte Morten die Kyrkogatan und dachte dabei, dass es im sogenannten Wohlfahrtsstaat immer noch jede Menge einsame Seelen gab. Er spürte, wie klein und hilflos er war. Was konnte er schon machen?

Gar nichts.

»… nicht mal mein Bruder kümmert sich um mich. Und dir, meiner eigenen Mutter, dir bin ich scheißegal!«

Er hörte den verzweifelten Tonfall, zwang sich aber weiterzugehen. Was könnte er schon groß tun für diese wildfremde Frau? Womit könnte er sie trösten?

Als er die Klostergatan entlangging, verlangsamte er seine Schritte immer mehr.

Irgendwas muss ich doch tun können, dachte er. Ich bin doch immerhin Polizist und habe so einige Kontakte …

Er machte kehrt und ging zurück.

Doch als er an die Straßenecke kam, die auch »die kritische Ecke« genannt wurde, sah er, dass die Telefonsäule inzwischen leer war. Diese Ecke, an der sich Kyrkogatan und Klostergatan kreuzten, war früher aus einer Studentenlaune heraus so getauft worden, weil sich viele von ihnen an diesem Punkt postierten, um irgendwelche Passanten dazu zu bewegen, ihre Unterschrift auf ein Wertpapier zu setzen. Damit hatten sie die Identität des betreffenden Studenten für die Bank bestätigt, und dieser lief schleunigst zum nächsten Geldinstitut, um seinen Wechsel einzulösen.

Morten Dahl-Nielsen erspähte die Frau noch einmal im Gedränge auf dem Gehweg weiter hinten, schon fast am

Stortorget. Sie ging mit schwerfälligen, wiegenden, langen Schritten. Die muss ja gut über hundert Kilo wiegen, dachte er.

Er seufzte. Da sah er aus den Augenwinkeln eine Gestalt, die ihm irgendwie bekannt vorkam. Irgendetwas an der Körperhaltung des Mannes und seinem Gang gab ihm das Gefühl, ihn schon einmal irgendwo gesehen zu haben. Der Mann war schon fast am Stortorget.

Morten Dahl-Nielsen zuckte die Achseln und machte sich auf den Weg zum Polizeirevier.

Der Weihnachtsmonat war extrem warm gewesen, an manchen Tagen war die Temperatur sogar über zehn Grad gestiegen, und es hatte nicht allzu viel geregnet. Dichter Dunst lag über der Stadt. Die Luftfeuchtigkeit machte die Luft schwül und erschwerte das Atmen. Es machte die Sache nicht gerade einfacher, wenn man eine Allergie hatte, die streckenweise schon in Asthma überging.

Seine Atemwege bereiteten Morten Dahl-Nielsen immer mehr Probleme. Je älter er wurde, umso schwerer schien alles zu werden. Die Jahre, die ihm noch bis zur Pensionierung blieben, konnte er mittlerweile an den Fingern einer Hand abzählen. Dann würde er dasitzen, mit viel zu viel Freizeit und der Frage, womit er sich beschäftigen sollte.

Die Probleme begannen sich zu häufen. Er wusste nur zu gut, wie es laufen würde. Als pensionierter Polizist war man überhaupt nicht mehr willkommen an seinem alten Arbeitsplatz. Da hatten sie anderes zu tun, als sich um die Unterhaltung und das Sozialleben ehemaliger Kriminalbeamter und Streifenpolizisten zu kümmern, denen es in den Sinn kam, mal kurz reinzuschneien, ein Tässchen Kaffee mit ihren alten Kollegen zu trinken und ein paar Stunden mit Geplauder totzuschlagen.

Morten war alleinstehend. Früher war er verheiratet gewesen, doch seine Frau hatte ihn verlassen – nicht für einen anderen Mann, sondern für eine Frau. In den letzten Jahren war er sich dann mit seiner Kollegin Marianne Ingelstam nähergekommen. Doch auch sie hatte ihn verlassen – denn sie war gestorben. Sie hatte sich nicht wieder von der schweren Kopfverletzung erholt, die sie sich im Dienst zugezogen hatte. Eine Weile hatte es mit den beiden ganz vielversprechend ausgesehen. Doch seit Anfang September war er nun also wieder allein und blickte daher dem näher rückenden Rentnerdasein widerwillig entgegen. Manchmal fragte er sich, wie er die Zeit bis zu seinem Tod herumbringen sollte, darum ging es ja letztlich. So empfand er es jetzt. Die große Einsamkeit rückte immer näher.

Morten Dahl-Nielsen war groß, schwer, dick und sah insgesamt ziemlich gemütlich aus. Sein graues Haar war in den letzten Jahren so dünn geworden, dass er rundheraus entschieden hatte, es ganz kurz schneiden zu lassen. Damit fühlte er sich wohl. Er war 1,90 lang und trug große Schuhe. Doch er fand, dass er im Laufe der Zeit immer krummer wurde, er in sich zusammenfiel …

Er war Polizist aus Leidenschaft, beharrlich und methodisch, ziemlich kompromisslos und zielstrebig. Er hatte lange Finger und eine Nase, deren Form man früher wohl als typisch jüdisch beschrieben hätte. Doch er war wallonischer Herkunft. Eines Tages, als er morgens im Bad stand und sich rasierte, war ihm aufgegangen, wie er eigentlich aussah: Wie eine Kreuzung aus dem dänischen Revueschauspieler Dirch Passer und dem französischen Komiker Fernandel.

Es war schon seit vier Stunden dunkel, als er das Polizeirevier wieder verließ. Die Temperatur war endlich ein paar

Grad gestiegen, und es schneite in leichten Flocken. Nach seinem Sturz in Lundagård tat ihm immer noch alles weh, es kam ihm vor, als schmerzte jeder einzelne Muskel. Als er gerade den Bantorget überqueren wollte, stutzte er. Er fühlte sich beobachtet.

Er hatte das ganz deutliche Gefühl, dass ihn jemand mit den Augen verfolgte. Er sah sich um, konnte aber niemand entdecken, der ihn mit größerem Interesse betrachtet hätte. Ihm wurde bewusst, dass das nichts Neues war, in den letzten zwei, drei Wochen hatte er dieses Gefühl immer wieder gehabt. Er fand es unangenehm und irritierend.

Irgendjemand verfolgte ihn und behielt ihn ständig im Auge. Im nächsten Moment kam ihm der Gedanke aber schon wieder völlig absurd vor, er schnaubte missbilligend und ging mit raschen Schritten weiter heimwärts. Trotzdem drehte er sich noch ein paarmal um, zuletzt, als er an seiner Haustür war, schräg gegenüber vom Haus der Studentenverbindung.

Er nahm sich ein Fischgratin aus der Tiefkühltruhe. Während es im Ofen brutzelte, goss er sich einen Calvados ein, schaltete dann das Radio an, um im zweiten Programm klassische Musik zu hören, und überlegte, ob er vielleicht vergessen hatte, irgendetwas für Weihnachten einzukaufen. Wenn es da tatsächlich etwas gab, dann fiel es ihm zumindest nicht ein.

Er trank einen Schluck, trat ans Fenster und schaute hinaus, nachdem er die Lamellen der Jalousie ein Stück auseinandergezogen hatte. Da erblickte er eine Gestalt, die auf der anderen Straßenseite stand und, so schien es, direkt zu seinem Fenster hochsah.

Vor lauter Verblüffung ließ er die Jalousie los und schüttelte den Kopf, als wollte er sich energisch aus einem seltsamen Traum aufwecken. Dann zog er die Jalousie ganz hoch und sah noch einmal hinaus. Dort unten war niemand zu erkennen.

»Ich muss mich wohl schon dem senilen Grenzland nähern …«, murmelte er.

Er trank eine ganze Flasche Palacio de la Vega zum Fisch, ohne hinterher sonderlich betrunken zu sein. Der Wein machte ihn aber schläfrig, und so nickte er vor dem Fernseher ein, während der Film lief, den er gerne hatte sehen wollen. Die ganze Nacht schlummerte er tief und fest.

Als er am nächsten Morgen aufwachte und hinausblickte, sah es dort draußen aus wie auf einer altmodischen Weihnachtskarte.

Es war Heiligabend, und es war Sonntag. Daher ging Morten an diesem Tag gleich zweimal in die Kirche. Er gehörte zur katholischen Gemeinde St. Thomas. Die Kirche lag knapp hundert Meter die Straße hinunter. Zuerst besuchte er das Hochamt um zehn Uhr morgens, dann die Christmette, die eine Stunde vor Mitternacht begann.

Während des Hochamts fühlte er sich wieder beobachtet, aber sosehr er sich auch bemühte, er konnte niemand entdecken, der ihn anstarrte. Die Christmette zu Mitternacht war gut besucht, und im Gedränge auf dem Weg nach draußen stand er plötzlich dem ehemaligen Kriminalinspektor Henning Wendel gegenüber, einem Kollegen, der sicher schon vor gut zehn Jahren in Pension gegangen war.

»Du hier?«, fragte Morten erstaunt. »Was machst du denn hier?«

»Dasselbe wie du …, in die Kirche gehen.«

»Aber du bist doch kein Katholik, oder?«

»Nein. Aber ich mag katholische Kirchen. Ich bin hergekommen, um diese ganz besondere Weihnachtsstimmung mitzuerleben.«

»Ist deine Frau denn nicht mitgekommen?«

Wendel schüttelte den Kopf.

»Ich bin Witwer.«

»Tut mir leid. Das wusste ich nicht. Wann ist es denn passiert?«

»Das ist jetzt schon ein paar Jährchen her. War auf jeden Fall schön, dich zu treffen. Frohe Weihnachten wünsch ich dir.«

Morten sah den ausgemergelten Mann an, der einen fast schon gespenstischen Eindruck machte.

»Warte mal. Du bist allein zu Hause. Ich bin allein zu Hause, und ich wohne nicht weit von hier. Was meinst du, willst du nicht mit zu mir kommen? Wir können ein bisschen zusammensitzen und reden, was trinken, Fernsehen schauen …«

»Wenn es dir keine Umstände macht …«

Morgens um Viertel vor drei richtete Morten das Sofa im Wohnzimmer zum Schlafen her. Henning Wendel übernachtete bei ihm. Er wohnte am Todmulevägen ganz im Westen und war nicht mehr in der Lage, selbst nach Hause zu fahren, und Busse gingen jetzt auch keine mehr.

Als Morten am nächsten Morgen aufwachte, um gleich wieder zur Morgenmesse in die Kirche zu gehen, schlief Wendel noch tief und fest. Morten schrieb ihm einen Zettel, um mitzuteilen, wohin er gegangen war. Als er zurückkam, war Henning Wendel schon fort. Der Zettel lag auf dem Küchentisch. Wendel hatte ein paar Worte dazugeschrieben, in denen er sich für die Gastfreundschaft bedankte. »Ich hab mir ein paar Brote geschmiert und ein Glas Milch getrunken. Vielleicht sehen wir uns ja mal wieder? Herzliche Weihnachtsgrüße HW«

Am Nachmittag des zweiten Weihnachtsfeiertages klingelte das Telefon. Es war der wachhabende Beamte, der ihn darüber informierte, dass man eine tote Frau gefunden hatte.

»Und du hast heute Bereitschaftsdienst«, fügte er hinzu.

»Ja«, seufzte Dahl-Nielsen.»Wo finde ich sie denn?«

»Im Stadtpark.«

Während Dahl-Nielsen durch die Stadt lief, hatte er wieder dieses Gefühl, beobachtet zu werden.

Die Frau lag in einem immergrünen Gebüsch, und den Malen an ihrem Hals nach zu urteilen, war sie von ihrem Mörder erdrosselt worden.

Es durchzuckte Dahl-Nielsen schmerzhaft, als er sie sah. Es war die Frau, die er am Tag vor Heiligabend an der Telefonsäule vorm Dom gesehen hatte.

»Wahrscheinlich liegt sie hier schon ein paar Tage«, meinte der Polizeibeamte Persson, der zu der Streife gehörte, die als Erstes am Tatort gewesen war.»Seit sie da liegt, ist Schnee gefallen, und Fußspuren waren gar keine mehr zu sehen. Nur die frischen ... von dem Mann, der sie entdeckt hat, und seinem Hund. Der hat die Leiche gewittert.«

»Kommt dir das Gesicht bekannt vor? Gehört sie zu den Stadtstreichern?«

»Ich kann mich nicht erinnern, sie schon mal gesehen zu haben.«

Die Frau hatte keinen Ausweis bei sich oder andere Dokumente, die irgendetwas über sie hätten aussagen können. Man musste hoffen, dass die gerichtsmedizinische Untersuchung Genaueres an den Tag bringen würde. Während die Leiche abtransportiert wurde und ein Kriminaltechniker mit der Spurensicherung begann, legte Dahl-Nielsen die Hände auf den Rücken und ging davon.

Er versuchte sich zu erinnern, ob die Frau am Tag vor Heiligabend irgendeine Tasche oder Tüte in der Hand gehabt hatte. Doch er konnte sich einfach nicht entsinnen.

Dann kam er zum Ausgang des Parks am Södertull. Dort stand Henning Wendel und blickte auf den Park. Wendel war noch grauer im Gesicht als beim vorigen Mal, und seinem Gesichtsausdruck nach zu urteilen, hatte er ziemliche Schmerzen.

Sie nickten einander zu.

»Danke noch mal für die Einladung zu Weihnachten«, sagte Wendel.

»Gern geschehen.«

»Bist du im Dienst?«

»Warum fragst du?«

»Ich habe den Leichenwagen gesehen, und vorher sind hier zwei Streifen angekommen.«

Dahl-Nielsen nickte und erzählte von dem Fund.

Wendel hörte mit ausdrucksloser Miene zu.

»Eines von diesen Stiefkindern der Gesellschaft, um die sich augenscheinlich keiner kümmert«, meinte Wendel leise.

»Wie kommst du darauf?«

»So, wie du sie beschreibst.«

»Ja, vielleicht war sie wirklich so eine.«

»Was meinst du, was sie gefühlt hat, als sie umgebracht wurde?«

Dahl-Nielsen sah ihn blinzelnd an.

»Was ist denn das für eine Frage?«

Wendel zuckte mit den Schultern.

»Ehrlich gesagt, ich weiß auch nicht«, sagte er. »Aber ich frage mich immer öfter, wie sich der Tod anfühlt … Das kommt mit den Jahren …, nachdem man als Polizist so viel mit Leuten zu tun hatte, die getötet wurden oder getötet haben. Ich weiß nicht, vielleicht ist das ja so eine Art Berufskrankheit. Aber diese Frage lässt mir einfach keine Ruhe mehr.«

Dahl-Nielsen sah ihn eine Weile an, nickte schließlich und erklärte, dass er jetzt weitermachen müsse.

Sie verabschiedeten sich.

Als die Ampel auf Grün sprang, überquerte Dahl-Nielsen die Straße. Auf der anderen Seite drehte er sich noch einmal um. Wendel war nirgends mehr zu sehen. Nachdenklich hielt Dahl-Nielsen kurz inne. Er sieht wirklich schwer krank aus, dachte er. Dann ging er auf der Stora Södergatan in nördlicher Richtung weiter. Als er sich dem Stortorget näherte, überkam ihn wieder dieses Gefühl, beobachtet zu werden. Er blieb stehen und fuhr herum – ein Manöver, von dem ihm einen Moment lang ganz schwindlig wurde – und erhaschte einen Blick auf eine Gestalt, die rasch in der Einfahrt des Parkhauses verschwand.

Mit langen Schritten lief er zur Einfahrt und sah gerade noch das Tor zugleiten. Das Parkhaus hatte auch auf der anderen Seite Ein- und Ausfahrten, und sein Verfolger war bereits entschwunden.

Vor einigen Jahren noch war eine Obduktion eine Selbstverständlichkeit gewesen, wann immer jemand unter ungeklärten Umständen oder eines gewaltsamen Todes gestorben war. Und es gab sogar eine Zeit, da war eine Obduktion eine Routinemaßnahme gewesen, auch wenn jemand aus natürlichen Ursachen oder aufgrund einer Krankheit verstarb.

Mittlerweile war sie jedoch zu einem Luxus geworden, und manchmal war es sogar notwendig, einen Gerichtsbeschluss vorzulegen, um eine solche Untersuchung durchführen zu lassen. Die ermordete Frau würde bestenfalls nach dem 6. Januar obduziert werden, wenn das Personal in der Pathologie wieder vollzählig war.

Dahl-Nielsen ließ den Polizeifotografen Aufnahmen vom Gesicht der Ermordeten machen. Jedem Kollegen bei der Kripo drückte er einen Abzug in die Hand und sorgte auch dafür, dass sämtliche Streifenpolizisten ein Foto bekamen, damit sie sich auf der Straße umhören konnten, vor allem bei jenen, die im Schatten des Wohlfahrtsstaates lebten.

Die Tage vergingen. Die Kälte beschränkte sich auf die Nachtstunden. Tagsüber näherten sich die Temperaturen dem Nullpunkt, und es fiel ordentlich Schnee. Für Schonen war es eine ungewöhnlich schneereiche Zeit.

Am Silvestermorgen wachte Dahl-Nielsen in aller Frühe auf, stellte aber fest, dass es eigentlich keinen Grund zum Aufstehen gab. Er konnte gut und gerne noch ein paar Stunden im Bett liegen bleiben.

Er drehte sich mit dem Gesicht zur Wand. Doch er war zu wach, um noch einmal einschlummern zu können, und bewegte sich in einer Art Dämmerzustand an der Grenze zum Schlaf. Während er so dalag und vor sich hin blinzelte, tauchte in seinem Kopf eine Gestalt auf.

Er sah diesen Mann an sich vorbeihasten, und zwar sah er ihn irgendwie von unten, und dann ging ihm auch endlich auf, wo er ihn schon einmal gesehen hatte: Als er auf dieser Eisschicht in Lundagård ausgerutscht war. Am Tag vor Heiligabend. Und dieselbe Person, einen Mann, hatte er unten am Stortorget gesichtet, während er der Frau hinterherblickte, die jetzt ermordet worden war. Und es war auch diese Person gewesen, die er am zweiten Weihnachtsfeiertag flüchtig gesehen hatte, als sie durchs Parkhaus verschwand; nur die Kleidung des Mannes hatte er nicht richtig erkennen können.

Ganz bestimmt verfolgte ihn jemand, observierte ihn, ließ ihn nicht aus den Augen.

Aber wer und warum?

Er redete sich ein, dass er nicht in Gefahr war, dass der Mann, der ihn da überwachte, keine Bedrohung darstellte. Denn der Betreffende hätte ja schon genügend Gelegenheit gehabt, ihn anzugreifen.

Nein, es muss um etwas anderes gehen.

Vielleicht war es ja ein Verrückter?

Er stand auf und stellte sich eine ganze Weile unter die Dusche. Danach nahm er ein leichtes Frühstück zu sich.

Genau wie nach der Christmette stand auch jetzt wieder Henning Wendel vor ihm, als er an diesem Silvestervormittag aus der Kirche kam.

»Du bist wieder hier?«, fragte Dahl-Nielsen erstaunt.

Wendel nickte.

»Ich komme gern hierher … die Stimmung … alles …«

»Überlegst du, ob du konvertieren sollst?«

»Nein, das glaub ich eher nicht. Möchtest du mitkommen auf eine Tasse Kaffee? Ich lad dich ein.«

»Komm doch einfach mit nach Hause zu mir. Das wäre doch das Einfachste, es ist am nächsten und am bequemsten.«

Also kam Wendel mit zu ihm. Während Morten den Kaffee kochte, setzte Wendel sich auf einen Küchenstuhl, legte die Hände auf die Tischplatte und blickte lange und eingehend aus dem Fenster, als würde er über eine schwierige Frage nachdenken.

»Wie feierst du denn Silvester?«, fragte Morten nach einer Weile.

Wendel zuckte zusammen.

»Ach, da fällt mir sicher was ein«, sagte er mit leicht wehmütiger Stimme. »Es kommt bestimmt irgendwas im Fernsehen. Oder man kann ja auch mal ein Buch lesen. Ich werd mich schon beschäftigen.«

»Ich bin bei jemand eingeladen.«

»Schön, dann …«

»Ja …«

Wendel sah ihn an.

»Wie lange hast du noch?«, erkundigte er sich. »Ich meine, bis zu deiner Pensionierung?«

»Ein paar Jahre noch. Und danach hat man alle Zeit der Welt für sich.«

»Du musst wissen, dass das Rentnerdasein die reinste Hölle ist«, sagte Wendel. »Es ist eine Strafe.«

»Aber bis in alle Ewigkeit kann man doch auch schlecht arbeiten.«

»Was meinst du, wie lang ist der morgige Tag?«, fragte Wendel.

Morten goss den Kaffee in die Tassen und musterte Wendel dabei mit gerunzelter Stirn.

»Was ist denn das für eine seltsame Frage?«

»Kannst du sie beantworten?«

»Ich weiß nicht«, meinte Morten. »Der morgige Tag … wie lang der morgige Tag ist?«

»Genau.«

Morten zuckte mit den Achseln.

»Eine Ewigkeit plus einen Tag«, sagte er plötzlich.

»Wie zum Teufel kommst du darauf? Du bist doch noch nicht einmal in die Nähe dieses morgigen Tages gelangt.«

»Ich weiß nicht, woher ich diese Antwort habe. Aber ich bin gut darin, Sachen auszurechnen, Zusammenhänge zu verstehen, mir das ein oder andere zu überlegen. Das könnte die Sache vielleicht ein bisschen erklären …«

»Hast du im Dienst schon mal einen Menschen getötet?«, fragte Wendel. »Musstest du das schon mal?«

»Nein.«

»Dann weißt du also nicht, wie es sich anfühlt, jemand zu töten.«

»Nein, das kann ich nicht wissen.«

»Hast du denn nie darüber nachgedacht?«, wollte Wendel wissen.

Morten schenkte ihm einen langen und nachdenklichen Blick.

»Vielleicht schon«, sagte er. »Wenn man sein ganzes Arbeitsleben bei der Polizei verbringt, begegnet man dem Tod ständig. Wahrscheinlich habe ich den Gedanken auch mal gestreift …, wie es sich anfühlt, jemand zu töten. Und sei es auch nur aus dem Grund, weil ich verstehen wollte, wie Menschen einander so viel antun können …, sogar jemand umbringen.«

»Was meinst du, wie fühlt sich das an?«

»Ich weiß nicht. Weißt du's?«

»Ich habe nie jemand getötet in meinen Dienstjahren«, antwortete Wendel.

Dahl-Nielsen lenkte das Gespräch schließlich in andere Bahnen, und sie saßen noch fast eine Stunde am Küchentisch und unterhielten sich. Dann ging Wendel. Er wolle nach Hause, sagte er.

Morten stand auf und trat ans Fenster, das auf die Stora Tomegatan hinausging. Er betrachtete den Mann dort unten auf der Straße, der die Autotür aufschloss, sich hineinbeugte, dann einen Hut aufsetzte, sich ein Tuch um den Hals band, Handschuhe überzog, die Tür zuschlug und abschloss und dann Richtung Süden davonging.

Plötzlich wusste er, wie alles zusammenhing. Er fasste sich an die Stirn und verfluchte seine Begriffsstutzigkeit.

Seufzend atmete er ein.

Ich werd mich drum kümmern, dachte Morten Dahl-Nielsen. Morgen werd ich mich drum kümmern.

Er war für sieben Uhr abends eingeladen, bei einer Frau, die er dieses Jahr während einer mühsamen Ermittlung kennengelernt hatte, eine Polin mit einem Namen, den er immer noch nicht richtig aussprechen konnte. Ihre Beziehung war, gelinde gesagt, seltsam.

Zunächst war sie eine wichtige Zeugin gewesen, und sie trat auf eine Art auf, die man nur als kokett bezeichnen konnte. Dann stellte sich heraus, dass sie eigentlich seine Gegenspielerin war, weil sie den Täter nämlich bei sich zu Hause versteckte. Der spielerische Schlagabtausch, der zwischen ihnen entstanden war, ging seinerseits in enttäuschtes Staunen über, ihrerseits in zügellose Wut.

Er war äußerst erstaunt, als sie kurz vor Weihnachten nach der Messe auf ihn zukam – sie waren beide Katholiken und eifrige Kirchgänger, und eine ganze Weile hatten sie beide so getan, als würden sie sich nicht sehen – und ihn fragte, ob er schon Pläne für Silvester habe.

Er nahm den Bus nach Kojber, der Stadtteil im Westen, in dem sie wohnte. Sie tischte reichlich Essen auf, und es schmeckte ausgezeichnet.

Hinterher schaute er sich von ihrem Fenster aus das Feuerwerk an. Um halb eins bat er sie, das Telefon benutzen zu dürfen, um sich ein Taxi zu rufen.

Sie meinte, er könne gerne bei ihr übernachten.

Er bedankte sich für das Angebot, erklärte aber, dass es besser sei, er würde jetzt heimfahren.

Wie sich herausstellte, war es ganz unmöglich, um diese Zeit ein Taxi zu bekommen.

Da beschloss er, zu Fuß zu gehen.

Es herrschte beißende Kälte. Er war viel zu dünn angezogen für einen so langen Spaziergang in der Neujahrsnacht, in der die Temperatur auf minus fünfzehn Grad sank, der Himmel eine tiefblaue Farbe hatte und die Sterne glühten wie wütende Brandherde.

Jeder Atemzug schmerzte in seinen Lungen. Das Gesicht tat ihm weh. Schon nach hundert Metern merkte er, wie ihm die Zehen in seinen dünnen Schuhen taub wurden.

Das würde wirklich ein Höllenmarsch werden, ging ihm auf.

Je mehr er sich der Innenstadt näherte, umso lauter knatterten die Knaller und dröhnten die großen Feuerwerkskörper. Die Nacht war erfüllt von Geschrei und Gebrüll, und das Heulen der Einsatzfahrzeuge war weithin zu vernehmen. Es hörte sich an, als wäre die ganze Welt wahnsinnig geworden.

Ein Polizeiauto kam über die Kuppe der Kung Oscars bro gefahren, und er stellte sich mitten auf die Fahrbahn und wedelte mit den Armen.

»Wollen Sie überfahren werden?«, fragte der Polizist, der den Kopf halb aus dem Fenster streckte.

»Ich bin Morten Dahl-Nielsen, Kommissar bei der Kripo. Ich bin gerade auf dem Heimweg, aber ich friere derart, dass ich mich frage, ob ich es noch bis nach Hause schaffe. Sind Sie beschäftigt, oder könnten Sie mich vielleicht mitnehmen? Ich friere so entsetzlich, es geht mir schon richtig schlecht.«

»Ich erkenne Sie wieder, aber es geht leider nicht. Wir müssen nach Kävlinge, da ist eine Schlägerei im vollen Gange. Die Leute sind heut Nacht wie verrückt. Die Stadt ist das reinste Schlachtfeld, an manchen Stellen haben wir fast schon Kriegsgebiete. Ich verstehe nicht, was in die Menschen gefahren ist. Tut mir leid, aber wie gesagt, wir müssen …«

»Versteh schon …«

Die Sirene ging an, während der Streifenwagen den Hügel hinunterraste. Morten versuchte, sich zusammenzureißen und seinen Weg durch die Kälte fortzusetzen. Als er Rufe hörte, blieb er stehen, beugte sich übers Brückengeländer und sah unten einen Wohnwagen auf dem Asphalt stehen. Eine Gruppe Jugendlicher schaukelte ihn hin und her, und nach einer Weile gelang es ihnen, ihn umzukippen. Es dauerte nicht lange, da hatten sie ihn in Brand gesteckt. Er brannte richtig spektakulär, es prasselte und krachte. Die Jugendlichen jubelten und schrien.

Ihm wurde klar, dass er jetzt so schnell wie möglich nach Hause kommen musste, sonst würde er noch krank werden von der Kälte dieser infernalischen Neujahrsnacht, in der die Feuerwerkskörper hartnäckig immer weiter knallten und eine Rakete nach der anderen in die Luft geschossen wurde.

Er bog in die Spolegatan ein und entdeckte nach einer Weile eine große Horde von Jugendlichen, die ihm entgegenkam. Er schätzte, dass es zwanzig, vielleicht auch fünfundzwanzig waren. Sie schrien und riefen und begannen, auf ihn zu zeigen, und verschärften ihr Tempo, wobei es sich anhörte, als würden sie sich gegenseitig anstacheln, den einsamen Nachtwanderer anzugreifen.

Er machte auf dem Absatz kehrt und begann zu rennen, doch er konnte ihnen nicht entkommen, die Flucht würde ihm nicht gelingen. In seiner Brust zog und stach es. Plötzlich stand ein Auto an der Bordsteinkante, und die Beifahrertür war halb offen. Er hörte eine Stimme, die ihn zum Einsteigen aufforderte.

Er hechtete hinein und zog die Tür zu, während Wendel das Gaspedal durchtrat.

Dahl-Nielsens Brustkorb hob und senkte sich heftig, während er nach Luft schnappte. Bei jedem Atemzug heulte es leise. Sein Körper bebte und war nass und heiß vom Schweiß, während er gleichzeitig so fror, dass er zitterte. Seine Arme und Beine fühlten sich ganz taub an. Er vermutete, dass es sich so anfühlen musste, wenn man einen Schock erlitt.

Er sah Henning Wendel an.

»Bist du auf dem Heimweg?«, erkundigte sich Wendel.

Dahl-Nielsen brachte es nur zu einem Nicken.

Eine Weile später, als Wendel vor der Haustür in der Stora Tomegatan anhielt, hatte Morten sich so weit erholt, dass er wieder sprechen konnte.

»Ich glaube, du hast mir das Leben gerettet«, meinte er.

»Vielleicht, vielleicht auch nicht. Sie hätten sich vielleicht auch damit zufriedengegeben, dich gründlich zusammenzuschlagen. Das weiß man nie so genau. Jetzt werden wir es Gott sei Dank nie erfahren. Es kann ja auch sein, dass diese Gang schon mal jemand umgebracht hat. Vielleicht ist der Tod nur mehr eine Kleinigkeit für sie. Vielleicht haben sie sogar Geschmack am Töten gefunden.«

Sie sahen sich an.

»Vielen Dank«, sagte Morten.

»Ich hab dir nur einen Gefallen getan. Ich hatte ja keine andere Wahl. Ich konnte dich schließlich nicht so da stehen lassen.«

»Das war ja eine seltsame Kombination aus Zufall und Glück, dass du gerade in diesem Moment dort warst«, sagte Morten leise und starrte Wendel an.

Der zuckte mit den Schultern.

»Wie fühlt es sich an zu töten?«, fragte Morten.

»Warum fragst du?«

»Ich glaube, du weißt es.«

»Das kann man nicht erklären oder beschreiben«, sagte Wendel. »Das Einzige, was ich mit Sicherheit sagen kann, ist, dass es einem ein ganz schreckliches Gefühl von Wahnsinn und Macht gibt. Aber wie es sich genau in dem Moment anfühlt, in dem man einen Menschen tötet, das kann man keinem mit Worten begreiflich machen. Einen Menschen zu töten ist die schlimmste Tat, die du begehen kannst, und die schlimmste Strafe, die du bekommen kannst … beides zugleich. Es ist eine lebenslange Strafe, die du nie absitzen kannst. Und es gibt keine Strafmilderung.«

Morten betrachtete den Mann, der die immer noch namenlose Frau ermordet hatte.

»Was wirst du jetzt tun?«, wollte Wendel wissen.

»Ich gehe in meine Wohnung hoch. Ich schließe meine

Tür zweimal ab. Ich trinke ein großes Glas Calvados. Dann lege ich mich hin und schlafe aus. Wenn ich dann irgendwann aufwache, werde ich entscheiden, was ich tun werde. Wenn ich mir über den morgigen Tag klar geworden bin …, was er bereithält und bedeutet …«

»Eine Ewigkeit plus einen Tag«, sagte Wendel. »Jetzt nach den Feiertagen komme ich ins Krankenhaus. In der zweiten Dezemberwoche hab ich Bescheid bekommen. Eine Operation hat keinen Sinn mehr. Sie können nur noch versuchen, den Schmerz zu lindern.«

Morten blickte in das ausgezehrte Gesicht und las die Schmerzen in den Augen des anderen. Er schüttelte den Kopf, seufzte und machte die Tür auf.

»Wir sehen uns dann vielleicht in der Ewigkeit mit dem einen Tag extra«, sagte er.

»Nur keine Eile«, gab Wendel zurück, während die Tür zufiel.

Dann fuhr er davon.

Morten betrachtete den Schnee auf dem Gehweg vor seiner Haustür. Irgendjemand hatte sich dort hingelegt und mit Armen und Beinen ein paar Engel gemacht. Es gelang ihm, auf keinen der Engel mit den Füßen zu treten.

Aus dem Schwedischen von Wibke Kuhn

ÅKE EDWARDSON (*1953)

Astrid und Isaak

Mit achtzehn hatte ich einen prima Ferienjob als Landbriefträger. Im ersten Sommer musste ich die Post noch mit dem
Fahrrad in meinem Heimatort austeilen, nachdem ich sie in
den frühen Morgenstunden sortiert hatte. Meine Finger waren ganz schwarz von der Druckerschwärze der Zeitungen.
Als ich im darauffolgenden Frühling den Führerschein gemacht hatte, durfte ich die größere Tour eines Landbrieftra-
gers übernehmen. Sie betrug ungefähr sechzig Kilometer.
Am Nachmittag war ich mit der Arbeit fertig und konnte
nach Hause oder zum Baden fahren.

Ich benutzte mein eigenes Auto, einen Citroën 2 CV, den
ich gerade gekauft hatte, eine kleine zitronengelbe Schönheit, postgelb, sozusagen, und bei gutem Wetter konnte ich
das Verdeck zurückschieben.

Der Landbriefträger war ein rollendes Postamt. Natürlich
teilte ich Post und Zeitungen aus, aber ich hatte auch Über-
weisungsformulare, Geld für Auszahlungen und größere und
kleinere Pakete. Außerdem war der Landbriefträger Waren-
lieferant, angefangen bei Kolonial- und Fleischwaren bis hin
zu Hochprozentigem. Ein rollender Schnapsladen, könnte
man sagen, aber die Leute auf dem Land waren vorsichtig
mit dem Alkohol.

Manchmal musste ich als Taxifahrer einspringen. Einmal
hatte ich zwei gewichtige Damen im Auto, die eine Freundin auf einem der Höfe an der Landstraße besuchen wollten. Sie hatten gerade so Platz auf dem engen Rücksitz des

Citroën, aber einige Male musste ich sie bitten, auszusteigen und den Hügel zu Fuß hinaufzugehen, während ich voranfuhr und sie auf der Anhöhe erwartete. Das Problem ergab sich jedes Mal, wenn am Beginn der Steigung ein Briefkasten stand. Der CV hatte nur 14 PS und schaffte die Steigung nicht aus dem Stand heraus. Aber die Damen waren der Ansicht, dass ein bisschen Bewegung guttue, quetschten sich danach wieder auf den Rücksitz, und die Fahrt konnte weitergehen.

Es war ein langer Sommer, und allmählich lernte ich die Menschen draußen im Wald kennen. Man kann es getrost Wald nennen, denn mich umgab unterwegs auf den Schotterwegen nichts anderes als Wald. An manchen Stellen öffnete er sich zu einer Lichtung, und dort lagen ein Hof oder eine Kate oder seltener ein relativ neu erbautes Haus, manchmal mit einer Ziegelfassade, die nicht in die Landschaft passte.

Hier und da stand nur ein Briefkasten an einem größeren Weg. Von dort führte ein geheimnisvoller Pfad in den Wald. Anfangs versuchte ich mir vorzustellen, wo er endete, wie weit es bis zu dem Haus war und wie es aussehen mochte. Wie hielten es die Menschen aus, so isoliert zu leben? Schon die Häuser auf den Lichtungen entlang des Hauptweges, wenn man ihn so nennen konnte, lagen weit voneinander entfernt, aber tiefer im Wald war alles fremd, mitunter erschreckend.

Manchmal fragte ich mich, ob überhaupt jemand so tief im Wald wohnte, aber offenbar lebten dort Menschen, denn der Briefkasten war jedes Mal leer, wenn ich am nächsten Vormittag wieder die Post einwarf. Niemand stand daneben und wartete auf mich, und auch das war irgendwie geheimnisvoll. Irgendwann im Lauf des Tages setzte sich jemand auf seinen Traktor oder nahm Pferd und Wagen oder die Apostelpferde und kam herunter oder hinauf, um dem Briefkasten die Tageszeitung oder das Bauernblatt und irgendein langweiliges Kuvert von einer langweiligen staatlichen oder kommunalen Behörde zu entnehmen. Die Leute draußen im Wald bekamen selten Briefe oder Ansichtskarten. Sie schienen sich von der übrigen Welt ausgesperrt zu haben. Keine Grüße von irgendwoher. Im Ort hingegen bekamen die Leute öfters Grüße von Bekannten, die auf Reisen waren. Im Postamt hatten wir es uns zur Gewohnheit gemacht, einander die Ansichtskarten laut vorzulesen und uns dabei zu amüsieren. Es verblüffte mich, wie offenherzig die Menschen auf Reisen wurden, und wenn sie nur an die Ost- oder Westküste fuhren, erst recht aber, wenn sie sich ins Ausland begaben. Intimitäten, Geheimnisse, Enthüllungen, als glaubten sie, die Ansichtskarten mit unsichtbarer Tinte zu schreiben. Aber in einem Postamt war niemand und nichts unsichtbar. Die Veteranen wussten alles über alle, und auch ich wusste bald eine Menge.

Langsam lernte ich also die Leute im Wald kennen.

Nachdem ich die Tour ungefähr eine Woche gefahren war, wartete an einem verhangenen Tag ein kleiner alter Mann neben seinem Briefkasten. Ich hatte ihn noch nie gesehen, und der Weg, der in den Wald führte, war mehr ein Kuhpfad als ein Weg. Es war beinah ein Schock, jemanden dort stehen zu sehen, fast wie eine Erscheinung, da ich hier draußen selten einem Lebewesen begegnete, nicht einmal Rehen oder Elchen, die erst in der Dämmerung aus dem Wald hervortraten.

Ich hielt an und stieg aus, das bisschen Post des Alten in der Hand. Da ich im Privatauto fuhr, konnte ich nicht einfach die Scheibe herunterdrehen und die Post in den Kasten werfen. Einige Male hatte ich das Auto des anderen Landbriefträgers geliehen, in dem das Steuer rechts war. Es war der reinste Luxus.

»Guten Tag«, sagte ich, ohne den Mann mit Namen anzusprechen. Ich wusste, dass am Ende des Weges Arvid Karlsson wohnte, aber ich konnte ja nicht sicher sein, dass er es war.

»Jaaa, Tach …«

»Hier ist die Post.« Ich hielt ihm die Kuverts hin.

Er schaute darauf, und dann guckte er mich an.

Ich reichte ihm die Hand, und wir begrüßten uns. Seine Hand fühlte sich an wie ein Bündel Feuerholzspäne.

»Jaaa … so … ja also …«, sagte er und nahm die Post entgegen. Froh sah er dabei nicht aus. Mir war klar, dass er nicht hergekommen war, nur weil er sich für den neuen Briefträger interessierte. Es hatte einen anderen Grund.

»Sind Sie Arvid Karlsson?«, fragte ich.

Er nickte bedächtig, als müsste er erst darüber nachdenken. Er sah aus, als wäre er um die hundertdreißig Jahre alt, das schien das Durchschnittsalter hier draußen zu sein. Die Menschen, die ich bisher in dieser Gegend gesehen hatte, waren kleinwüchsig, gekrümmt, zäh und knorrig wie Wacholderstämme. Sie ernährten sich von dem, was Boden und Wald hergaben, und das schien ihnen ein ewiges Leben zu verleihen.

»Kann ich Ihnen irgendwie helfen?«, fragte ich.

»Jaaa … so … ja …«, sagte er wieder und schielte etwas verlegen zum Briefkasten.

»Stimmt was nicht mit dem Briefkasten?«

»Nee …, es is' wegen den Zeitungen«, sagte er.

»Wegen den Zeitungen?«, wiederholte ich in seinem Dialekt. Ich sprach zwar selber Småländisch, aber das war gar nichts im Vergleich zu dem, wie die Leute im Wald redeten.

»Ja … den Zeitungen.« Er fuchtelte mit den Umschlägen in der Hand Richtung Briefkasten.

Ich begann zu verstehen. Er vermisste etwas in dem jämmerlichen Posthäufchen, das er in der Hand hielt.

»Ist Ihre Zeitung nicht gekommen?«, fragte ich.

»Nee …«

»Da muss ich um Entschuldigung bitten. Ich bin ja noch neu, vielleicht hat sich auf der Liste mit den Zeitungsempfängern ein Fehler eingeschlichen.«

»Tageblatt«, sagte er, wie um es zu verdeutlichen, aber das war nicht nötig. Alle hier draußen hatten das Småländische Tageblatt abonniert, nur einige Sommergäste aus Stockholm bekamen eine überregionale Zeitung.

»Ich hab noch ein Exemplar im Auto.« Ich ging zurück, reckte mich und nahm ein Tageblatt von dem Stapel Post, der in einer Lederbox auf dem Beifahrersitz lag. Natürlich war das kein zusätzliches Exemplar, aber der Alte hatte über eine Woche lang seine Zeitung nicht bekommen und schließlich allen Mut zusammengenommen und war zum Briefkasten hinuntergegangen, um den Briefträger abzupassen und in Erfahrung zu bringen, was los war. Da musste heute eben ein anderer an meiner Route auf seine Zeitung verzichten.

»Is' nich' nötich«, sagte er, streckte aber trotzdem die Hand aus und nahm die Zeitung entgegen.

»Natürlich ist das nötig«, sagte ich. »Und in Zukunft kriegen Sie selbstverständlich Ihre Zeitung. Dafür werde ich sorgen.«

Es war nicht das letzte Mal, dass ich Arvid Karlsson begegnete. Und bald traf ich fast alle Bewohner entlang meiner sechzig Kilometer langen Postroute.

Immer, wenn ich die Rente brachte.

Dann hatte ich viel Geld im Auto, Tausende von Kronen, die heutzutage Hunderttausenden entsprächen. Ich war unbewaffnet und wurde nie überfallen. Nirgends lag einer auf der Lauer, nicht hinter der Wegbiegung, nicht hinter dem Felsblock am Hang oder mitten im Wald. Ich war ganz allein mit all dem Geld und den Formularen. Wenn ich mit mei-

nem postgelben Citroën vorfuhr, wurde ich in den Bruch-
buden, Katen und Höfen sehnsüchtig erwartet.

Der Kaffee floss in Strömen. Alle luden mich natürlich zu
einer Tasse und einem Stück Kuchen ein. Damals trank ich
noch keinen Kaffee, deswegen war mein erster Tag der Ren-
tenauszahlung etwas anstrengend. Nach der vierundzwanzigs-
ten Tasse hatte ich gerade die halbe Strecke geschafft, und
meine Hände begannen zu zittern, wenn ich die Scheine hin-
blätterte. Meine Rettung war es, dass mir einfiel, um Tee zu
bitten. Hätte es keinen Tee gegeben, hätte ich religiöse Gründe
vorschieben müssen: Meine Religion verbietet mir, Kaffee zu
trinken. Die Menschen da draußen verstanden sich auf die un-
terschiedlichsten Religionen, und manche hatte ich im Verdacht, dass sie noch immer dem Glauben an die Asen frönten.

Und plötzlich fingen die Leute an zu reden. Ich wurde
eine Mischung aus Pastor und Therapeut. Selbst wenn die
Höfe gar nicht so weit voneinander entfernt waren, schien
es, als ob sie wie in Sibirien endlos verstreut lagen. Der Abstand zwischen den Menschen war groß. Sie gehörten zum
selben Kirchspiel, trafen sich jedoch nur selten, vielleicht nie.
Trotzdem behielten sie einander im Auge, und während ich
mit der Rente als Schmiermittel beim Kaffee saß, schienen
sie selten an etwas anderes zu denken als an ihre Nachbarn
jenseits der Tannen. Was sie taten, wer sie waren, warum sie
dort wohnten, warum sie waren, wie sie waren, warum es
ihnen so schlecht ergangen war …

Geschichten. Ich erfuhr Geschichten. Und sehr selten han-
delten sie davon, dass du deinen Nächsten lieben sollst wie
dich selbst. Niemand dort draußen war in eine offene Strei-
terei verwickelt, aber wenn ein Fremder kam wie ich, dann
nahmen sie die Gelegenheit wahr und ließen raus, was sie eigentlich von den Idioten hinter der Wegbiegung hielten.
Liebeserklärungen waren das nicht gerade.

Oder vielleicht doch.

»Die hat se nich' alle«, bekam ich zu hören.

»Der is', wie er is'«, sagte ein anderer.

Dieser Ausdruck hat mir schon immer gefallen. Er ist, wie er ist. Eine andere häufig benutzte Redensart im Wald war »wie gesagt«. Sie war vielseitig verwendbar und konnte an jeden Satz angehängt werden: »Heute gibt es Regen, wie gesagt«, oder »Noch 'ne Tasse Kaffee, wie gesagt«.

Nach einigen Wochen wusste ich, dass alle jungen Leute diese Gegend verlassen hatten. Ich traf keine Jungen, und damit meine ich Leute unter sechzig Jahren. Es war wie überall auf dem Land, also so richtig auf dem Lande. Es gab nichts, was die Jugendlichen zurückhielt, keine Arbeit, keine eigene Wohnung, keine Freunde. Das war natürlich sehr traurig. Vor fünfzig Jahren war dies hier eine gut funktionierende Gemeinschaft gewesen. Wenngleich der Landstrich dünn besiedelt war, hatte es neben der Landwirtschaft Kleinindustrie gegeben und auch eine Schule. An der fuhr ich jeden Tag vorbei. Sie stand leer. Nicht einmal Sommergäste waren dort eingezogen.

Dreißig Jahre später würde ich diese Schule kaufen, sie renovieren und einziehen. Aber das wusste ich damals noch nicht.

Dagegen wusste ich, dass auf einem der entlegensten Höfe an meiner Route ein einsamer Sohn wohnte. Um zu ihm zu gelangen, musste ich tiefer in den Wald hineinfahren, weiter über eine Wegkreuzung und schließlich das dichteste Waldstück der ganzen Kommune passieren. Dann erst war ich auf seinem Hof. Mit einsamem Sohn meine ich einen alt gewordenen Jungen, einen Sohn, der bei seinen Eltern geblieben war, während alle anderen verschwanden. Einer, der es nicht geschafft hatte oder sich nicht befreien wollte. Die Jahre vergingen, die Eltern wurden alt, und der Sohn wurde auch alt.

Schließlich würden die Eltern sterben, und der Sohn würde allein zurückbleiben. Das war nicht ungewöhnlich in dieser Gegend. Jemand musste bleiben, das war Naturgesetz.

Er hieß Isaak, aber als ich zum ersten Mal zu dem Hof kam, begegnete ich ihm nicht. Ich hatte allerdings schon von Isaak gehört.

»Er ist all die Jahre zu Hause geblieben, na, das kann man sich ja vorstellen«, sagte eine seiner Nachbarinnen, als wir den Rentenkaffee tranken, eine Achtzigjährige jenseits von Gut und Böse.

»Was kann man sich vorstellen?«, fragte ich unschuldig.

»Was daraus wird.«

»Was denn?«

Sie sah mich an wie einen, der wenig weiß, ein richtiger Dummkopf.

»Das kann man sich ja vorstellen«, wiederholte sie nur und nickte über ihrer Kaffeetasse.

Ich mochte nicht weiter fragen. Ich war neugierig, aber mehr würde ich ohnehin nicht aus ihr herausholen.

Isaak wohnte jetzt allein mit seiner alten Mutter auf dem Hof. Sie war genauso alt wie die Nachbarin, vielleicht einige Jahre älter, näher an die neunzig, aber immer noch auf den Beinen. Als ich zwischen Hühnern und Katzen auf den Hof einbog, hatte sie den Kaffeekessel schon aufs Feuer gestellt.

»Das is' ja 'n drolliges Automobil«, sagte sie und plierte aus dem Fenster.

»Es kommt aus Frankreich«, sagte ich.

Sie nickte, als wäre das eine Selbstverständlichkeit.

»Das is' weit wech«, sagte sie nach einer Weile.

Ich nickte.

»Ich war bloß bis inne Stadt«, sagte sie.

Ich nickte wieder. Etwa fünfundzwanzig Kilometer entfernt gab es eine kleine Stadt, die meinte sie wohl.

»Mir langt das«, sagte sie.

»Ja, hier ist es schön«, sagte ich.

»Isaak is' inner Großstadt gewesen«, sagte sie.

»Ach ja?«

»Aber das is' lang her«, sagte sie. »Er wollt nach Hause.«

»Mhm.«

»Jetzt isser im Wald.«

»Vielleicht treff ich ihn beim nächsten Mal«, sagte ich.

Isaak war der eine und Astrid war die andere. Entlang meiner Route wurde über Astrid fast genauso viel getratscht wie über Isaak, obwohl es gar nichts zu tratschen gab.

Astrid war eine alternde Tochter. Sie lebte mit ihrem uralten Vater auf einem sehr abgelegenen Anwesen, etwa vier Kilometer von Isaaks Hof entfernt. So viel ich erfahren hatte, hatte Astrid keine Freier gehabt, obwohl sie in ihrer Jugend ein hübsches Mädchen gewesen sein soll.

»Sie is' immer noch hübsch«, erzählte mir ein alter Mann.

»Still, Eskil«, sagte seine Alte.

»Sie is' streng erzogen worden«, sagte der Alte. »Ihr Vater war streng.«

»Er is' noch nich' tot«, sagte seine Frau.

Nein, er war noch nicht tot. Ich habe mit ihm Kaffee getrunken, die Tochter aber nicht zu Gesicht bekommen. Er sah aus wie eine småländische Mumie, bewegte sich jedoch noch. Meinen Informanten hier draußen zufolge nahm der Alte immer noch an der Elchjagd teil, allerdings überwiegend vom Hochstand aus.

»Das is' ja 'n drolliges Automobil«, sagte er und plierte aus dem Fenster.

»Es kommt aus Frankreich«, sagte ich.

»Wa'?« Der Alte beugte sich über den Tisch und legte die hohle Hand hinter sein Ohr. »Was für 'ne Krankheit?«

»Es kommt aus FRANKREICH«, wiederholte ich laut.

»Aha«, sagte er und lehnte sich zurück, als wäre es genau die Antwort, die er erwartet hatte.

»Der Kaffee war sehr gut«, sagte ich, und das war nicht gelogen. Inzwischen war ich fast süchtig danach, und ich vertrug ihn nun auch.

»Den hat Astrid gekocht«, sagte er.

Ich nickte.

»Sie macht jetzt das meiste«, sagte er.

»Wo ist sie denn?«, fragte ich beiläufig.

»Sie is' im Wald.«

»Ach ja?«

»Sie sammelt Pilze, Pfifferlinge, diese gelben.« Er plierte wieder aus dem Fenster und schien zu lächeln. »Die haben dieselbe Farbe wie das Automobil da.«

Als ich vom Hof fuhr, meinte ich, einen Schatten hinter dem Stallgebäude zu sehen, war mir jedoch nicht sicher.

Ich drehte weiter meine Runden, und der Sommer war so lang, dass ich das Gefühl hatte, nie etwas anderes gemacht zu haben. Die Arbeit schien ewig Bestand zu haben, wie der Wald, wie die Wege, und vielleicht stimmte das auch, denn alles, was mich umgab, war größer als das Leben: Es war schon da gewesen, bevor wir kamen, und es würde weiter da sein, wenn wir fort waren. Alles würde bleiben – nur die Menschen nicht.

Dann begegnete ich Isaak.

Er war etwas über sechzig, aber der Wald schien seinen Körper nicht besiegt zu haben. Bei seiner Seele war ich da nicht so sicher. Die Einsamkeit hatte ihn nahezu verstummen lassen. Vielleicht hatte er auch keine Lust mehr zu reden, seitdem seine Geschwister verschwunden waren und der Vater gestorben war. Der einzige Fremde, der auf den Hof kam, war der Briefträger. Ich merkte Isaak an, dass er nicht selbst über sein Leben bestimmen durfte. Seine alte

Mutter überwachte den alternden Sohn, oder besser gesagt, sie regierte ihn wie eine graue Königin ihr kleines Waldreich. Auf dem Hof gab es nicht viele Tiere, einige Kühe, ein Pferd, das alterslos wirkte, die üblichen Hühner, Katzen, keinen Hund.

Die Alte hatte den Sohn fest im Griff.

»Isaak? Wo bist du? Was machst du?«

So ging es den ganzen Tag.

Die Nachbarn munkelten, er habe gegen seinen Willen zu Hause bleiben müssen. Ich wusste nicht, was ich davon halten sollte. Aber glücklich sah er nicht aus. Die Alte sah auch nicht glücklich aus, sie hatte alle Händevoll zu tun, den »Jung'«, wie sie ihn nannte, herumzukommandieren.

Er wollte nicht mit mir reden. Dafür hatte ich Verständnis. Er sah, dass ich es sah, wusste, dass ich es wusste, und das war ihm natürlich peinlich. Er hatte nicht einmal Kraft, so zu tun, als würde er nicht auf sie hören, aber vielleicht traute er sich auch nicht.

»Wo isser?«, konnte die Alte plötzlich herausplatzen, wenn wir mit ihrer kleinen Rente am Küchentisch saßen. »Wo is' der Jung'?«

Ich begegnete Astrid.

Sie war um die sechzig, die Nachbarn behaupteten, sie sei über fünfundsechzig, aber für so etwas hatte ich als Achtzehnjähriger noch keinen Blick: Meine Mutter war damals um die vierzig, sie hätte jedoch ebenso gut sechzig sein können.

Das Muster war dasselbe wie auf Isaaks Hof, nur dass die Alte hier gegen den Alten, den Vater, ausgetauscht war, der jeden Schritt der Tochter zu kontrollieren schien. Als ich das erste Mal auf dem Hof gewesen war, war Astrid »im Wald«, genau wie es bei Isaak der Fall gewesen war. Der Wald schien der einzige Ort zu sein, an dem sie so etwas wie Frieden fanden oder eine andere Art Einsamkeit als die Einsamkeit auf dem Hof. Für eine Weile entkamen sie der Diktatur. »Sie is' streng erzogen worden«, wie der Alte gesagt hatte. Ich versuchte mir vorzustellen, wie es für Astrid gewesen sein mochte, in das harte Leben im Wald hineingeboren zu werden und nie die Gelegenheit zu bekommen, es zu verlassen. Es muss wie ein Gefängnis gewesen sein, und das war es immer noch. Selbst der Wald mit all seiner Strenge lockte, und einige Male dachte ich, die Verlockung könnte vielleicht zu groß werden und bis auf den Grund eines Tümpels führen. Dergleichen war schon öfter geschehen in dieser Gegend. Die Leute waren »verrückt« geworden, aber es war kein Wahnsinn, wenn man Verzweiflung nicht auch Wahnsinn nennen kann.

Als ich kam, wollte Astrid nicht mit mir sprechen, wir wechselten nur wenige Worte, und dann war sie weg, beschäftigt, was ich hören, aber nicht sehen konnte, Geschepper und Geklapper aus dem Stall oder irgendeinem Wirtschaftsgebäude. Und über alles beugte sich der dunkle Wald, wie um daran zu erinnern, dass er früher oder später wieder die Herrschaft übernehmen würde. Alles würde wieder in Wald übergehen, so wie Dörfer und Höfe in Afrika oder Asien allmählich Busch und Dschungel wurden. An manchen Stellen würde der Wald ein dichter Dschungel werden, und der lange, heiße Sommer unterstrich diesen Eindruck.

Im Herbst, als ich wieder zur Schule ging, dachte ich manchmal an Astrid und Isaak. Insbesondere an die beiden dachte ich, wenn ich mich an den Wald und meinen Landbriefträgerjob im Sommer erinnerte. Ich sah sie vor mir, den alternden Sohn und die alternde Tochter, wie Geschwister vereint in ihrer harten, verschlossenen Welt. Der Alte und die Alte, die Eltern, schienen Gene wie Schildkröten zu haben und würden ihre Kinder vermutlich überleben. Das war kein angenehmer Gedanke. Die Alten saugten ihren Kindern die Kraft aus, das erhielt sie am Leben.

An einem Wochenende im November fuhr ich die Route privat ab. Ich hatte mir das Auto eines Freundes geliehen, ich wollte nicht in meinem postgelben »Automobil« erkannt werden. Astrid oder Isaak sah ich nicht, der Weg zu ihren Höfen war zu weit, und ein vernünftiger Anlass fiel mir nicht ein. Was hätte ich sagen sollen? Dass ich sie nur mal besuchen wollte? Ja, genau das hätte ich sagen und tun sollen, aber darauf bin ich damals nicht gekommen. Vielleicht hätten die Alte oder der Alte mir den Schädel weggeschossen. Die beiden waren häufig bewaffnet.

Weihnachten nahte, und nach dem Lucia-Fest klingelte das Telefon. Es war der Poststellenleiter, der mich fragte, ob ich als Landbriefträger einspringen wollte. Der angestellte Briefträger war krank geworden, irgendeine hartnäckige Grippe war ihm in die Glieder gefahren, und nun brauchten sie schnell Hilfe. Ich erinnere mich, dass ich aus dem Fenster schaute, während ich mit dem Poststellenleiter sprach. Es schneite. Eine ganze Woche hatte es fast unablässig geschneit, und es sollte weit bis ins neue Jahr hinein schneien, wenn man dem Wetterdienst glauben konnte. Ich dachte an die Wege, die ich im Sommer gefahren war. Schon da waren manche kaum befahrbar gewesen. Wie sollte es jetzt gehen? Und dann mit meinem kleinen Automobil?

»Don't worry«, sagte der Poststellenleiter, der im Sommer Urlaub in England gemacht hatte. »Wenn etwas da draußen in der Walachei funktioniert, dann sind es die Wege.«

Und er hatte recht. Die Wege waren im Winter besser als im Sommer, breiter, ebener. Jeder, der einen Traktor besaß, schien ständig unterwegs zu sein und Schnee zu räumen, und später am Nachmittag kamen die Räumfahrzeuge der Kommune und häuften die Schneemassen zu Wällen auf. Ein paar Tage nachdem ich zugesagt hatte, fuhr ich eine Runde zur Probe. Die Wege machten keine Schwierigkeiten, mein einziges Problem war, Winterreifen für meinen schon abgemeldeten Citroën zu finden. Es gelang mir nicht. Ich durfte den Opel meiner Eltern leihen. Er war rot. Weihnachtlich rot.

Ich fühlte mich fast heimisch, als ich einige Tage vor Weihnachten in das Postamt zurückkehrte, wo ich wie ein alter Bekannter begrüßt wurde. Ich fühlte mich auch gleich wieder mit der Routine des Sortierens und Lesens der Ansichtskarten vertraut.

»Hört mal!«, konnte einer der Kollegen grölen, wenn ihm eine besonders derbe Ansichtskarte unter die Augen kam. »Jetzt schwängert er das ganze Hotel!«

»Behauptet er, ja«, rief ein anderer.

Ich schaute die Adressen- und Namenliste meiner Tour durch. Es waren dieselben Namen, nichts schien passiert zu sein. Ich fragte nach.

Ein paar Todesfälle. Geburten waren da draußen nicht aktuell, waren es schon seit Jahrzehnten nicht mehr. Blieben nur die Todesfälle.

»Wieder ein paar Alte.«

»Wer?«, fragte ich und studierte weiter die Liste.

Ich hörte die Namen. Aber sie standen noch immer auf der Liste.

»Die Alten. Die Kinder sind noch da.«

Die Kinder.

Astrid und Isaak.

Sie waren frei.

So empfand ich es. Vielleicht täuschte ich mich auch. Vielleicht waren sie einsamer denn je. Vielleicht ganz hilflos. Hilflos wie Kinder.

Ich fuhr meine erste Wintertour. Sie war wie die erste

Sommertour, nur weißer. Sehr viel weißer. Die Sonne schien von einem klarblauen Himmel herab und reflektierte all das Weiß, ohne meine dunkle Sonnenbrille hätte ich gar nicht fahren können. Trotzdem schmerzte das Gleißen in den Augen, doch das war es wert. Es war so schön, wie es nur sein konnte auf der Welt. Einen Tag wie diesen kann es nur im Norden geben, und an solchen Tagen ist es besser, hier zu leben als irgendwo anders auf der Erdkugel. Das finde ich noch heute. Ein schöner Wintertag ist besser als ein schöner Sommertag. So etwas kann man nicht einmal einem Dänen erklären, aber wir Nordlichter verstehen das.

Isaak bekam nach dem Tod der Mutter weiterhin die Zeitung, und sie war das Einzige, was ich bei dem entlegenen Anwesen zustellte. Der Weg von der Abzweigung war sorgfältig geräumt, fast pedantisch. Es hatte einige Tage lang nicht geschneit, und es war kalt gewesen, der Schnee knirschte behaglich unter den Winterreifen.

Der Traktor mit dem Schneepflug stand auf dem Hof. Ich parkte daneben. Isaak kam aus dem Haus und gab mir die Hand. Er wirkte jünger.

»Lange nicht gesehen«, sagte er.

»Ich musste wieder einspringen«, sagte ich.

»Schön, dich zu sehen«, sagte er.

Das waren mehr Wörter, als ich ihn den ganzen Sommer über hatte sagen hören.

»Komm auf eine Tasse Kaffee mit rein«, sagte er.

Drinnen hatte es sich auch verändert. In den Fenstern standen Topfblumen, die ich vorher nicht gesehen hatte. Es roch auch anders, frischer, als hätte er gelüftet, kurz bevor ich kam. Irgendwie wirkte es auch sauberer, als hätte er eben geputzt oder eine Putzfirma beauftragt. Vielleicht hatte er das tatsächlich nach der Beerdigung getan. An der konnte ich mich nicht vorbeimogeln. Ich musste etwas sagen.

»Mein Beileid«, sagte ich, als wir bei einer Tasse Kaffee und einem Stück Hefekuchen saßen, der frisch gebacken war.

Er sah mich verständnislos an.

Beileid? Trauer, ach ja.

»Danke«, antwortete er.

»Wie geht es … jetzt?«, fragte ich.

»Es geht gut«, antwortete er.

Ich meinte ein Geräusch aus dem oberen Stockwerk zu hören, als würde etwas über den Fußboden schrammen, aber Isaak reagierte nicht. Es war ein altes Haus, mehr als hundert Jahre alt, und alte Häuser knarrten und knackten Tag und Nacht.

Als ich eine halbe Stunde später vor Astrids hundert Jahre altem Haus vorfuhr, traf ich niemanden an. Ich betrachtete das gradlinige, einfache Haus, traditionell gebaut wie alle Häuser in dieser Gegend, rot getüncht mit weißen Fensterrahmen. Es ist vermutlich genauso alt wie Astrids Vater, dachte ich, und jetzt ist er nicht mehr da. Wie mag sie jetzt leben? Ich stieg aus und steckte die Post in den Briefkasten, nur eine Zeitung. Ich schaute zum Haus und hätte fast einem Impuls nachgegeben, an die Tür zu klopfen und ihr mein Beileid auszusprechen, sie zu fragen, wie es ihr ging. Aber ich setzte mich wieder ins Auto, um meine Tour durch die weiß glänzende Pracht fortzusetzen.

Noch bevor ich den Zündschlüssel umdrehte, rief jemand meinen Namen. Ich sah sie aus dem Stall kommen.

Sie winkte, und ich stieg wieder aus.

»Du arbeitest also auch im Winter?«, sagte sie.

Es hörte sich eigenartig an, so als würde sie mit einem alten Freund reden. Als wäre ich ihr Freund.

»Mir macht das Spaß«, antwortete ich.

Sie lächelte. Sie schien jünger geworden zu sein, genau wie Isaak.

»Mein Beileid«, sagte ich.

Sie nickte schweigend. Dann fragte sie: »Warst du auch bei Isaak?«

»Ja …«

Sie sah zufrieden aus.

»Er scheint … gut zurechtzukommen«, sagte ich.

Sie antwortete nicht, aber in ihren Augen war etwas, das mit dieser Verjüngung zusammenhing. Ihre Augen waren wie dieser Tag, genauso schön, golden und weiß glänzend.

Auch am 24. Dezember fuhr ich Post aus, viele Weihnachtskarten und einigen Alkohol. Schließlich war Weihnachten. In der Nacht hatte es geschneit, aber als ich zu Hause losfuhr, schien die Sonne. Ich machte mir etwas Sorgen wegen der Straßen, aber die Traktoren hatten den Schnee schon in den frühen Morgenstunden geräumt, die man in Schweden ›Wolfsstunden‹ nennt. Es gab Leute, die behaupteten, dass der Wolf nun auch wieder zu uns in den Süden gekommen ist. Aber niemand hatte einen gesehen, nur Spuren. Doch Luchse und anderes Wild gab es. Fast jeden Tag musste ich wegen Rehen bremsen, die auf der Suche nach Nahrung waren, und einige Male auch wegen eines Elchs, ganz zu schweigen von den Hasen.

Im Radio wurden Weihnachtslieder gespielt. Ich bog zu Isaaks Hof ab, um die Zeitung einzuwerfen. Mehr Weihnachtslieder. Vielleicht hielt Egon Kjerrman den Taktstock, ich kann mich nicht erinnern. Aber ich erinnere mich daran, dass Isaak und Astrid aus dem Haus traten, als ich vorfuhr.

Sie hielten einander bei den Händen.

Ich stieg aus. Ich war eher froh als erstaunt.

»Wir dachten, du sollst es als Erster erfahren«, sagte Astrid.

»Ich wusste es wohl schon«, sagte ich.

»Das glaub ich nicht«, sagte Isaak.

»Oder ich habe es gehofft«, sagte ich.

»Das haben wir auch«, sagte Astrid.

»Aber es hat ein bisschen gedauert«, sagte Isaak.

»Das macht nichts«, sagte Astrid und begann zu weinen.

Isaak zog sie an sich.

»Wir gehen rein«, sagte er, »es ist kalt.«

Drinnen war der Tisch schon gedeckt.

»Ich weiß nicht, was ich sagen soll«, sagte Astrid.

»Sie brauchen nichts zu sagen«, sagte ich. »Fröhliche Weihnachten.«

»Danke.«

»Ich hätte ein Geschenk mitbringen sollen«, sagte ich.

»Ach was.«

»Beim nächsten Mal«, sagte ich.

»Du wunderst dich sicherlich«, sagte Isaak.

»Warum?«

»Jetzt werden sich die Leute die Mäuler zerreißen«, sagte Astrid.

»Als ob das was Neues wäre«, sagte Isaak.

»Der Unterschied ist nur, dass sie jetzt einen Grund dazu haben«, sagte ich.

Wir lachten.

Das Lachen erstarb. Wir schauten aus dem Fenster. Es hatte aufgehört zu schneien. Ich sah Vögel am Futterplatz.

»Mir tut bloß leid, dass es so viele Jahre gedauert hat«, sagte Isaak, nachdem wir eine ganze Weile still dagesessen hatten.

Astrid begann wieder zu weinen.

Jetzt waren sie frei. Ich wollte es ihnen sagen und dass sie jetzt das ganze Leben vor sich hatten, es war nicht mehr hinter ihnen. Aber für Derartiges hatte ich keine Worte. Doch sie waren frei.

»Wo werden Sie wohnen?«, fragte ich.

»Hier«, sagte Isaak, »das Haus ist in einem besseren Zustand.«

»Wir wohnen schon hier«, sagte Astrid.

Ich nickte.

»Ich will nicht zurück«, fuhr sie fort. »Das Haus will ich nie wieder betreten.«

Draußen auf dem Hof umarmte ich sie. Ich hatte das Gefühl, als wären wir gleichaltrig, sie benahmen sich auch entsprechend. Als ich ihnen im Rückspiegel noch einen Blick zuwarf, hielten sie sich immer noch an den Händen.

Bei meiner ersten Runde nach den Feiertagen war es kein Geheimnis mehr. Das fünfzig Jahre alte Geheimnis gab es nicht mehr. ›Fünfzig Jahre‹, hatte Isaak gesagt. ›Fünfzig Jahre lang hab ich Astrid geliebt.‹

Obwohl es an diesem Tag keine Rente auszuzahlen gab, wollten mich alle zum Kaffee einladen. Alle wollten reden, und das konnte ich gut verstehen. Ich sagte nicht viel, außer dass ich mich für Astrid und Isaak sehr freute.

»Ich hab's gewusst! Ich hab's gewusst!« war der häufigste Kommentar auf den Höfen. Aber ich glaube nicht, dass es jemand gewusst hat. Vielleicht war es Wunschdenken, ich hoffte es.

Zur Hochzeit brachte ich das Geschenk mit, das ich zum »nächsten Mal« versprochen hatte. Alle waren gekommen, ausnahmslos, die ganze Namen- und Adressenliste meiner Tour. Der soziale Fahrdienst der Gemeinde musste zusätzliche Fahrzeuge anfordern. Ein alter Mann kam mit dem Traktor. Astrid, Isaak und ich waren die Jüngsten in der Kirche. Die beiden dort vorn waren von einem Glanz umgeben, der stärker leuchtete als der schwindelerregend schöne Wintertag draußen vor dem Fenster. Als sie sich als Mann und Frau küssten, weinten alle Klatschbasen laut und jubelnd, und ich weinte auch.

Aus dem Schwedischen von Angelika Kutsch

Weihnachtsüberraschung

Eines Tages, kurz vor Weihnachten, betrat Patricia Darling das »Locus«. Es war noch früh am Abend, im Fernsehen liefen die Sechsuhrnachrichten, und die Theke war leer. Måns Seger, der gerade den Kühlschrank auffüllte, blickte auf.

Patricia Darling stellte sich ganz dicht an den Tresen, als müsste sie sich daran stützen. Måns stellte eine Flasche Mineralwasser auf dem Boden ab. Für diese Frau könnte ich glatt sterben, dachte er und erhob sich.

»Einen Bowmore«, sagte sie ohne Zögern.

Måns drehte sich um, griff nach der Flasche, der dritten von links im zweiten Regal von oben, ohne den Blick von ihr zu wenden. Die Schneeflocken auf ihrem dunklen Haar ließen ihn an Mousse au Chocolat mit Puderzucker denken.

»Einen Doppelten.«

»Eis?«

Sie schüttelte den Kopf und schlüpfte gleichzeitig mit einer geschmeidigen Bewegung aus ihrer kurzen Jacke. Måns goss den Whisky ein. Es wurde ein Dreifacher. Er wollte etwas sagen, irgendetwas Schlaues, aber ihm fiel einfach nichts ein. Immerhin war er routiniert genug, nicht vor ihr stehen zu bleiben, und er räumte weiter Mineralwasser und Bier in den Kühlschrank.

Hinter sich hörte er die Frau einmal kurz schnauben, und er ahnte, dass sie an ihrem Whisky geschnuppert hatte. Er registrierte, wie das Glas auf den Tresen gestellt wurde, dann das Geräusch eines Feuerzeugs und wie sie genüsslich den ersten Zug nahm.

Jetzt hatte sie es sich also gemütlich gemacht. Måns schob die leeren Kartons mit den Füßen zusammen und warf ihr einen schnellen Seitenblick zu, den sie erwiderte – nicht direkt abweisend, aber Måns konnte auch nichts darin entdecken, was als Ermutigung zum Gespräch hätte verstanden werden können.

Er lächelte die Frau an, sammelte die Verpackungen zusammen und verschwand im hinteren Bereich des Lokals. Doch als er zurückkam – es hatte nicht länger als fünfzehn Sekunden gedauert –, war die Frau verschwunden. Auf dem Tresen lagen zweihundert Kronen und eine zerknüllte Packung Marlboro.

Zögernd nahm Måns die Scheine, betrachtete sie und warf sie dann in die Trinkgelddose. Die Zigarettenschachtel schmiss er in den Papierkorb. Er sah zur Tür, so als erwartete er, dass sie jeden Moment wieder ins »Locus« kommen würde. Er war überzeugt, sie noch nie zuvor gesehen zu haben, daran hätte er sich erinnert. Er bereute es, die Bar verlassen zu haben, und schlug wütend mit der Hand auf den Tresen. Jetzt war sie fort, und das bestimmt für immer.

Als wäre ein Gespenst in der Kneipe gewesen, als wäre es hereingeschwebt und wieder hinaus und hätte dabei einen schwachen Parfumduft hinterlassen. Måns bückte sich und holte die Zigarettenschachtel wieder aus dem Mülleimer, aber sie roch nur nach Tabak.

Er versuchte, sich ihr Bild noch einmal zu vergegenwärtigen. Das dunkle Haar, zu zwei strammen Zöpfen geflochten, mit einem kerzengeraden Mittelscheitel, der schlanke und dennoch üppige Körper, mit den bloßen Armen unter der Jacke, braungebrannt und mit einem Tattoo auf der einen Schulter. Trug sie Ringe? Er war unsicher, beschloss dann aber, dass sie Handschuhe angehabt hatte.

Woher kam sie? Er tippte auf Karibik. Sie sprach gut Schwedisch, ohne den geringsten Akzent. Plötzlich musste Måns grinsen. »Gut Schwedisch«... sie hatte insgesamt vier Worte gesagt und ihn ansonsten mit einem Nicken und einem Blick bedacht.

Am Boden des Glases schimmerte es bernsteingelb, und einen Moment lang war Måns versucht, die letzten Tropfen auszulecken. Reiß dich zusammen, dachte er und stellte das Glas in die Spülmaschine.

Zum Spaß malte er sich aus, er müsste der Polizei eine Beschreibung der Frau geben. Er schloss die Augen. Das würde er hinbekommen, sie stand ganz deutlich vor seinem inneren Auge.

Seit fünfzehn Jahren arbeitete Måns Seger nun schon hinterm Tresen, hatte Bekannte und manchmal sogar Freunde unter den Tausenden von Gästen gefunden, die hier vorbeikamen. Doch nur wenige hatten bei ihm so einen Eindruck hinterlassen.

Während er die Eiswürfel auffüllte und nachsah, ob noch genug Moosbeerensaft, frische Zitronen und Limetten da waren, überlegte er, warum eigentlich. Ihre Schönheit, sicher, sie war eine der schönsten Frauen, die er je gesehen hatte, aber da war noch etwas.

Nachdem er die Kerzen auf den Tischen angezündet und den Tresen und die Hähne abgewischt hatte, fiel ihm ein, was es war. Es war die Angst. Die Frau war sich ihrer Wirkung auf andere sehr wohl bewusst, aber hinter der selbstsicheren Haltung und der spöttischen Nonchalance, die sie nach außen zeigte, steckte Angst.

»Mir machst du nichts vor«, murmelte er zufrieden. Er ließ seiner Phantasie die Zügel schießen und stellte sich vor, dass sie verfolgt wurde und nur in die Bar geschlichen war, um einen Moment Atem zu holen, sich mit einem Drink zu stärken und dann gleich wieder davonzustürzen.

Seine Zufriedenheit verwandelte sich in Verdrossenheit, denn wenn sie ihn auch ganz und gar durcheinandergebracht hatte – was bedeutete er ihr schon? Ein Barkeeper war ihr doch sicher völlig gleichgültig. Wahrscheinlich konnte sie sich nicht mal erinnern, ob er blond oder dunkelhaarig war, blaue oder braue Augen hatte. Während sie wieder durch Uppsalas Straßen hastete, war er nur noch irgendein dahergelaufener Barmann, der ihr einen Drink serviert hatte. Er konnte sein, wer er wollte, anonym, namenlos, jemand, an dem man vorbeigeht, unterwegs zu interessanteren Dingen.

Je mehr Måns über die Frau nachdachte, desto bedrückter wurde er. Erst hatte ihn ihr kurzer Besuch in Hochstimmung versetzt, aber jetzt war er nur noch deprimiert. Das war ungewöhnlich für ihn, denn normalerweise ließ er sich nicht so leicht von den Begegnungen am Tresen beeinflussen. Er wusste, dass er der Frau nicht hinterhertrauern durfte, sonst konnte er seinen Job nicht mehr ordentlich machen. Niemand möchte von einem schwermütigen Barkeeper bedient werden.

Måns schaute auf die Uhr. Noch sieben Stunden bis Feierabend. Er wischte die Espressomaschine sauber, füllte die Gläser mit Rohrzucker auf und stapelte noch ein paar Tassen. Dann schaltete er den Fernseher aus, in dem gerade in einer Kochsendung demonstriert wurde, wie man den traditionellen Weihnachtsschinken zubereitet.

Da ging die Tür wieder auf. Sie war es. In der einen Hand hatte sie einen schwarzen Müllsack.

»Kannst du den eine Weile für mich aufbewahren?«, fragte sie ohne Umschweife. Ihre Stimme verriet, dass sie wusste, er würde nicht nein sagen, und noch bevor er etwas antworten konnte, schob sie den Sack hinter die Theke.

Dann stellte sie sich vor, aber Måns war sicher, dass es nicht ihr richtiger Name war, und bestellte einen Cider.

Er zögerte ein paar Sekunden zu lang. Sie sah ihn an und wiederholte ihre Bestellung. Måns holte die Flasche und ein Glas, schenkte ihr ein und stellte die Flasche neben das Glas, wie er es schon so oft gemacht hatte. Doch diesmal tat er es mit einer inneren Spannung, wie er sie selten zuvor verspürt hatte. Um seine Nervosität zu verbergen, drehte er sich um. Dadurch entging ihm ihr Lächeln.

Kann man denn Darling heißen?, fragte er sich. Er ließ sich den Namen auf der Zunge zergehen, Patricia Darling. Dabei blieb er vor der Kaffeemaschine stehen, machte sich einen doppelten Espresso und schielte gleichzeitig zu dem Müllsack am Boden. Was trägt man denn in einem Müllsack spazieren? Schmutzige Wäsche, war sein erster Gedanke, aber es war unmöglich, Patricia Darling mit etwas Unsauberem in Verbindung zu bringen.

»Jetzt überlegst du natürlich, was in dem Sack drin ist«, sagte Patricia, und als Måns sich umdrehte, sah er sie zum ersten Mal lächeln. Seine Tasse landete klirrend auf dem Untersetzer.

»Nö, überhaupt nicht«, sagte er, überlegte es sich aber in der nächsten Sekunde wieder anders und lachte verlegen.

»Es ist nichts Schlimmes«, sagte sie, »bloß ein bisschen zu schwer, um ihn die ganze Zeit mit mir rumzuschleppen.«

»Wenn nur Peter ihn nicht sieht. Also, mein Chef, meine ich. Der würde bestimmt sofort reingucken …«

»Die Gefahr besteht nicht«, lachte Patricia. »Der taucht hier sicher eine ganze Weile nicht mehr auf. Den hat es nämlich heute ganz schön zerlegt.«

»Kennst du Peter?«

»Kannte«, korrigierte die Frau lächelnd.

Sie trank einen Schluck Cider und warf Måns einen Blick über den Glasrand zu, bei dem er sich gleichzeitig ertappt und innerlich ganz warm fühlte.

»Tut mir leid, dass ich dich da mit reinziehe, aber ich verspreche, mich zu beeilen. Ich muss nur noch ein paar Weihnachtsüberraschungen fertig machen, und dann komm ich zurück, okay? Ich war ein paar Jahre nicht mehr hier in der Stadt, und da ist es doch wichtig, dass alles perfekt läuft, oder?«

Måns nickte. Wie hätte er dieser Frau irgendetwas abschlagen können? Als sie Anstalten machte, ihren Cider zu bezahlen, winkte er ab. Patricia glitt von ihrem Barhocker, schenkte ihm noch ein Lächeln und verschwand.

Er blieb stehen und starrte auf die Tür, die langsam hinter ihr zufiel. Karibik, stellte er fest. Er war oft genug auf dem allsommerlichen Stockholmer Leichtathletik-Festival gewesen, um die Haltung einer Frau aus Jamaika oder Trinidad wiederzuerkennen.

Der Müllsack musste verschwinden, bevor Peter auftauchte. Für gewöhnlich kam er gegen acht und trank ein Glas Grappa. Der Restaurantbesitzer reagierte empfindlich, wenn das Personal irgendwelche Privatangelegenheiten am Arbeitsplatz regelte. Außerdem war er schrecklich neugierig. Niemals könnte er es sich verkneifen, in einen Müllsack, den eine geheimnisvolle schöne Frau abgegeben hatte, nicht doch einen Blick zu werfen.

Auch Måns selbst hatte kurz daran gedacht, die rote Schleife aufzumachen, die den Sack verschloss. Eine ganz einfache Sache, und dann könnte er problemlos alles wieder so aussehen lassen wie vorher. Aber er beschloss, es bleiben zu lassen. Das wäre ein Vertrauensbruch gegenüber Patricia, und bei dieser Frau durfte er auf keinen Fall irgendetwas falsch machen.

In der Küche bereiteten Sebastian und Luis alles für den Abend vor. Måns hörte den Spanier singen, wie immer. Lieder, die er aus dem Norden seines Heimatlandes mitgebracht hatte. Måns mochte diese Lieder, und jetzt steuerten sie den romantischen Hintergrund bei, vor dem er seinen Träumen von Patricia Darlings Rückkehr freien Lauf lassen konnte.

Er spürte, dieser Abend würde wichtig werden. Ihr plötzliches Auftauchen im »Locus« bedeutete einen Wendepunkt in seinem Leben. Im Grunde war das reines Wunschdenken, das auf nichts anderem beruhte als auf Måns' Hoffnung, eines Tages über die Frau seines Lebens zu stolpern. Jetzt war der Tag gekommen, dachte er, und Luis' romantische Serenaden bekamen eine neue, tiefere Bedeutung.

Leider musste er an der Küche vorbei, um an seinen Schrank in der Umkleide zu gelangen. Er löste das Problem, indem er Patricia Darlings Sack in eine der blauen Mülltüten steckte, die sie im Restaurant benutzten. Dann würde es so aussehen, als ginge er zu den Abfalltonnen.

»Ganz schön viele Reservierungen heute«, meinte er zu Sebastian, der gerade Filets aufschnitt.

Ein unnötiger Kommentar, denn die beiden Köche wussten genauso gut wie Måns, wie es mit den Reservierungen des Abends aussah, und so nickte Sebastian nur, ohne aufzublicken.

Måns ging in die Umkleide und stopfte den Sack schnell in seinen Schrank, schloss aber nicht ab. Wenn Peter einen Blick in die Umkleide warf und sah, dass der Schrank mit dem Vorhängeschloss abgesperrt war, würde er sofort misstrauisch werden, denn Måns sperrte sonst nie ab, sondern hakte das Schloss immer nur ein.

Als er wieder an die Bar kam, warteten bereits die ersten Gäste an der Theke. Jean-Paul, der Kellner, war noch nicht aufgetaucht, so dass Måns das Paar zu einem Tisch führen, die Speisekarten holen und fragen musste, ob sie schon etwas zu trinken wollten, während sie das Essen aussuchten.

Im gleichen Augenblick erschien Jean-Paul. Wie immer schaute er verschämt drein und entschuldigte sich für seine Verspätung, aber das zog bei Måns nicht mehr. Hinter Jean-Paul kam Veronica herein, die zweite Bedienung. Sie begann immer eine Dreiviertelstunde nach dem Franzosen.

»Danke fürs Einspringen«, sagte Jean-Paul zu Måns, um den Anschein zu erwecken, dass seine späte Ankunft geplant gewesen war, doch Veronica ließ sich nicht täuschen.

»Ziehen wir dir vom Lohn ab«, sagte sie nur und glitt hinter die Theke.

»Bitch«, zischte Jean-Paul, während Måns nur lächelte. Er dachte an Patricia Darling. Er murmelte ihren Namen vor sich hin, schmeckte den Worten nach. Darling, das klang so zärtlich und verheißungsvoll, als ob von einer Frau dieses Namens überhaupt nichts Schlechtes zu erwarten wäre.

Der Abend verlief wie immer, die Essensgäste kamen, aßen und gingen. An der Bar hing die übliche Klientel herum. Peter erschien gar nicht, was Måns überraschte, denn sonst war der Chef zuverlässig wie eine Schweizer Uhr.

Eine ganze Weile vergaß Måns Patricia, aber er trug sie mit sich, sie machte seine Bewegungen weicher, zauberte ihm ein Lächeln aufs Gesicht und ließ ihn seinen Arbeitskollegen gegenüber ungewöhnlich hilfsbereit sein.

Wenn er an sie dachte, und daran, dass er etwas besaß, was ihr gehörte, dass sie seine Dienste in Anspruch genommen hatte und wiederkommen würde, musste er lachen. Nach dieser Geschichte hatte er was gut bei ihr. Sie konnte nicht einfach nur ihren Sack nehmen und von dannen ziehen.

Måns schätzte, dass sie um die dreißig war. Einmal, als es am Tresen etwas ruhiger zuging, setzte er sich hin und träumte von ihrem Lächeln. Er erinnerte sich, wie sie durch die Tür gekommen war, und er wusste auch noch, warum er sich sicher war, dass sie aus der Karibik kam: ihr Hintern, diese gewölbten Backen, die vorstanden wie zwei feste Früchte, auf denen man ein Glas abstellen könnte. Diese Beschreibung hatte er mal an der Bar aufgeschnappt, und jetzt verstand er auch, was damit gemeint war.

Sie hatte eine enge schwarze Jeans angehabt, die kräftige Oberschenkel- und Wadenmuskeln durchscheinen ließ. Mit steigender Erregung stellte Måns sich vor, welche Kraft diese Beine entwickeln konnten. In seiner Phantasie malte er sich aus, wie er ihre goldbraune Haut streicheln würde.

Patricias Stimme war dunkel und klar, und sie hatte zugleich träge und seltsam artikuliert geredet, als würde sie sich extra anstrengen, korrekt zu sprechen. Das ließ ihn an eine Schauspielerin denken. Genauso war es gewesen: Sie wirkte wie eine vollendete Schauspielerin, die sich selbst spielte.

Als die Bar um zwei Uhr schloss, war Patricia Darling immer noch nicht zurück. Måns trödelte noch bis Viertel vor drei, in der Hoffnung, sie würde doch noch auftauchen. Er machte die Bar sauber und beschäftigte sich mit allem Möglichen, was er normalerweise am nächsten Arbeitstag erledigt hätte.

Veronica war schon kurz nach Mitternacht gegangen. Jean-Paul hing nach Feierabend noch ein bisschen rum, trank ein Bier und zog über Veronica her, aber da Måns sich nicht um sein Geschwätz kümmerte, machte er sich schließlich auch auf den Weg.

Als Måns die Tür hinter sich abschloss, spähte er noch einmal in alle Richtungen, um es nur ja nicht zu verpassen, wenn Patricia doch noch angerannt kam, als hätte sie sich aus irgendeinem Grund bei ihren Erledigungen verspätet.

Den Sack ließ er im Schrank stehen, und während er mit dem Fahrrad nach Hause fuhr, dachte er wieder darüber nach, was wohl darin war. Am Abend war seine Neugier von der Freude auf das Wiedersehen verdrängt worden, aber jetzt wurde der Sack zu einem Rätsel, das er mit ins Bett nahm.

Måns wachte gegen elf Uhr auf. Er sah aus dem Fenster und stellte fest, dass das milde Wetter sich endgültig durchgesetzt hatte. Aus der weißen Weihnacht würde wohl nichts werden. Er ging zurück ins Bett und blieb eine halbe Stunde liegen, träumte von Patricia und spürte, wie die Spannung stieg. Er war überzeugt, dass sie zurückkommen würde. Man lässt sein Eigentum ja nicht einfach irgendwo so stehen.

Gegen drei war er schon wieder an seinem Arbeitsplatz. Er hatte mit dem Rad einen Umweg durch die Stadt gemacht und Ausschau gehalten. Um Patricia vielleicht irgendwo in den Menschenmengen zu entdecken.

Sebastian blickte verwundert auf und legte das Messer aus der Hand. Er schnitt gerade ein Stück Ochsenfleisch auf, das am Vormittag geliefert worden war.

»Du bist aber früh dran.«

»Ich will mal im Lager gucken, was noch so da ist und was wir nachbestellen müssen«, erklärte Måns.

Der Koch lächelte verblüfft.

»Hast du Peter gesehen?«, fragte er.

Måns schüttelte den Kopf.

»Verdammt, wir wollten doch das Weihnachtsmenü zusammen durchgehen«, sagte der Koch. »Er faselt immer was von traditionellem Weihnachten, aber wer will denn heute schon noch Schinkenbrühe zum Broteinstippen?«

»Ist jemand da gewesen und hat nach mir gefragt?«

»Wer sollte das gewesen sein?«

»Ach, ich dachte nur so«, wehrte Måns ab und ging in die Umkleide.

Das Schloss hing noch an seinem Platz. Er zog die Schranktür auf, und dort lag der Sack, genau wie am Vortag. Wie es aussah, hatte ihn niemand angefasst.

Nachdem er die Schranktür wieder zugemacht hatte, setzte sich Måns auf die Bank gegenüber. Im gleichen Moment fiel sein Blick auf einen Fleck unter dem Schrank. Er war dunkel und fast kreisrund. Måns ging auf die Knie, guckte unter den Schrank und streckte die Hand aus. Sein Zeigefinger hinterließ eine Spur in der nassen Oberfläche. Und seine Fingerspitze hatte eine dunkle Farbe angenommen, fast schwarz. Er starrte auf den Finger, schluckte und suchte nach einer Erklärung, die besser war als die, die ihm sofort in den Sinn gekommen war.

Er wusste, dass er in den Sack schauen sollte. Die Flüssigkeit konnte nur aus dem Müllsack stammen. Er machte die Tür wieder auf. Aus der Küche hörte man das Radio plärren, und Sebastian sang ein Weihnachtslied mit. Nun war der Sack keine Verheißung mehr, sondern eine gruselige, unförmige schwarze Masse mit einem mehrfach verknoteten roten Band.

Måns atmete tief durch, um seine Übelkeit niederzuhalten, aber da bemerkte er den Geruch, der aus dem Schrank kam. Ein derber, animalischer Geruch, den er nach den vielen Jahren in Restaurantküchen unfehlbar wiedererkannte.

Man hörte das Geräusch einer zufallenden Tür, und plötzlich stand Luis, der Hilfskoch, in der Umkleide. Måns schreckte hoch.

»Du kniest in der falschen Richtung, Südosten ist da drüben«, lachte Luis.

Måns sah ihn fragend an.

»Ich dachte, du betest. Mekka«, fügte Luis hinzu, als Måns ihn immer noch verständnislos anstarrte.

Luis öffnete seinen Schrank und hängte seine dünne Jacke hinein.

»So ein Scheißwetter«, sagte er und fing an, sich umzuziehen.

Måns stellte sich vor den Schrank, zog sich rasch das T-Shirt aus und behielt es in der Hand, um den Fleck damit notdürftig zu verdecken, aber Luis war vollauf damit beschäftigt, sich umzuziehen und sich über ihren Chef zu beschweren, der sich einfach nicht meldete.

»Scheiße, Peter kommt und kommt einfach nicht«, schimpfte Luis.

Måns schwieg, musste aber an Patricias Worte denken, dass Peter erst mal eine Weile nicht vorbeikommen würde. »Den hat es heute ganz schön zerlegt«, hatte sie gesagt und ihm dieses gewisse Lächeln geschenkt.

Zerlegt, dachte Måns und schielte zum Schrank. Plötzlich kam ihm der Verdacht, oder vielmehr die Gewissheit, dass der Chef, oder zumindest Teile von ihm, in diesem Sack waren. Was hatte sie noch gesagt? »Tut mir leid, dass ich dich da mit reinziehe ...« Wo mit reinziehen? In einen Mord?

»Er ist wie vom Erdboden verschluckt«, nörgelte Luis weiter. »Sebastian hat ihn schon ein paarmal angerufen. Der geht nicht mal ans Handy. Er hatte irgendwas von einem Date erzählt, hast du das nicht auch gehört?«

Måns schüttelte den Kopf.

»Doch, irgendeine Exfreundin. Er hat sich gefreut wie noch mal was. Aber jetzt ist er verschwunden.«

Måns konnte keinen klaren Gedanken mehr fassen, geschweige denn antworten. Es besteht keine Gefahr, dass er hier auftaucht, dachte er und erinnerte sich an Patricias Worte und ihr Lächeln. Jetzt kam es ihm nicht mehr verführerisch vor, sondern nur noch grausam.

»Was ist denn mit dir los?«

»Hä?«, sagte Måns.

»Du siehst aus, als wärst du ganz woanders. Woran denkst du denn?«

»Kopfweh«, behauptete Måns und rutschte ein paar Zentimeter weiter, um den Fleck auf dem Boden besser zu verdecken.

»Okay«, sagte Luis, »jetzt aber ran an die Arbeit.«

Er band sich den Kittel zu.

»Willst du eine Tablette?«

Måns schüttelte wieder den Kopf. Die Schweißperlen traten ihm auf die Stirn.

»Du siehst aber echt elend aus«, meinte Luis und wirkte aufrichtig besorgt.

Er ging zu seinem Kollegen, um ihn aus der Nähe zu betrachten. Måns wich unwillkürlich ein Stück zurück.

»Lass mich! Es geht schon.«

»Okay, okay«, sagte Luis und hob die Hände in einer beschwichtigenden Geste.

Er trat ein paar Schritte zurück und musterte Måns mit einem Lächeln auf den Lippen, das aber nach und nach erstarb.

Dann stieß er einen resignierten Seufzer aus und machte auf dem Absatz kehrt, doch als er an der Tür war, sah er sich noch einmal zu Måns um.

»Du, Måns …«, begann er, doch dann fiel sein Blick auf den Boden unterm Schrank.

Hastig rutschte Måns ein Stück zur Seite.

»Was ist das denn?«

»Nichts«, erwiderte Måns rasch. »Ich hab was verschüttet.«

»Verschüttet?«

Luis beugte sich vor, kam näher und betrachtete den Fleck genauer.

»Verdammt, das ist ja Blut!«, rief er aus.

»Nein, Cola«, widersprach Måns.

»Machst du Witze? Ich bin Koch, verdammt noch mal!«

Er fiel auf die Knie, so wie Måns vorher, und ehe er die Hand unter den Schrank steckte, sah er seinen Kollegen verwundert an.

Måns konnte seine Gedanken lesen: Luis verdächtigte ihn, gestohlenes Fleisch aus der Küche in seinem Schrank zu verstecken. Ein paar Tage vor Allerheiligen, als sie eine große Gesellschaft erwartet hatten, waren zehn Kilo Filet aus dem Restaurant verschwunden, und Peter hatte sich höllisch aufgeregt. Sebastian und vor allem Luis, der damals gerade erst angefangen hatte, bekamen seine ganze Wut ab.

Wenn Måns jetzt noch mehr Fleisch gestohlen hätte, wäre das nicht nur Diebstahl an Peter, sondern vor allem ein Affront gegen seine Kollegen in der Küche. Er stahl ihnen Arbeitsmaterial und brachte sie in eine unangenehme Lage. Außerdem hatte Peter immer ein ganz besonders scharfes Auge auf die Lebensmittel, und wenn ein paar Kilo Filet verschwanden, versetzte das seinem ganzen Bemühen um eine rentable Kneipe den Todesstoß.

Luis schob Måns grob zur Seite und öffnete die Schranktür. Sowie Måns sein Gleichgewicht wiedergewonnen hatte, versuchte er den Koch an der Schulter zurückzuhalten. Luis war zwar nicht der athletische Typ, aber er entwickelte eine überraschende Kraft, als er Måns packte und ihn an die gegenüberliegende Wand stieß.

Die Auseinandersetzung verlief wortlos, nur begleitet von den Liedern aus der Küche, die von einer fröhlichen Weihnacht sangen.

Luis begann an dem roten Band zu ziehen. Ein paar Sekundenbruchteile zögerte Måns, vielleicht sollte er ihn den Sack einfach öffnen lassen, aber dann sah er im Geiste schon Peters Kopf auf den Boden rollen. Niemand würde ihm die

Geschichte mit Patricia Darling abkaufen. Das Ganze würde sich einfach arg konstruiert anhören, und auch wenn irgendein Gast tatsächlich gesehen hätte, wie sie in die Kneipe kam, würden alle, nicht zuletzt die Polizei, Måns als mitschuldig betrachten.

Er packte Luis bei der Schulter, stieß ihn beiseite und warf die Schranktür zu. Luis wurde zurückgeschleudert, verlor das Gleichgewicht und stürzte, kam aber genauso rasch wieder auf die Füße.

»Du Scheißdieb«, schrie er, und der Zorn hatte sich wie eine Furcht erregende Maske über sein sonst so friedliches Gesicht gelegt. Er warf sich auf Måns.

Der antwortete mit seiner Rechten und traf Luis über der Nase. Er legte sich so in den Schlag hinein, dass Luis nach hinten gegen das Waschbecken geschleudert wurde. Als er mit dem Hinterkopf an das steinharte, weiße Porzellan prallte, klang es, als würde man eine Nuss knacken – nur dass das Geräusch wesentlich lauter und die Nuss in diesem Fall ein Schädel war.

Er stieß einen widerlich würgenden Laut aus, als wollte er sich gleich übergeben, und sackte dann auf dem Boden zusammen. Seine Beine zuckten, seine eine Hand schlug ein paarmal krampfhaft auf den Boden, und sein Gesicht verzog sich zu einer Grimasse, bis sein Körper plötzlich erschlaffte.

Aus der Küche hörte man eine Frauenstimme singen. Dem Koch liefen ein paar Speicheltropfen aus dem Mundwinkel. »Dieb, Dieb, Dieb«, krächzte sein leicht geöffneter, starrer Mund, und er sah Måns anklagend an.

»Luis!«, rief Sebastian aus der Küche.

»Ich wollte doch nicht …«, stammelte Måns.

»Jetzt mach mal 'n bisschen Tempo, Luis!«, schrie Sebastian gegen »Stille Nacht« an.

Måns beugte sich über Luis. Sie kannten sich seit zehn Jahren, hatten in zwei verschiedenen Restaurants zusammengearbeitet, hatten zusammen gefeiert, waren selbst einmal mit demselben Mädchen zusammen gewesen und letzten Herbst sogar gemeinsam nach Bilbao gefahren, um dort Luis' Eltern zu besuchen. Måns erinnerte sich an die beiden Alten in der bei Guernica gelegenen Stadt, wie sie ihren Sohn willkommen hießen und Måns aufnahmen, als wäre er ein lieber Verwandter. Måns hatte Luis auch den Job in dieser Kneipe besorgt.

Und jetzt hatte er ihn getötet.

Die Musik aus der Küche verstummte kurzzeitig. Das Einzige, was man hörte, war das Summen der Lüftung und Måns' schweres Atmen.

Er streckte die Hand aus und befühlte Luis' Stirn. Er ist tot, dachte er, vor Schreck wie gelähmt. Ich habe meinen besten Freund getötet.

Er wollte am liebsten weiter auf ihn einschlagen mit seiner ganzen Wut, aber diesmal, um Luis ins Leben zurückzuprügeln.

»Du Blödmann! Warum musstest du …«

»Luis!«

Sebastian klang mittlerweile immer gereizter.

Måns ergriff die Arme des Toten und zog den leblosen Körper in einen kleinen Gang, der vom Umkleideraum abzweigte. Dort verwahrten sie ein paar Werbeaufsteller sowie ein halbes Dutzend Blumentöpfe, die sie im Frühsommer an der Straße aufhängten. Sebastian bepflanzte sie immer, mit Hängeverbenen und Gipskraut. Ebenfalls in dieser Nische standen der alte Zigarettenautomat und ein paar ausrangierte Stühle.

Måns zog die Stühle hervor und versuchte, Luis' Körper hinter das Gerümpel zu schieben. Im gleichen Moment ging die Tür auf. Sebastian und Måns starrten sich an. Sebastian verwundert und Måns entsetzt.

»Was zum Teufel …«, begann Sebastian und machte ein paar Schritte in den Gang.

»Ich wollte nicht …«

Sebastian stürzte auf ihn zu, schleuderte die Stühle beiseite, stieß den Zigarettenautomat aus dem Weg und fiel auf die Knie.

»Luis, Luis«, murmelte er und schüttelte langsam den Kopf, mit einem Gesichtsausdruck, der zugleich Zweifel und Entsetzen ausdrückte. Aus dem Radio dröhnte weiter die Botschaft von der frohen Weihnacht.

»Was hast du getan?«

Måns starrte Sebastian an, und es kam ihm vor, als würden die Gesichter der beiden Köche zu einem verschwimmen. Als hätte Luis' plötzlicher und gewaltsamer Tod eine Spur in Sebastians Gesicht hinterlassen. Dem Totschläger ohne Vorsatz blieben alle Erklärungen im Halse stecken. Während Sebastian schluchzte und ständig »warum, warum?« fragte, verspürte Måns eine steigende Wut auf den zusammengesunkenen Koch. Warum zum Teufel hatte er denn auch in den Schrank geschaut?, wollte er schreien. Konnte er sich nicht um seinen eigenen Kram kümmern? Warum musste er sich unbedingt einmischen?

Måns donnerte seine tödliche Faust gegen die Schranktür, trat gegen den Zigarettenautomaten, dessen Glasfront in Scherben ging, und brüllte seinen Hass auf alles und jeden hinaus.

Im gleichen Moment hämmerte jemand frenetisch an die Eingangstür des Restaurants. Måns hörte es nicht, Sebastian jedoch rappelte sich hoch und ging aus der Umkleide, wo Måns schluchzend auf dem Boden zusammengesunken war.

Sebastian machte die Tür auf. Auf dem Gehweg stand eine dunkelhäutige Frau.

»Hallo, ist der Barkeeper auch da? Ich weiß, ihr habt eigentlich geschlossen, aber ich …«

Sie verstummte, als sie das Gesicht des Kochs näher betrachtete.

»Der Barkeeper«, sagte Sebastian tonlos.

»Ja, der Typ, der gestern an der Bar gearbeitet hat. Ist was passiert?«

»Passiert … Wer bist du eigentlich?«

Sebastian trat zur Seite, und Patricia betrat das »Locus«.

»Ich heiße Patricia, ich bin eine alte Freundin von Peter.«

Plötzlich stand Måns an der Bar.

»Du!«, rief er misstrauisch.

»Da bist du ja! Entschuldige, dass ich so spät komme. Jetzt ist alles im Eimer, aber ich bin ja selbst schuld. Gestern war's einfach noch extrem stressig. Ich bin in schlechte Gesellschaft geraten«, kicherte Patricia Darling.

Von ihrem koketten Auftreten vom Vortag war nichts mehr zu spüren. Jetzt entschuldigte sie sich nur und schwatzte auf Sebastian und Måns ein, die stumm vor ihr standen.

»Ihr wisst ja, wie Peter so ist. Wir sind mit dem Taxi nach Stockholm gefahren und haben richtig einen draufgemacht. Jetzt ist der Kopf wahrscheinlich im Eimer.«

»Was?«

»Der Sack«, sagte Patricia. »Wahrscheinlich hast du ihn sowieso schon weggeschmissen. Hat es sehr gestunken? Ich weiß, das war wirklich bescheuert, ich hätte dich anrufen und dir Bescheid sagen sollen, dass du ihn in den Kühlschrank legst. Jetzt ist er wahrscheinlich schon ganz aufgetaut.«

»Was denn für ein verdammter Sack?«, rief Sebastian aus.

»Ich hab gestern einen Schweinskopf von Peter gekriegt.

Ich hab ihm erzählt, wie wir immer Weihnachten gefeiert haben, als ich noch klein war, und dass wir jedes Jahr einen Schweinskopf auf dem Weihnachtstisch hatten. Damals fand ich das total eklig, aber dieses Jahr wollte ich meine Familie überraschen, und Peter war so süß, mir einen zu besorgen.«

»Luis«, sagte Måns.

Aus dem Schwedischen von Wibke Kuhn

Hanne-Vibeke Holst (*1959)

Das erste Weihnachten

Es ist der 22. Dezember, und der Flughafen liefert die ideale Kulisse für einen dänischen Wohlfühlfilm. Ankommende, mit Kerzenschein in den Augen und mit Geschenken beladenen Gepäckwagen, werden von freudestrahlenden Empfangskomitees begrüßt. Väter werfen Babys in die Luft, Liebende zungenküssen bis zum Schmelzpunkt, Großeltern legen steifbeinig staksend das letzte Stück Weges vom Refugium an der Sonnenküste zurück, nicht ganz im Takt mit »Jinglebells«, aber mit offenen Armen für die Enkelkinder, die rotbackigen Engelchen. Unterlegt mit einem Soundtrack aus Evergreens, ist dies der Tag der ultimativen Wiedervereinigung. Endlich kommen die Familien zusammen, Sehnsucht und Entbehrung sind vorbei, denn nun ist Weihnachten und vom Glück können dicke Scheiben abgeschnitten werden – mit Backpflaumen und Äpfeln dazu.

Aber kein Weihnachtsfest ohne ein kleines Mädchen mit Schwefelhölzern. Ohne sie, die draußen steht und sich in die herrlichen Stuben hinein träumt. In diesem Jahr bin ich das. Ich bin es, die in einer Ecke steht und sich so unsichtbar wie möglich macht, aus Furcht, jemand könnte mich erkennen und fragen, was ich hier tue. Auf wen warte ich? Die schreckliche Wahrheit ist, dass ich auf niemanden warte. Im Gegenteil, ich habe gerade meine armen unbegleiteten Kleinen in ein Flugzeug nach Brüssel gesetzt, wo sie Weihnachten mit ihrem Vater feiern sollen, meinem Exmann. Sechs und acht Jahre sind sie alt, und das ist genauso furchtbar, wie es sich anhört. Das Geflecht, aus dem das Herz besteht, hat sich aufgelöst, und ich steh da, versteckt hinter meinem eigenen Kummer und der Scham darüber, dass ich so fatal missglückt bin. Als Mutter, als Frau, als Mensch. Ohne seine Kinder Weihnachten feiern. Kann es denn noch schlimmer kommen? Gibt es denn überhaupt ein noch deutlicheres Symbol dafür, dass man versagt hat? Ganz ehrlich, wenn man es nicht mal hinkriegt, eine Familie zusammenzuhalten, was kann man dann überhaupt? Wozu taugt man dann? Doch nur dazu, sich zu den anderen Versagern in die Statistik der gescheiterten Ehen zu zwängen. Und war es das, was man vor Augen hatte, als man besagte Ehe einging, ganz zu schweigen von damals, als man mit dem kleinen Jungen oder dem kleinen Mädchen im Arm dalag und sich Gold und grüne Wälder, Milchreis mit einem Butterklecks und das volle Programm mit der glücklichen Familie und so versprochen hat?

Die kurze Antwort darauf ist: nein. Weiß Gott, das war's nicht. Nicht, dass das nun eine Einsicht wäre, die man ausgerechnet heute, zwei Tage vor Heiligabend, gern mit anderen teilen möchte. Schon gar nicht mit den offensichtlich so wohlgeratenen und durch und durch prachtvollen Individuen in der Ankunftshalle, deren himmelhoch jauchzende Weihnachtsstimmung die eigene nur noch weiter in den Keller treibt. Als ich also auf der Departure-Tafel gesehen habe, dass das Flugzeug meiner Kinder in der Luft ist, zuckele ich Richtung Parkplatz davon, anscheinend, ohne von anderen bemerkt zu werden, die sich so offenkundig selbst genug sind und mit denen es nie, nie so weit kommen wird, dass sie als die weihnachtslosen Zombies im Weihnachtswichtelland davontrotten müssen.

Die vergangenen sechs Jahre habe ich gebraucht, um über die lange Antwort nachzudenken. Denn obwohl ich kaum geglaubt hatte, dass ich das erste Weihnachten nach der

Scheidung überleben würde (und alles mögliche andere in jenem Jahr), kam ich durch. Aß brav meine Ente bei der (neuen) Schwiegermutter, vermied es, in den Milchreis zu heulen und meine Depression an meinem Liebsten auszulassen (der übrigens auch nicht mit seinen Kindern Weihnachten feierte). Ich brachte es fertig, mich darüber zu freuen, dass die Gören es gut hatten bei ihrem Vater, der ja im Alltag unter der Trennung zu leiden hatte, und freute mich darauf, dass sie zu mir zurückkommen würden, damit wir zusammen Silvester feiern konnten. Damals weigerte ich mich, mir einzugestehen, dass es auch in Zukunft so sein würde. Dass wir, genau wie alle anderen Scheidungseltern, die Kinder würden teilen müssen, so dass jeder sie zu Weihnachten, Silvester, Ostern, Pfingsten und in den Sommerferien im Wechsel hätte. Dass also derjenige, der das eine Jahr Weihnachten bekommt, im nächsten Silvester kriegt und so weiter. Hat man Ostern, bekommt man Pfingsten nicht. Geburtstage werden mitten am Tag geteilt. Eine durch und durch unschöne Buchhaltung, die ganz und gar nicht zu dem Traum vom Puppenhaus und der Kindheit passt, die man selbst nie hatte, aber ums Verrecken gern an seine Kinder weitergeben möchte. Einschließlich Klönküche, Förtchen und Weihnachtsschmaus.

Und genau da liegt die ganze Misere, aber auch der Schlüssel zu ihrer Lösung. Denn was ist Weihnachten anderes als ein kindischer Versuch, ein Remake von etwas zu erschaffen, das nur im goldenen Schein der Nostalgie als Lametta geschmücktes Idyll hervortritt? Ja, schon, dein Vater schleppte einen großen, schweren Sack herein, aber je mehr überwältigende Geschenke aus dem bunten Papier gewickelt wurden, desto verkniffener wurde deine Mutter. Sie dachte nämlich an die Rechnungen, die roten Zahlen auf dem Konto, die folgen, wenn man ein wenig zu großspurig ist. Und gebacken und gesotten hat deine Mutter doch auch, aber nur bis zu dem Weihnachtsfest, an dem sie plötzlich keine Lust mehr dazu hatte, noch mehr Schmalzkuchen zu knoten, und ihre Flucht nach Neujahr bereits geplant hatte. Und wenn die Wahrheit auf den Tisch soll: Ist der Weihnachtsmann etwa je durch den Schornstein gekommen? Ist überhaupt je auch nur eine einzige Schneeflocke gefallen, oder war Weihnachten nicht schon damals eine schmutzig graue Angelegenheit, eine Runde Augenwischerei, die versteckte Konflikte und offene Wunden verdecken sollte, Lebenskrisen und drohenden Bankrott? Wir wissen ja, dass sich genau hier, im Schoße der Familie, ein Minenfeld offenbart, das Verstümmelung und Unglück birgt. Und je größer die Verstellung, je mehr man so tut als ob, desto höher wird das Risiko, dass denen die Bomben zwischen den Fingern explodieren, die immer noch so stur darauf beharren, dass hier bei uns Weihnachtsfrieden herrscht ohne jede Gefahr. Halleluja, uns geht's gut. Jedenfalls so lange, bis die Katastrophe eintritt und wir in der nächstgelegenen psychiatrischen Ambulanz nicht anders können, als uns hyperventilierend einzugestehen, dass das Ganze nichts anderes als ein Ibsen-Drama mit einem Schuss Norén war – solide Bürgerlichkeit auf einem »Sumpf von Lügen« errichtet.

Wie alle anderen Erkenntnisse der eher schmerzlichen Art ist mir auch diese nicht leicht gekommen. Wer lässt sich schon gern seine kostbarsten Illusionen nehmen? Und für mich ist das wirklich ein Teil meines Selbstverständnisses gewesen, ich hielt mich für frei von Konventionen. Dachte, ich hätte keine Bindungen an die Bürgerlichkeit, die ich irgendwo immer verachtet habe und gegen die ich auch im Lauf der Zeit manches Mal rebellisch sturmgelaufen bin. Aber es war mir nie gelungen, Weihnachten neu zu definieren. Weihnachten, dachte ich, sollte so sein, wie es war –

solange es ging. Und als es plötzlich nicht mehr ging, hatte ich Bilanz ziehen müssen. Ich wurde dazu genötigt einzusehen, dass 1) meine Ehe nicht hielt, bis dass der Tod uns schied, dass 2) Weihnachten ein kommerzielles und erzbürgerliches Konstrukt ist und 3) dass mein Verhältnis zu Weihnachten sentimental, infantil und konventionell war.

Da war ich dann ziemlich platt, und ich kann nicht behaupten, je völlig darüber hinweggekommen zu sein. Aber ich arbeite daran und übe mich darin, das ganze Weihnachtstrara lockerer zu nehmen. Paradoxerweise indem ich unter anderem einsehe, dass ich viel bürgerlicher bin, als ich eingestehen möchte. Darunter fällt, dass ich Weihnachten liebe, verdammich, eine Vorstellung, mit der es mir eigentlich inzwischen recht gut geht. Deshalb treibe ich es mit Freuden, so weit ich mag, es fehlt also an nichts – bei mir gibt's sowohl Päckchenkalender und Adventskranz, braune Kuchen und Konfekt. Ich bin immer noch hingerissen vom Weihnachtsmarkt im Tivoli und schleife meine Kinder zum Weihnachtskonzert in Holmens Kirke. Ich würde nie drauf kommen, Weihnachten Sushi zu servieren oder ein Geschenkverbot zu verhängen. Im Gegenteil, für mich ist es Ehrensache, ein einigermaßen anständiges Weihnachtsessen zu servieren – pünktlich. Aber ich wache nicht mehr schweißgebadet mit dem Gedanken auf, wie das mit der Soße wohl laufen soll. Und ich sorge mich nicht darum, ob mein Mann es wohl schaffen wird, Sand aus der Sahara zu kaufen, Seide aus Siam oder ein anderes Geschenk, über das ich vor Begeisterung in Ohnmacht falle. Ich kann sogar einigermaßen mit Leichtigkeit den Kindern hinterherwinken, wenn sie jedes zweite Jahr davonfahren. Denn erstens weiß ich jetzt, dass wir viele sind im Klub der Scheidungseltern. Und ich weiß auch, dass unsere Kinder genauso glücklich und geborgen sind wie die anderen. Und Weihnachten ist für mich kein Erfolgsbarometer mehr. Es sind nicht die Leistungen, die im Dezember erbracht werden, an denen das Familienglück gemessen werden soll. Vielleicht kann ich es so formulieren: Ich freue mich auf Weihnachten – auf ein paar gemütliche Tage in der Winterdunkelheit, darauf, Familie und Freunde zu sehen –, aber ich bin so pragmatisch geworden, dass ich weiß, Weihnachten kann auf vielerlei Weise verbracht werden, die sicher alle ganz anders, aber nicht unbedingt verkehrt sein müssen. Man könnte ja auf Tauchferien am Great Barrier Reef gehen oder was in einem feinen Hotel in Venedig buchen, wenn man jedes zweite Weihnachten kinderlos ist. – Wenn man das denn wäre. Denn damals vor sechs Jahren, als ich im Flughafen stand und weinte, war ich gar nicht so kinderlos, wie ich eben behauptet habe. Ich hatte nämlich Jonathan im Bauch, und, wie sein Vater immer sagt, wenn er erzählen soll, warum wir diese kleine Rosine im Wurstzipfel bekommen haben: Wir brauchten ja jemanden, mit dem wir Weihnachten feiern konnten!

Im Übrigen gibt es immer jemanden, mit dem man Weihnachten feiern kann. Mit jenen, die aus irgendeinem Grund übrig geblieben sind und nur zugucken dürfen. Einige von ihnen möchten gern hineingebeten werden. Zu unserem Fest.

Aus dem Dänischen von Catrin Frischer

Martin Hall (*1963)

Neun Zigaretten

Die erste Zigarette, die er auf dem Bett in dem kleinen Zimmer im Schein der grässlichen Metalllampe rauchte, war für das Fest selbst. Für die guten, alten Familientraditionen und für den Würgegriff, in dem die Gewohnheiten ihre Opfer hielten. Lustlos betrachtete er, wie sich die graue Rauchmasse in der Luft vor ihm auflöste wie Tusche von einem Pinsel beim Eintauchen in ein frisches Glas Wasser. In diesem Zimmer waren im Laufe der Jahre viele Zigaretten geraucht worden. Zuerst als Teenager in einem zu klein gewordenen Kinderzimmer, später als Gast in einem überzähligen Raum. Er begann auszurechnen, wie viele Zigaretten das in seinem bisherigen Leben wohl gewesen waren, aber das Nachrechnen langweilte ihn, und die erste Zigarette wurde geistesabwesend, unter der klobigen Lampe, zu Ende geraucht. Jeder Quadratzentimeter des Zimmers ließ unaufgefordert Erinnerungen auf ihn niederprasseln wie dunkles Manna von einem verschlossenen Himmel. Die Vergangenheit hatte ganz offensichtlich den Prozess gegen ihn eröffnet.

Die zweite Zigarette, die er anzündete, widmete er dem Entschluss, dies das letzte Weihnachten werden zu lassen, das er im Schoß der Familie verbrachte. Die Dankbarkeitsschuld für das Aufwachsen in Geborgenheit müsste mittlerweile durch Besuche wie diesen zurückgezahlt sein, und da Mutter und Vater offenbar den idealen Repräsentanten des Geschlechts in Gestalt seines großen Bruders gefunden hatten, fand er seinerseits, er könne sich guten Gewissens aus dem öffentlichen Leben als Sohn und Erbe zurückziehen und den Rest der Familie ihrem eigenen Schicksal überlassen. So viel zu Fleisch und Blut; zufälliger Schoß, zufällige Neigungen, zufällige Türen ins Leben. Es fiel ihm schwer zu glauben, dass seine Eltern sich größere existenzielle Gedanken gemacht hatten, als sie ihn in die Welt setzten. Für sie war das Leben wohl, wie für die meisten anderen Menschen auch, nicht viel mehr als eine schlechte Angewohnheit, zu deren Aufrechterhaltung und Weitergabe sie sich instinktiv verpflichtet fühlten. Auto, Haus, Schoßtier und Kinder, Variationen des einen Bedürfnisses: ihre Existenz zu dokumentieren. Er inhalierte kräftig und schickte noch eine Wolke sauerstoffangereicherten Teers in den Raum, folgte ihr unbeeindruckt mit den Augen, bis sie eins wurde mit der vernebelten Luft um ihn herum.

Die dritte Zigarette war seinem Bruder gewidmet. Gepriesen sei diese Fleisch gewordene Leere, Sehnen und Knorpel, um das reine Nichts gesponnen. Frag den Mann etwas, das geringfügig vom Text des Vorhersagbaren abweicht, und er macht dicht wie eine Auster, die ängstlich darauf wartet, dass der Sturm vorübergeht und sie wieder der Routine überlässt. Er war eine Memme. Er war unmännlich. Kein Wunder, dass er an Hämorriden litt. Der rauchende Mann im Gästezimmer hatte lange nach einem passenden Weihnachtsgeschenk für ihn gesucht und war schließlich bei einem Buch über Frauen in den Wechseljahren gelandet, was nun ein leises Lachen auslöste, von dem er Husten bekam, weil er immer noch auf dem Rücken lag und qualmte. Für die Frau seines Bruders hatte er nichts gekauft. Sie redeten nicht miteinander. Er hatte etwas an sich, das sie ängstigte. Nur ein falscher Blick vom rauchenden Gast und die Frau meinte, er machte Annäherungsversuche. Jetzt lachte er laut. Dass sie überhaupt sexuelle Regungen mit sich selbst in Verbindung brachte, amüsierte ihn köstlich.

Die vierte Zigarette war für das Essen, das die Mutter gerade zubereitete. Der Duft drang bereits in das Gästezimmer vor und würde irgendwann nahezu ekelerregend werden. Nicht, dass seine Mutter eine ausgesprochen schlechte Köchin wäre, es war nur dieses traditionelle fette Essen. Das erklärte auch den Körperumfang des Vaters. Er schaute zum Wecker auf der Kommode, die Zeit eilte dem Höhepunkt des Abends entgegen, ebenso wie die Zeit längst das Arbeiterehepaar mit den beiden Söhnen überholt hatte, irgendwo draußen in den Vororten. Sie waren alt geworden, und das Leben schien nicht mehr ewig zu währen. Besonders der Vater litt unter dieser Tatsache. Er schaffte es nicht, die Zeit, die er hatte, herumzukriegen, aber dennoch verlangte er jeden Tag mehr davon. Ein klassisches Dilemma. Eines Tages würde er dann selbst an der Reihe sein. Der Mann auf dem Bett betrachtete vorüberziehende Bilder seines Vaters durch die Jahre und bewunderte ein wenig dessen Sturheit, die Fähigkeit, immer dasselbe Ziel zu verfolgen, wie hohl es auch in den Augen aller anderen sein mochte. Die Gewohnheit gleicht die Unzulänglichkeiten eines Menschen aus, und hier lag der Sohn nun wie so ein einäugiger König im Land der Blinden, ein König im Exil, entrückt und erhaben über das, was die Umstände von ihm forderten, aber dennoch deutlich unter dem Einfluss der unverständlichen Welt dieser seltsam gastfreundlichen Wesen. Mit jeder Minute, die er in diesem Zimmer verbrachte, hielten die Erinnerungen ihn fester im Griff, und mit jeder zurückkehrenden Erinnerung wurde ihm klarer, dass die Vergangenheit etwas Lebendiges war, kein abgehacktes Kapitel, das er passiv aus sicherem Abstand betrachten konnte. Die Dinge änderten sich die ganze Zeit, und was in einem Augenblick eine Nebensächlichkeit sein konnte, bekam im nächsten eine entscheidende Bedeutung für den Rest der Geschichte. Schau lange genug in den Spiegelsaal der Erinnerungen, und alles kommt dir verändert vor. Diese Vorstellung fand er interessant. Das Leben entglitt fortwährend seinen Kunstgriffen, seinen Verhörmethoden, seinen spießigen Annäherungsversuchen, wie eine Frau, für die er vulgär und anmaßend war.

Die fünfte Zigarette, die er anzündete, war für das Warten. Das Warten in seiner Kindheit, das Warten während seines Heranwachsens und jetzt das Warten auf das Essen. Bald würden der Bruder und seine Frau mit ihren beiden Kindern eintreffen, sich dem Vater im Wohnzimmer anschließen und fernsehen, bis es Zeit für das Essen war. Am Ende dieser Sequenz würde die Schwägerin die beiden Männer verlassen, um in der Küche ihre Hilfe anzubieten. Sie würde die beiden in ihrer eigenen stummen Welt vor dem Bildschirm zurücklassen, und beide wussten, dass sie nichts anderes anfangen konnten, als zu warten. Das war die Essenz des familiären Zusammenseins: das Warten. Er selbst würde erst seinen Auftritt haben, nachdem die Mutter diskret an seine Tür geklopft und ihn damit hätte wissen lassen, dass es nun an der Zeit war. Nicht eine Sekunde früher würde er sich dem Wohnzimmer mit den anderen nähern. Sie würden sich freundschaftlich begrüßen und auf das Stichwort warten, das ein hoffentlich harmloses und nicht lange währendes Gespräch einleitete. Dann würden sie auf die Aufforderung warten, sich vom Weihnachtsessen aufzufüllen, und später darauf, wieder aufstehen zu können, und irgendwann in ihrem Leben würden sie dann darauf warten, von dem Schmerz befreit zu werden, der sie an ihre Existenz fesselte. Das Warten war es, das diese Familie, solange er sich erinnern konnte, zusammengehalten hatte. Eine Zusammengehörigkeit, um die andere Leute sie vielleicht beneideten, an der aber der Mann in dem vergilbten Gästezimmer nicht länger ertragen konnte teilzuhaben. Ein einziger Abend noch, und das war es dann.

Die sechste Zigarette, die langsam in Rauch aufging, widmete er dem Mädchen, das als erstes Gast in diesem Zimmer gewesen war. Sie hatte seiner Hoffnung vom Ende tausendjähriger Einsamkeit Gestalt gegeben. Ihr Gesicht löste sich in einer Reihe von anderen Gesichtern auf, die er nie zu kennen gewünscht hatte, ohne die er jedoch nie hatte leben können. In einem hermetisch geschlossenen Zirkel, in dem die Glut nie stirbt, konnte er kurz jede einzelne von ihnen wiedersehen, wie ein Bild im Zigarettenrauch, das für eine Weile ihre Züge vor seinen Augen zusammenzog, nur um darauf den Griff sogleich wieder zu lösen. Gesichtszüge, die verbrannten bei dem Versuch, sie festzuhalten, Zeiten und Orte, die langsam entschwanden, ein Genuss, der mit Vorsicht ein letztes Mal eingeatmet wurde. Einträge im Kalender wurden zu Übergängen von einem Leben zu einem anderen, und all das, was aus der Nähe so vertraut schien, wurde nun wieder zu etwas Unbekanntem und würde es fortan immer bleiben. Der Abstand zu den Frauen war gering. Schwer zu erklären, was den Unterschied machte. Nur Männer sterben, Frauen sind unsterblich. Davon war er überzeugt. Er rauchte die Zigarette bis ganz auf den Filter herunter.

Die Pause vor der siebten Zigarette war ein Verharren. Ein Verharren, das den Moment seines Ausgeschlossenseins auskostete. Dennoch wurde sie bald ohne größere zeremonielle Bedeutung angesteckt, der Gleichgültigkeit gewidmet, dem abgekühlten Engel. Die Gedanken gerieten langsam ins Stocken, im Takt der verbleibenden Zeit, die lautlos schwand. Ihm ging plötzlich auf, wie dunkel die Decke über ihm eigentlich war, geteert vom schmutzigen Atem der Jahre. Wie eine schnell heruntergebrannte Altarkerze lag die Kippe kurze Zeit später im Aschenbecher neben den anderen sechs. In dem Zimmer hüllte der Essensgestank und der Rauch den Gast in ein Gespinst aus widerstreitenden Gefühlen. Die Uhr deutete den Beginn des Abends an, und das Geräusch von Stimmen auf dem Flur verriet die Ankunft des Bruders. Der Mann auf dem Bett fühlte sich überraschenderweise ein wenig besser gelaunt, nun, wo das farblose Schauspiel der nächsten Stunden nahte und er seine Lieblingsszenen mit bloßer Hand aus der grauen Luft pflücken konnte. Er rauchte die achte Zigarette für seine alten Freunde zu Ende, wonach er sich schwer und benommen von seinem Lager erhob. Er machte sich vor dem Spiegel über dem Waschbecken zurecht, kämmte sich mit größt denkbarer Eitelkeit und legte danach den für diesen Tag obligatorischen Schlips an. Manchmal genoss er seinen Anblick, und das hier war einer dieser Momente. Er fühlte nach, ob alles war, wo es sein sollte, Zigaretten, Feuerzeug, Schlüssel und Hoden, und drehte sich selbstbewusst zum Stuhl am Fuß des Bettes um, auf dem sein Jackett hing. Nachdem er sich ein letztes Mal im Zimmer umgeschaut hatte, zog er das Kleidungsstück entschlossen über und zündete die neunte Zigarette genau in dem Augenblick an, in welchem das nervöse Klopfen seiner Mutter ihn wissen ließ, dass das Fest nun seinen Anfang nehmen würde. Er rauchte ruhig und gelassen zu Ende, das künftige Wohl und Weh der Familie im Sinn. Danach ging er zur Tür hinaus.

Als er das Zimmer verließ, verspürte er eine gewisse Erleichterung in seiner Atmung. Er überlegte, wie viele Jahre er eigentlich gebraucht hatte, um diesen Beschluss zu fassen. Das Gefühl der Zufriedenheit wuchs mit jedem seiner Schritte, und er wunderte sich ein wenig darüber, warum es ihm nicht immer so gehen konnte wie jetzt. Er blieb am Ende des kleinen Flurs stehen und kostete diesen Augenblick intensiv aus. Dann betrat er das Wohnzimmer.

Aus dem Dänischen von Catrin Frischer

Die Weihnachtsshow

Dänische Weihnacht. Schneeregen statt Schnee. Johnny Reimar statt Bing Crosby.

Wir sitzen im Auto auf dem Weg zum Pflegeheim meines Vaters. Meine Frau fährt, ich überlege, ob mir nicht im letzten Augenblick noch eine Entschuldigung einfällt, diesem Besuch zu entgehen.

Dichter Verkehr, die Scheibenwischer arbeiten rhythmisch. Für einen Moment schließe ich die Augen, und als ich sie wieder öffne, sind wir schon fast da.

Alt zu werden ist kein Spaß. Nicht nur, dass man sich mit dem körperlichen Verfall abzufinden hat, man muss sich auch dareinfügen, seine Tage in Einrichtungen zu verbringen, die Namen tragen wie aus einem Heimatroman. Das Pflegeheim meines Vaters ist ein schönes Beispiel für diesen Blödsinn, es trägt nämlich den zuckersüßen Namen: Engelsglückhof.

Die Wirklichkeit sieht natürlich ganz anders aus, als der romantische und idyllische Anklang dieses Namens einem vormacht. Das Pflegeheim liegt in Vanløse neben dem Bahnhof und ist aus mit Schieferplatten verkleidetem Beton. Es sieht aus wie ein Mietshaus, das die Gemeinde damals in den siebziger Jahren nach der Errichtung von irgendwelchen allgemeinnützigen Wohnungsbauprojekten übrig gehabt hatte, woraufhin man auf die tolle Idee kam, es hierher zu stellen.

»Noch ein Nikotinkaugummi, bevor es losgeht?«, fragt meine Frau mit einem Lächeln.

»Nein danke. Hab bereits das Gefühl, auf einem Handball zu kauen.«

»Nun denk aber dran, nett zu sein, nicht? Sie haben Jacob doch so gern.«

»Na und, Hitler hatte Hunde gern.«

Meine Frau lacht, und ich schaue in den Rückspiegel, um unseren dreijährigen Sohn anzusehen, der auf dem Rücksitz sitzt. Er lächelt zurück und fängt schließlich an zu lachen, wobei er das Geschenk für Oma und Opa, das er auf dem Schoß hält, fest an sich drückt.

Es ist ungefähr zwei Uhr nachmittags, als die ersten Alarmglocken schrillen. Er hätte um zwölf Feierabend haben sollen. Selbst Zug-verspätungen eingerechnet, hätte er um eins zu Hause sein müssen. »Ich versuche mal in der Redaktion anzurufen«, sagt meine Mutter. Sie hat ihr blondes Haar hochgesteckt, sich hübsch zurechtgemacht, aber schon jetzt nimmt ihr Gesicht die uns wohlvertrauten masken-haften Züge an. Mein Bruder und ich wechseln Blicke. Wir sind sieben und neun. Es ist Heiligabend, der Braten ist im Ofen, und es werden noch viele Jahre vergehen – viele Weihnachten wie dieses –, ehe wir Worte finden für unsere Gefühle, die sich in diesem Augen-blick in irgendetwas tief in uns verbeißen.

Im Pflegeheim ist es hell erleuchtet und still. Mein Sohn läuft voraus, den Flur entlang zum Zimmer meines Vaters. Er ist ganz verrückt nach seinen Großeltern, und das bezeichne ich gern als seinen einzigen Charakterfehler. Aber es geht na-türlich um etwas ganz anderes. Kinder, habe ich festgestellt, eignen sich ihre Familie auf dieselbe instinktive Art an, wie Tiere ihr Territorium. Zuerst Mutter und Vater. Danach in rasendem Tempo sämtliche anderen Familienmitglieder, bis sie auf weite Distanz und in dichtem Nebel auch die ent-ferntesten Anverwandten wiedererkennen können.

*Mein Bruder und ich halten am Küchenfenster Ausschau. Endlich
sehen wir ihn um die Ecke biegen. Einen Augenblick lang wirkt er
normal. Doch dann verlässt ihn mit einem Mal die Koordinations-
fähigkeit, und wir wissen sofort, dass er getrunken hat.*

Als meine Frau und ich ins Zimmer kommen, steht meine
Mutter mit Jacob auf dem Arm da.

»Wie schön, dass ihr endlich Zeit habt, uns zu besuchen«,
sagt sie.

»Frohe Weihnachen, Mama«, sage ich und spüre, wie meine
Frau meine Hand drückt.

Ich schaue mich nach meinem Vater um. Wie eine Gestalt
aus einem Gruselfilm hat meine Mutter ihn in eine Ecke gerollt, aber jetzt setzt sie Jacob ab und geht ihn holen.

*Um vier Uhr hat der Streit in der Küche sich hochgeschaukelt, die
ersten Schläge sind gefallen. Mein Bruder und ich haben uns ins
Wohnzimmer verzogen. Die Tür steht einen Spaltbreit offen, Dis-
neys Weihnachtssendung läuft in voller Lautstärke im Fernsehen.
Aber die Geräusche aus der Küche dringen trotzdem durch.*

Das Alter – und drei oder vier Schlaganfälle – haben meinen
Vater getroffen wie bei einer Implosion. Früher war er ein
ranker Mann von 1,80 jetzt ist er verschrumpelt, mit einge-
fallener Brust und sieht aus, als ob er in aufgerichtetem Zustand unmöglich mehr als 1,50 messen könnte.

Aber das ist nicht die einzige Veränderung. Die Schlaganfälle haben im Wesentlichen die gesamte linke Seite seines
Körpers und Gesichts gelähmt und sich auch auf sein Sprach-
zentrum ausgewirkt. Das Ergebnis ist, gelinde gesagt, abson-
derlich, denn sein Gesicht trägt ständig einen milden, offen-
herzigen, nahezu kindlichen Unschuldsausdruck, ebenso wie
seine Stimme wieder in die höhere Lage zurückgekehrt ist,

in der sie sich vor dem Stimmbruch befunden hatte. Kurzum, er ähnelt einem Menschen, den ein grausiger Fluch getroffen hat, der am Abend als Junge ins Bett gegangen und am nächsten Morgen als altersschwacher Krüppel aufgewacht ist.

Meine Mutter schiebt den Rollstuhl an den Tisch, an den wir anderen uns nun auch setzen. Sie hat 35 Jahre Ehe gebraucht, um meinen Vater in den Griff zu bekommen, und jedes Mal, wenn ich sie hinter dem Rollstuhl sehe, meine ich erkennen zu können, dass sie es genießt, endlich diejenige zu sein, die die Oberhand hat.

Sie stellt ihn ans Tischende, gerade ein paar Zentimeter zu weit weg. Aber ob das mit Absicht geschieht – eine kleine Rache für all das Leid, das er ihr im Laufe der Jahre zugefügt hat –, kann ich wirklich nicht sagen.

»Die Förtchen sind nicht selbstgemacht«, sagt meine Mutter und nimmt die Alufolie von der kleinen Schale, die mitten auf dem Tisch steht. »Für so etwas hat das Personal ja keine Zeit. Die haben doch so viel anderes zu tun.« Letzteres fügt sie verwundert hinzu, als ob sie sich überhaupt nicht vorstellen kann, womit die Leute so beschäftigt sein könnten.

»Das sieht alles sehr gut aus«, sagt meine Frau, während Jacob schon eine Hand nach den Förtchen ausgestreckt hat.

Ich stehe auf, schenke Kaffee ein und rücke den Rollstuhl meines Vaters etwas näher an den Tisch heran. Als ich mich setze, schaut meine Mutter mich an, aber dann sieht sie sofort wieder weg.

»Ich muss auf die Toilette«, sagt mein Vater.

»Ich hab dich doch eben erst gefragt«, sagt meine Mutter.

»Hast du das?«

»Das hast du davon, wenn du dir keine Windel geben lässt.«

»Braucht Opa Windeln?«, fragt Jacob, der selbst gerade mit der Reinlichkeit kämpft.

»Manchmal sind alte Männer genau wie kleine Jungs«, erklärt meine Mutter.

»Ich fahr ihn raus«, sage ich dann.

»Kannst du das denn?«, fragt meine Mutter, und meine Frau schaut mich erstaunt an.

»Kann ja nicht so schwer sein.«

Zu der Zeit, wenn andere Familien sich zu Tisch setzen, um das Weihnachtsessen zu genießen, haben meine Mutter, mein Bruder und ich uns im Zimmer meines Bruders verbarrikadiert. Die eine Seite von Mutters Gesicht ist gerötet und dabei anzuschwellen, ihr linker Unterarm ist bläulich. Auf der anderen Seite der Tür rast mein Vater in der Wohnung herum wie ein Tier im Käfig. Er führt Selbstgespräche, beschimpft uns, knallt mit den Türen, übergibt sich im Badezimmer. Meine Mutter weint und erzählt uns, dass sie das nicht mehr aushält und wir vielleicht umziehen müssen. Das hat sie schon oft gesagt, aber es ist nie etwas passiert. Jedes Mal hoffe ich, sie macht Ernst, aber inzwischen weiß ich, dass sie dazu nicht im Stande ist. Also hören mein Bruder und ich nur stumm ihren Klagen zu. Draußen hat es angefangen zu schneien.

Ich schaffe es, den Rollstuhl in die Toilette zu bugsieren, was gar nicht so leicht ist.

»Und was nun?«, frage ich meinen Vater.

»Deine Mutter richtet mich immer auf, damit sich die Hosen runterziehen lassen.«

Ich zögere einen Moment, bereue, mich bereit erklärt zu haben, das hier zu machen.

»Okay«, sage ich dann.

Ich lege mir seinen einen Arm über die Schulter und hebe ihn an. Er ist erstaunlich leicht, und ich kann ihn problemlos halten.

»Ich kann mich ein bisschen mit den Beinen abstützen«,

sagt mein Vater, »obwohl deine Mutter nicht glaubt, dass ich das kann.«

Ich stelle ihn auf den Fußboden und helfe ihm auf die Toilette. Ehe ich ihn hinsetze, knöpfe ich ihm die Hosen auf. Seine Beine sind kreideweiß und nahezu unfassbar dünn.

»Gefällt mir nicht, dass ich nicht allein auf die Toilette gehen kann«, sagt mein Vater mit seiner hellen Stimme.

»Nein«, sage ich kurz und denke an Jacobs hartnäckige Versuche, sauber zu werden. Es ist so, als ob all die Fähigkeiten, um deren Erwerb wir als Kinder so hart kämpfen, nur Leihgaben sind, die eines Tages eine nach der anderen wieder zurückgefordert werden.

Als er fertig ist, hebe ich ihn wieder in den Stuhl zurück. Die Anstrengung, es gut zu machen und zwei Schritte mit meiner Unterstützung zu gehen, hat ihn deutlich blasser werden lassen, und seine Beine zittern.

»Wie weit kannst du dich zurückerinnern?«, fragt mein Vater, als er wieder Luft kriegt.

»Das weiß ich nicht«, sage ich, während ich überlege. »Ich glaube, ich kann mich an die Mondlandung erinnern. Das war '69, oder? Also, da war ich gerade drei. Ich kann mich an gelbe Gardinen erinnern, an ein Gefühl von Spannung und an Schwarz-Weiß-Bilder im Fernsehen. Aber ich weiß nicht, ob das stimmt.«

»Ich kann mich an meine Mutter im Theater erinnern«, sagt mein Vater. Obwohl er sonst in nahezu jeder Weise beeinträchtigt ist, hat sein Gedächtnis die Schlaganfälle bemerkenswert gut überstanden. »Sie hat getanzt. Ich kann mich an den dichten Zigarettenqualm und an all die Männer mit Hut erinnern. Das war kein richtiges Theater, sondern ein Varieté. Deine Großmutter war sehr schön, als sie jung war.«

»Wie alt warst du?«, frage ich.

»Drei Jahre. Dein Großvater konnte sich an die Zeit erinnern, als nur Pferdefuhrwerke in der Stadt unterwegs waren.
Den Geruch von nassen Pferden im Regen und all die Pfer-
deäpfel auf der Straße. In unserer Familie haben wir immer
ein gutes Gedächtnis gehabt.«

Ich sage nichts und manövriere ihn wieder zur Tür hinaus.

»Wie alt ist Jacob noch mal?«, fragt mein Vater.

»Drei«, sage ich.

»Dann wird er sich vielleicht an heute erinnern.«

*Nach einer Weile können wir meinen Vater nicht mehr durch die Tür
hindurch hören, aber wir warten trotzdem fast eine Stunde, bevor
wir rausgucken. Als wir es tun, können wir sehen, dass er einen Teil
der Wohnung verwüstet hat. Kleider liegen auf dem Boden, Bücher,
und in der Küche liegen Glasscherben verstreut. Er selbst ist im
Schlafzimmer, im Bett, auf dem Bauch ausgestreckt, die Beine halb
herausragend. Das Zimmer riecht nach Erbrochenem, sein Atem
geht schwer und langsam. Meine Mutter schließt die Tür hinter ihm,
und wir machen uns still ans Aufräumen.*

Wir essen alle Förtchen auf. Nur meine Mutter, die sich im-
merzu über deren Qualität beklagt, isst mehr als Jacob. Danach verteilen wir die Geschenke. Jacob überreicht meinem
Vater unser Geschenk und hilft ihm beim Auspacken. Dann
gibt meine Mutter uns unsere Geschenke. Wie üblich hat sie
uns Kleidung gekauft, und wie üblich sind es Sachen, die
meine Frau und ich nicht mal im Traum anziehen würden.
Meine Mutter, die stets behauptet, sie hasse es, Aufmerksamkeit zu erregen, hat in Sachen Kleider einen Geschmack, der
absolut nicht dazu angetan ist, Aufmerksamkeit zu vermei-
den. Sie liebt kreischende Farben: Pink, Neongrün, Türkis.
Und weil ich einmal im Alter von ungefähr fünf Jahren zu
ihr gesagt habe, ich fände, sie sehe toll aus, ist sie der Über-

zeugung, ich – und nun auch meine Familie – teilten ihre Begeisterung für kräftige Farben.

Als wir mit allem fertig sind, helfe ich meiner Mutter beim Abräumen, während meine Frau meinen Vater zum Fernseher schiebt, vor dem Jacob bereits Platz genommen hat.

»Dein Vater muss nach Neujahr ins Krankenhaus«, sagt sie, als wir den Flur entlang zur Küche gehen.

»Warum?«

»Irgendwas mit der Leber.«

»Wie überraschend.«

»So viel hat er nun auch nicht getrunken«, erwidert meine Mutter eingeschnappt. »Er war nie Alkoholiker.«

Ich seufze, sage aber nichts mehr. Wir sind in der Küche angelangt und stellen schweigend Tassen und Teller in eine Spülmaschine.

»Vielleicht muss operiert werden, und dann ist nicht sicher, ob er es überleben wird«, sagt sie, als wir auf dem Weg zurück ins Zimmer sind.

»Lass uns abwarten«, sage ich. Ich würde gern mehr sagen, aber mir fällt nichts ein. Ich kann nur an all die Male im Laufe meiner Kindheit denken, wo ich ihn mir tot gewünscht habe.

Nachdem wir aufgeräumt haben, setzen wir uns ins Wohnzimmer und schauen den Weihnachtsbaum an. Das Weihnachtsessen liegt im Mülleimer, und an den Geschenken unterm Baum haben wir auch kein Interesse. Nachdem wir eine Weile schweigend dagesessen haben, steht meine Mutter auf und macht die elektrischen Kerzen am Baum an. Wir schalten auch den Fernseher ein, der Mitternachtsgottesdienst ist dort in vollem Gang. Die dunklen und düsteren Töne eines Kirchenliedes hallen im Wohnzimmer wider. Wir rutschen dicht zusammen auf dem Sofa. Und einer nach dem anderen schlafen wir ein.

»Guck mal, Jacob, da ist Donald Duck«, sagt mein Vater mit seiner hellen Stimme.

»Ja, das seh ich«, antwortet mein Sohn und klettert auf den Rollstuhl, damit er auf dem Schoß sitzen kann.

Ich setze mich mit meiner Frau aufs Sofa, nehme ihre Hand und spüre, wie mich eine seltsame Ruhe erfasst. In der Glotze sind Donald und die Kinder gerade bei ihrer Schneeballschlacht. Der Lichtschein vom Fernsehen fällt auf das Gesicht meines Vaters und auf das meines Sohnes, und wieder bin ich verwundert über die kindlichen Züge meines Vaters. Vielleicht, denke ich, vielleicht hat das Ganze doch einen Sinn. Vielleicht ist es mit meinem Vater so gelaufen, wie es gelaufen ist, weil irgendeine höhere Macht nur diese eine fürchterliche Möglichkeit des Eingreifens gesehen hat, um ihn wieder zu einem Menschen zu machen, um ihm einen Rest seiner Unschuld zurückzugeben, ehe es unwiderruflich zu spät wäre.

Im Fernsehen machen die Kinder nun Donald fertig. Mein Vater und mein Sohn lachen. Das Lachen des einen ist nicht von dem des anderen zu unterscheiden.

Aus dem Dänischen von Catrin Frischer

Der blöde Pullover

Erst dachte ich, es sei die Farbe.

Das Problem ist sicher die Farbe, dachte ich. Die Farbe des Pullovers. Des Pullovers, der in dem Päckchen gewesen war. Dem Päckchen, das unter dem Weihnachtsbaum gelegen hatte.

Bestimmt war die Farbe das Problem. Denn sie sah nicht sehr glücklich aus, wie sie da in dem Sessel saß.

Oder es war die Krankheit. Ich wusste es nicht so genau.

Viel Schnee lag draußen nicht. Unten im Park hatten Nillas und ich einen graubraunen Schneemann gebaut. Ungefähr zur Hälfte aus Kies, zur Hälfte aus Schnee. Der Rest bestand aus Zweigen und Gras, die wie altes Haar überall am Schneemann festgepappt waren. Und dort, wo wir den Schnee zu einer Kugel gerollt hatten, war alles runtergetreten und schmutzig. Eine ältere Frau ging vorbei und meinte, dass sie es schön fände, Kindern beim Schneemannbauen zuzusehen. Aber eigentlich dachte sie wohl, dass wir zwei kleine Dummköpfe waren, die den Park und die weiße Schneefläche verunstalteten und haarige Schuttmänner bauten.

Wie auch immer, Nillas und ich wurden, als der Schneemann halb fertig war, der Sache überdrüssig. So setzten wir die Nase, Augen, Ohren und den Mund mitten auf den Körper, dorthin, wo die Arme nach links und rechts herausragten. Der Schneemann sah aus, als ob seine Mutter eine Packung des Schlafmittels Neurosedyn geschluckt hätte, während sie ihn als winzigen Schneemannembryo in sich trug. Als er so groß wie ein Schneeball war. Oder nur wie eine kleine Schneeflocke, ein kleines Schneespermium. Wir tauften ihn Tony. Genau wie der Tony, der gegenüber von Nillas wohnte. Tony, dessen Mutter tatsächlich Neurosedyn geschluckt hatte.

Papa fand, dass sie den Pullover anprobieren solle. Später, sagte sie. Sie sagte, dass sie ihn später anprobieren werde. Jetzt wolle sie nur hier sitzen und in das Kaminfeuer schauen. Und den Duft von Glögg und Pfefferkuchen riechen.

Die Platte mit den Kinderweihnachtsliedern dudelte durch den Raum. »Nun ist Weihnachten« und »Der Fuchs läuft übers Eis« oder »Hej Weihnachtsmänner« und »Ritsch ratsch filibombombom«, bis es einem zu den Ohren herauskam. Das war komisch. Denn es fühlte sich bei uns so gar nicht nach »filibombombom« an. Nicht mal nach einem kleinen »Ritsch ratsch«. Bei uns gab es keinen Sekt, nur Selters.

Papa probierte zumindest seine Krawatte an. Sie passe perfekt zu dem grünen Jackett, sagte er. Das tat sie vielleicht auch, ich weiß es nicht. Ich hatte nur die gekauft, die ganz vorne am Krawattenständer hing und nicht mehr als 35 Kronen kostete. Nillas kaufte die gleiche für seinen Papa. Seinen ›Plastikpapa‹.

Ich verstehe wirklich nicht, wieso man ›Plastikpapa‹ sagt. Plastik ist ja fast das haltbarste Material, das es gibt. Es bleibt übrig, wenn alles Fleisch verwest und alle Knochen zu Erde geworden sind. Plastik ist dann immer noch da und leuchtet. So, als ob ein ›Plastikpapa‹ bis in alle Ewigkeit halten würde. So, als ob nur die ›biologischen‹ Väter, die aus Fleisch und Blut, zu Erde und Kompost werden würden. Aber von Nillas' ›Plastikpapas‹ hat keiner länger als ein paar Jahre gehalten.

Mein ›Fleischpapa‹ goss Glögg nach und drehte die Platte um. Denn die Nadel war fünfzehn Mal hintereinander in derselben Vinylrille hängen geblieben, an der Stelle, wo die Musiker aus Skaraborg »fio-lio-lio« leierten.

Die Mandeln waren weich, und die Rosinen hatten die Gewürze ordentlich aufgesogen. Ich trank den Glögg, drehte den Becher auf den Kopf, hielt ihn an meinen Mund und klopfte auf die Rückseite, damit die Rosinen sich vom Boden lösten. Das taten sie aber nicht.

Sie klebten fest und hofften, dass niemand es bemerken würde, damit sie auch im nächsten Jahr Rosinen im Glögg sein durften, und im Jahr darauf ebenso. Sie hofften wohl, zu Traditionsrosinen zu werden, die jedes Jahr wieder im Glögg schwammen. Aber wir hatten bereits eine Traditionsrosine, und das war Oma – das reichte.

Oma war genauso schrumpelig wie die Rosinen und hatte überall eine Menge braune Flecken. Ich glaube, dass Gott jedes Weihnachten an seinen Glöggbecher klopfte und darauf hoffte, dass Oma sich lösen und in den Himmel hoch fallen würde, aber das tat sie nicht. Sie war einfach weiterhin schrumpelig und am Leben. Aber nicht so sehr doll am Leben, denn sie wohnte in einem Altersheim und kam nur an Mittsommer und Weihnachten zu uns nach Hause. Dann saß sie in ihrem Stuhl neben dem Klavier und sah alt aus. Traurig um den Mund herum, aber mit merkwürdig wachen Augen. Vielleicht weil sie so bescheuerte Weihnachtsgeschenke bekam: einen Topflappen von Papa, obwohl sie keine Küche hatte, und eine Schirmmütze von mir, obwohl sie eine Perücke trug, die verrutschte, wenn sie die Mütze absetzte.

Aber den Rosinen in meinem Glöggbecher war meine Oma egal. Sie wollten unsterbliche Rosinen werden, solche, die über Generationen weitervererbt werden. Da riss ich meinen Mund noch ein Stück weiter auf und klopfte noch ein wenig energischer. Und da lösten sie sich, und ich schluckte sie, fast ohne zu kauen, herunter. Eine Rosine landete quer im Hals, vielleicht um es mir heimzuzahlen, dass sie keine Traditionsrosine sein durfte. Ich musste sie also wieder raushusten.

Papa sagte, ich solle in die Küche gehen und ein Glas Wasser trinken. Das machte er immer, wenn er etwas in den falschen Hals bekommen hatte. Also ging ich hinaus in die Küche.

Dort hörte ich, wie sie ihn flüsternd fragte, wie viel der Pullover gekostet habe. Er antwortete, dass er das nicht wisse. Sie klang ein wenig traurig und erklärte, sie habe vorher gesagt, dass sie keine teuren Weihnachtsgeschenke haben wolle. Er meinte, dass der Pullover sicher nicht so schrecklich teuer gewesen sein kann. Und dass sie nicht darüber nachdenken solle. Stattdessen solle sie ihn anprobieren und glücklich dreinschauen, denn dann würde sie mich froh machen. Aber sie war wohl weiterhin beunruhigt, dass der Pullover zu viel gekostet haben könnte.

Und das hatte er auch. Er war verdammt teuer gewesen. Er stammte aus dem piekfeinen Geschäft, in dem die Mutter der dicken Annika arbeitete. Nillas ist mit mir da reingegangen, und wir haben den teuersten Pullover ausgesucht. Nicht weil er besonders schick aussah, sondern weil er der Teuerste und Beste war. Weil ich ihr das Teuerste und Beste schenken wollte. Etwas, das sie tragen konnte, um sich als Teuerste und Beste zu fühlen. Die Teuerste und Beste auf der ganzen Welt.

Ich drehte den Wasserhahn an der Spüle auf und trank einige Schlucke. Als ich mich übers Becken beugte, roch es nach Spüllappen und Lutfisch.*

---

* Ein getrockneter Knochenfisch (z. B. Dorsch), der über einige Tage in eine natriumhaltige Lauge (Lut) eingelegt wurde. Er wird in vielen Regionen Skandinaviens traditionell zu Weihnachten gegessen. (A. d. Ü.)

Papa sagte, es sei meine Sache, ob ich ihr einen teuren Pullover kaufe oder nicht. Ich wäre groß genug, so etwas selbst einzuschätzen. Und wenn ich ihr einen so teuren Pullover kaufen wolle, dann weil ich wollte, dass sie einen so teuren Pullover bekommt. Dann war es sicher das Beste, wenn sie glücklich dreinschauen und verkünden würde, dass der Pullover schön sei. Sonst würde ich bestimmt traurig werden.

Aber er sagte das in einem höflichen Ton. Nicht so hart, wie es klingt, wenn es hier auf dem Papier geschrieben steht. Ich glaube, er hatte den Arm um sie gelegt, das tat er meistens, wenn sie traurig war.

Papas Arme sind ziemlich kräftig und schwer. Es ist schön, wenn er sie einem um die Schultern legt. Dann fühlt es sich warm und geborgen an, so als ob man in einem warmen Häuschen sitzt, in dem es nach Wolle und Gebratenem riecht. Mamas Arme sind dagegen dünn und empfindlich. Man hat fast Angst, dass sie abfallen könnten, wenn sie einen umarmt.

Und sie sagte, sie wolle nicht, dass ich so teure Sachen für sie kaufe. Das Herz tue ihr dann weh, sagte sie. Als ich den Wasserhahn abstellte, zischte Papa, sie solle still sein, und als ich ins Zimmer zurückkam, saßen alle auf ihren Stühlen und tranken Glögg. Allen voran Oma.

Sie schlürfte und faltete ihren Mund zusammen wie eine alte Papptüte. Der Pullover lag immer noch auf dem Tisch, ebenfalls wie eine alte Papptüte. Und die Platte mit den Kinderweihnachtsliedern dudelte, dass Weihnachten ein herrliches Fest für alle Kleinen und Großen sei, voll Freude und wohliger Ruhe, obwohl es in Wahrheit auch nur eine alte, leere Papptüte war. Der teuerste und beste Pullover der Welt, der meine Mama nicht im Geringsten dazu brachte, sich als die Teuerste und Beste zu fühlen. Das Herz tat ihr weh. Da war es egal, ob er der Teuerste und Beste war, da war er einfach nur ein blöder Pullover.

Ich hatte einen neuen Hockeyschläger bekommen (wenn man eislaufen tut, sind solche Stöcke ziemlich gut), einen Kinnschutz (wenn man auf die Nase fällt, der Kinnschutz den Schmerz abhält) und eine extra dicke Weihnachtsausgabe des Comics »Das Phantom« (dieser Typ hier ist nicht sauer, denn er hat einen Freund, der heißt …) von Mama und Papa. Papa hatte gereimt. Mama mochte nicht mehr reimen. Und nicht mehr singen. Sie habe keine Töne mehr in sich drin, sagte sie.

Von Oma hatte ich eine halbvolle Tüte mit gebrannten Mandeln und eine kratzige Mütze mit Elchen drauf bekommen.

Aber die hatte sie nicht selbst gekauft, da sie ja die ganze Zeit über eingesperrt im Altersheim herumsaß. Ich glaube, es war Tante Birgitta, die die Geschenke für sie besorgt hat. Sie mag gebrannte Mandeln.

Plötzlich klingelte es an der Tür. Ding-dong, wie immer. Ich sprang vom Sofa und ging öffnen. Durch die Diele, vorbei am großen Weihnachtsmann mit der Laterne, unter den Misteln hindurch, über den roten Weihnachtsteppich mit den Rentieren, hinaus in den Flur, in dem der »Friede-auf-Erden«-Weihnachtswandteppich hing. Nillas stand vor der Tür. Ich konnte ihn durch das vereiste Glas der Außentür erkennen. Eine rote Zipfelmütze mit grünen Rändern. Er hatte etwas Schnee auf der Mütze und auf den Schultern. Und er hatte einen neuen Snowracer geschenkt bekommen, so einen Bob, mit dem man steuern und bremsen konnte und Bremsspuren machen. Der Bob stand unten an der Treppe und war blau.

Nillas fragte, ob ich zu einer Probefahrt mitkommen wolle, und das wollte ich. Obwohl es Heiligabend war und ich eigentlich zu Hause mit Mama, Papa und der Traditionsrosine herumsitzen, Glögg trinken und mit den Augen leuchten sollte. Obwohl, ich glaube, die leuchteten nicht sonderlich. Waren eher ein wenig traurig. Papa trat zu mir und fragte Nillas, ob er nicht hereinkommen wolle und Glögg trinken. Nillas war nicht so gut erzogen, so dass er sagte, nein, das wolle er nicht.

Keiner in Nillas' Familie war im Übrigen besonders gut erzogen. Alle sagten fast immer, was ihnen gerade einfiel. Wenn jemand von ihnen fand, jemand anderes sei dumm, dann sagte er das auch. Sogar Nillas' Mama tat das. Dann konnte es für kurze Zeit ein wenig Geschrei und Streit geben, aber danach waren sie wieder nett zueinander. Zu Hause bei mir waren wir höflicher. Ich weiß nicht, ob überhaupt jemals einer von uns sagte, was er gerade dachte.

Nillas ist übrigens kein Grieche oder so. Er heißt eigentlich Niclas, aber das C sah am ersten Schultag auf der Namenliste wie ein L aus. Deshalb wurde aus ihm Nillas.

Und er hatte einen neuen Snowracer zu Weihnachten bekommen. Nillas sah wieder mich an, und Papa legte eine Hand auf meine Schulter und sagte, na klar musst du mit Nillas eine Probefahrt machen.

Ich zog meine Winterstiefel, meine blaue Jacke und die Mütze mit den Ohrenklappen an. Danach sagte ich tschüss zu Oma und Mama, und Papa sagte, ich solle vor neun Uhr wieder zu Hause sein.

Der Schnee knirschte. Wenn man zu der gelben Straßenlaterne hochschaute, sah man, dass es schneite. Bedächtige, große Schneeflocken, die es nicht eilig hatten. Sie schwebten geradezu hinunter, ein bisschen hierhin, ein bisschen dorthin. Und sie schienen es zusammen ziemlich nett zu haben.

Nillas wollte wissen, was ich für Geschenke bekommen hatte, und ich erzählte es ihm. Er zog den Snowracer an einer fransigen Schnur hinter sich her, die an der vorderen Schiene festgebunden war. Der Bürgersteig war nicht freigeschaufelt, und der Bob glitt gut über den Schnee, nur über unsere Fußspuren hinweg holperte es ein wenig. Der Rodelberg lag am Ende der Straße, da, wo sie eine Biegung machte und die alte Frau mit dem bösen Hund wohnte.

Nillas wollte wissen, ob meine Mama sich über den Pullover gefreut hatte. Das hat sie, antwortete ich. Sie hat sich riesig gefreut und ihn gleich vor dem Spiegel anprobiert. Dann fragte mich Nillas, ob sie es geschafft habe, ganz allein zum Spiegel zu gehen. Das hat sie, antwortete ich. Und Nillas sagte, dass sie vielleicht drauf und dran sei, doch wieder gesund zu werden. Vielleicht habe sie sich so sehr über den Pullover gefreut, dass sie davon gesund geworden ist.

Ja, vielleicht, antwortete ich. Dann waren wir bei dem Hügel angekommen. Er war nicht besonders steil, aber lang und mit einer Kurve am Ende. Perfekt für einen Snowracer mit Bremsen und Steuerung.

Nillas wickelte die Schnur um das Steuerrad und setzte sich ganz nach vorn. Ich nahm hinter ihm Platz und legte meine Arme um seinen Bauch. Dann schoben wir den Bob vor und zurück, damit er genug Schwung bekam, um den Hügel hinabzusausen. Es dauerte mit dem Anschieben aber eine Weile, bis er losglitt. Und er war nicht besonders schnell, weil viel Neuschnee lag und Nillas die ganze Zeit über nach links und rechts lenkte, um die Steuerung auszuprobieren.

Alle Fenster unten im Tal waren erleuchtet. Nur Nillas und ich waren draußen unterwegs. Der Nachthimmel war ganz klar und eisig. Die Sterne, Planeten und Kometen glitten durch all diese Leere, scherten sich um nichts, glitten nur vorbei. So will auch ich mit dem Snowracer hinuntergleiten, wie ein Komet, der einfach nur vorbeirauscht, ohne an so viele Sachen denken zu müssen, die einen beschäftigen und die einen trauriger und kleiner machen, als man eigentlich sein will.

Ich sprang ab und schob an. Rannte und rannte und rannte, bis ich hinfiel und mit dem Bauch im Schnee landete, während Nillas weitersauste. Ich hatte Schnee unterm Pullover, der fühlte sich kalt an, das Gesicht war nass. Weiter unten am Hang steuerte Nillas in die falsche Richtung und rutschte in den Graben, in dem die Hunde immer ihr Geschäft machten.

Ich lag immer noch auf dem Bauch und spürte den Schnee. Er schmeckte wie ein alter Teppich, nur kalt und gefroren. Nillas kletterte über den Schneewall und ging in meine Richtung, mit dem Snowracer im Schlepptau. Er kam zu mir, reichte mir die ausgefranste Schnur und sagte, dass ich jetzt mit dem Steuern an der Reihe sei. Seine Handschuhe waren nun auch ausgefranst und ziemlich nass. Das waren Fäustlinge, wie seine Oma sie für seine große Schwester gestrickt hatte. Sie waren ziemlich nutzlos, denn seine Finger waren in ihnen eiskalt geworden und er musste an ihnen saugen, damit sie warm wurden. Nillas stopfte seine Finger in den Mund, und ich zog den Snowracer den Berg hoch. Beim zweiten Mal glitt der Bob viel schneller hinunter. Nillas lief ein Stück und gab Schwung, bevor er aufsprang, und dann lenkte ich ihn in die Spur der ersten Fahrt. Allerdings nicht in den Graben mit der Hundekacke, sondern geradeaus in den Neuschnee hinein, der die Kufen und unsere Füße im Weiß begrub.

Viele Rodelpartien später hatte Nillas kein Gefühl mehr in den Fingern und ich ganz heiße Wangen. Sie glühten förmlich, als wir den Bürgersteig entlang durchs Schneegestöber nach Hause gingen. Vor allem, weil ich so viel durch den Schnee gestapft bin, denke ich. Mein Herz hämmerte. Mir stand der Schweiß auf der Stirn und meine Mütze kratzte. Ich rubbelte sie hin und her, aber da kratzte sie nur noch mehr. Deshalb nahm ich sie ab und fühlte mich nun wie eine Thermoskanne ohne Deckel, die an einem Winterabend vor sich hin dampft.

Nillas sagte, es sei ein Glück, dass meine Mama sich über den Pullover freute, da er ja sauteuer gewesen sei. Sein Plastikpapa habe sich über die Krawatte nicht besonders gefreut, aber das mache ja nichts, weil die ja nur 35 Kronen gekostet hatte. Und weil er sowieso glaubte, dass der Plastikpapa sie bald verlassen würde.

Ich sagte nichts, aber ich dachte auf dem Nachhauseweg ganz schön viel nach. Ich dachte an Mama. Ich dachte an Weihnachten. Und an die Krankheit. Und an den Pullover, der alles vermasselt hatte. Und dass alles hätte anders sein können, irgendwie; wie auch immer.

Ich hätte zum Beispiel Nillas sein können, mit einem neuen Snowracer mit Hundescheiße an der Kufe und einer fransigen Schnur zum Ziehen. Mit einer gesunden Mutter, die das sagte, was sie dachte, und einer kleinen Wohnung mit drei großen Schwestern mit Titten und einem Plastikpapa und nutzlosen Wollfäustlingen. Irgendwie hätte es so sein können.

Aber so war es natürlich nicht; das wurde mir klar, als Nillas mir tschüss sagte und ich die lange Garagenauffahrt hinaufstieg, wo es an den Seiten immer glatt war. Die Lampe an der Hausecke war wie immer dunkel, weil die Glühbirnen so schwer zu wechseln waren. Man musste auf eine Leiter steigen und da oben herumwerkeln, und Mama wollte nicht, dass Papa das machte. Er hätte herunterfallen können und sich etwas brechen, und wer sollte sich dann um alles kümmern? Ich zumindest nicht. Und die Rosine auch nicht. Und dann gab es nicht mehr so viele, die dafür in Frage kamen.

Ich blieb kurz unter der Lampe stehen. Und mir wurde klar, dass, wenn man sich nicht traute, auf Leitern herumzuklettern und kaputte Birnen auszuwechseln, es bis in alle Ewigkeit dunkel bleiben konnte. Manchmal war man gezwungen, etwas Gefährliches zu tun, damit sich die Dinge änderten und nicht bloß düster blieben. Sonst würde man bis ans Ende seiner Tage mit Herzschmerzen herumlaufen. Und da ging mir auf, was ich zu tun hatte. Plötzlich wusste ich es genau.

Aber ich konnte es nicht gleich tun, während ich ins Haus trat und Papa mich fragte, ob es Spaß gemacht hatte mit dem Snowracer (und ich mit »Ja« antwortete), und Mama mich fragte, ob ich meine Mütze aufgehabt habe (und ich mit »Ja« antwortete), und Oma sagte, dass sie auf Klo müsse (und ich »Ah ja« sagte). Ich konnte es nicht sogleich tun; ich musste warten bis später, bis alle schliefen.

Als alles still war, stand ich aus meinem Bett auf. Der Dielenboden war kalt, und es zog mir bis zu den Pobacken hoch. Die Treppe knarrte wie üblich, aber man hörte es kaum, weil Oma so laut schnarchte. Sie saß in dem großen Sessel, mit der Schirmmütze auf ihrer Perücke und allen Decken auf ihren Beinen.

Der Pullover war immer noch zusammengefaltet, lag da wie eine schlafende Schlange. Es sah auch so aus, als ob er zusammengefaltet bleiben würde. Erst auf dem Tisch, später in Mamas Kommode, für immer und ewig. Aber ich hatte eine Idee.

In der Abstellkammer lagen die Glühbirnen. Hinter der Garage stand die Leiter, gegen die Wand gelehnt. Es schneite immer noch, und der Wind blies kalt durch meinen dünnen Schlafanzug.

Die Leiter schwankte in meinen Händen hin und her, als ich sie die Auffahrt hinunterschleppte. Es war spiegelglatt.

Direkt an der Hausecke lag ein kleiner Schneehaufen, in den ich das Leiterende hineinstellen konnte. Dann stemmte ich die Leiter hoch, so dass sie sich langsam gegen die Wand lehnte, wie ein eiskalter Mittsommerbaum.

Da stand sie nun, die Leiter. An die Hauswand gelehnt und an die kaputte Ecklampe. Jene kaputte Ecklampe, deren Reparatur so gefährlich war, dass nicht einmal Papa die Birne auswechseln durfte.

Ich schob die neue Glühbirne in meine Tasche und stellte den Fuß auf die unterste Leitersprosse. Den anderen Fuß darüber. Dann die nächste Sprosse. Und die nächste. Noch drei Sprossen, dann war ich oben bei der kaputten Lampe angekommen.

Die Birne löste sich mit einem knackenden Geräusch, quietschte ungnädig, als ich sie losschraubte. Die neue Birne fühlte sich kalt an, als ich sie aus meiner Tasche holte und in die Halterung drehte. Schon bevor sie richtig festgeschraubt war, leuchtete sie hell und strahlend auf, ihr Licht war wie ein Gesang in dunkler Weihnachtsnacht. Ich wunderte mich darüber, dass nicht die ganze Welt von diesem Wunderwerk erwachte. Dass nicht die Engelschöre von oben herab mit einstimmten.

Erst als ich wieder drinnen war, merkte ich, wie kalt mir war. Ich rieb die Hände aneinander, während ich ins Wohnzimmer schlich, hin zu der Rosine und dem schlafenden Pullover.

Ich trug ihn hinaus in die Küche, nahm eine Schere und setzte mich auf die Küchenbank. Die wurde nun von der Ecklampe erleuchtet, so dass ich kein Licht anzumachen brauchte. Mit der Schere in der Hand tat ich, was ich tun musste. Sowohl für mich als auch für Mama. Ich weiß nicht mehr, ob ich weinte, nur dass ich schniefte und den Rotz am Schlafanzugärmel abwischte.

Dann schlich ich an der Rosine vorbei und die Treppe hinauf, zurück ins Bett. Es fiel mir schwer einzuschlafen, aber irgendwie fielen mir dann doch die Augen zu.

Als ich aufwachte, lief bereits die Kinderweihnachtsplatte, und es roch nach Kaffee und angebranntem Toast.

Papa, Mama und die Rosine saßen in der Küche und tranken Kaffee. Ich ging sofort zu Mama und zeigte ihr den Pullover. Im Schein der Ecklampe hatte ich den Pullover auf links gedreht und an einem der beiden Ärmelenden einige Fäden durchtrennt. Danach hatte ich vorsichtig an dem Ärmel gezogen, bis ein Knacken zu hören war und die Naht aufsprang. Nicht viel, nur ein paar Zentimeter. Dann hatte ich den Pullover wieder richtig herum gedreht und zusammengelegt.

»Leider ist er ein wenig kaputt«, sagte ich und winkte mit dem Finger durch das Loch hindurch. »Und im Geschäft wollte die Mutter der dicken Annika ihn gleich wegschmeißen, aber stattdessen hat sie ihn mir umsonst mitgegeben.« Und ich erklärte ihr, dass ich gehofft hatte, sie würde das Loch nicht entdecken, obwohl ich es ihr sowieso habe zeigen wollen.

Da sah meine Mama glücklich aus. Und sie probierte den Pullover an und bat mich, den Spiegel aus der Diele zu holen. Sie betrachtete sich lange im Spiegel und sagte, dass der Pullover sehr hübsch sei. Sehr hübsch fand sie ihn. Und ich bekam drei Küsse und eine lange, kraftlose Umarmung. Dann stopfte sie das Loch, und Papa fuhr Oma zurück ins Altersheim. Die Schirmmütze vergaß sie auf dem Wohnzimmertisch, neben der Schale mit den Rosinen.

Aus dem Schwedischen von Frank Zimmer

HANS CHRISTIAN ANDERSEN (1805–1875)

Die Schneekönigin.
Ein Märchen in sieben Geschichten

ERSTE GESCHICHTE,

die von dem Spiegel und den Scherben handelt

So, nun beginnen wir. Am Ende der Geschichte werden wir mehr wissen als jetzt, denn sie handelt von einem bösen Troll. Es war einer der allerschlimmsten, es war »der Teufel«. Eines Tages war er so recht guter Laune; denn er hatte einen Spiegel gemacht, der die Eigenschaft besaß, dass alles Gute und Schöne, das sich darin spiegelte, zu fast nichts zusammenschwand; aber was nichts taugte und sich schlecht ausnahm, das trat umso deutlicher hervor und wurde noch ärger. Die schönsten Landschaften sahen darin aus wie gekochter Spinat, und die besten Menschen wirkten abstoßend oder standen auf dem Kopf. Die Gesichter wurden so verzerrt, dass sie nicht zu erkennen waren, und hatte man eine Sommersprosse, dann konnte man sicher sein, dass sie sich über Nase und Mund ausbreitete. Das sei äußerst lustig, sagte der Teufel. Ging nun ein guter, frommer Gedanke durch einen Menschen, da zeigte sich ein Grinsen im Spiegel, so dass der Trollteufel über seine kunstvolle Erfindung lachen musste. Alle, die in die Trollschule gingen, denn er hielt Trollschule, erzählten rundum, dass ein Wunder geschehen sei; jetzt könne man erst sehen, meinten sie, wie die Welt und die Menschen wirklich aussähen.

Sie liefen mit dem Spiegel umher, und zuletzt gab es kein Land und keinen Menschen, die nicht darin verzerrt worden wären. Nun wollten sie auch zum Himmel selbst hinauffliegen, um sich über die Engel und den Herrgott lustig zu machen.

Je höher sie mit dem Spiegel flogen, desto mehr grinste er, sie konnten ihn kaum festhalten; höher und höher flogen sie, Gott und Engeln näher; da erzitterte der Spiegel so furchtbar in seinem Grinsen, dass er ihnen aus den Händen fuhr und zur Erde stürzte, wo er in hundert Millionen, Billionen und noch mehr Stücke zersprang, und gerade dadurch richtete er viel größeres Unheil an als zuvor. Denn einige Stücke waren knapp so groß wie ein Sandkorn, und diese flogen in der weiten Welt umher, und wo sie Leuten ins Auge gerieten, da blieben sie sitzen, und da sahen die Menschen alles verkehrt oder hatten nur Augen für das, was bei einer Sache verkehrt war; denn jedes kleine Spiegelkörnchen hatte die gleiche Kraft behalten, die der ganze Spiegel besaß.

Einige Menschen bekamen sogar ein kleines Spiegelstückchen ins Herz, und dann war es ganz gräulich, das Herz wurde gleichsam zu einem Klumpen Eis.

Einige Spiegelstücke waren so groß, dass sie zu Fensterscheiben verwendet wurden; aber durch diese Scheiben sollte man seine Freunde lieber nicht betrachten; andere Stücke kamen in Brillen, und dann ging es schlecht, wenn Leute diese Brillen aufsetzten, um besser zu sehen und gerecht zu sein.

Der Böse lachte, dass ihm der Bauch platzte, und das kitzelte ihn so schön. Aber draußen flogen noch immer winzige Glassplitter in der Luft umher.

Nun lasst uns hören!

Ein kleiner Junge und ein kleines Mädchen

Drinnen in der großen Stadt, wo so viele Häuser und Menschen sind, dass nicht Platz genug ist, damit alle Leute einen kleinen Garten haben können und wo sich deshalb die meisten mit Blumentöpfen begnügen müssen, waren doch zwei arme Kinder, die einen Garten hatten, der ein wenig größer war als ein Blumentopf. Sie waren nicht Bruder und Schwester; aber sie hatten sich ebenso lieb, als wenn sie es gewesen wären. Die Eltern wohnten einander gerade gegenüber; sie wohnten in zwei Dachkammern. Dort, wo das Dach des einen Nachbarhauses an das andere stieß und die Wasserrinne zwischen den Dächern entlanglief, war in jedem Haus ein kleines Fenster; man brauchte nur über die Rinne hinwegzusteigen, dann konnte man von einem Fenster zum andern gelangen.

Die Eltern hatten draußen je einen großen hölzernen Kasten, und darin wuchsen Küchenkräuter, die sie brauchten, und ein kleiner Rosenstock; in jedem Kasten war einer, und sie gediehen prächtig. Nun kamen die Eltern auf den Einfall, die Kästen quer über die Rinne zu stellen, so dass sie fast von einem Fenster zum andern reichten und ganz wie zwei Blumenwälle aussahen. Die Erbsenranken hingen über die Kästen herab, und die Rosenstöcke trieben lange Zweige, schlängelten sich um die Fenster und neigten sich einander zu: Es war beinahe wie eine Ehrenpforte aus Grün und Blumen. Da die Kästen sehr hoch waren und die Kinder wussten, dass sie nicht hinaufkriechen durften, erhielten sie oft Erlaubnis, zueinander hinauszusteigen und auf ihren kleinen Schemeln unter den Rosen zu sitzen; da spielten sie dann so prächtig.

Im Winter hatte dieses Vergnügen ja ein Ende. Die Fenster waren oft ganz zugefroren; aber dann wärmten sie Kupferschillinge auf dem Ofen, legten den heißen Schilling gegen die gefrorene Scheibe, und so entstand dort ein schönes Guckloch, ganz kreisrund; dahinter guckte ein lieblich mildes Auge, von jedem Fenster eins; das waren der kleine Junge und das kleine Mädchen. Er hieß Kay und sie hieß Gerda. Im Sommer konnten sie mit einem Sprung zueinander gelangen, im Winter mussten sie erst die vielen Treppen hinunter- und die vielen Treppen hinaufsteigen; und draußen stob der Schnee.

»Das sind die weißen Bienen, die schwärmen«, sagte die alte Großmutter.

»Haben sie auch eine Bienenkönigin?«, fragte der kleine Knabe; denn er wusste, dass es bei den wirklichen Bienen eine solche gibt.

»Das haben sie«, sagte die Großmutter. »Sie fliegt dort, wo sie am dichtesten schwärmen. Sie ist die größte von allen, und nie bleibt sie ruhig auf der Erde, sie fliegt wieder hinauf in die schwarze Wolke. In so mancher Winternacht fliegt sie durch die Straßen der Stadt und guckt in die Fenster hinein, und dann frieren die so sonderbar zu, dass es wie Blumen aussieht.«

»Ja, das habe ich gesehen!«, sagten die beiden Kinder, und nun wussten sie, dass es stimmte.

»Kann die Schneekönigin hier hereinkommen?«, fragte das kleine Mädchen.

»Lass sie nur kommen!«, sagte der Junge. »Dann setze ich sie auf den warmen Ofen, und da schmilzt sie.«

Die Großmutter strich ihm übers Haar und erzählte andere Geschichten.

Am Abend, als der kleine Kay zu Hause und halb ausgezogen war, kroch er auf den Stuhl am Fenster und guckte durch das kleine Loch hinaus; ein paar Schneeflocken fielen dort draußen, und eine von diesen, die allergrößte, blieb auf der Kante des einen Blumenkastens liegen. Die Schneeflocke wuchs und wuchs, sie wurde zuletzt zu einem ganzen Frauenzimmer, in den feinsten, weißen Flor gekleidet, der wie aus Millionen von sternartigen Flocken zusammengesetzt war. Sie war so schön und fein, aber aus Eis, aus blendendem, blinkendem Eis, und doch war sie lebendig; die Augen starrten wie zwei klare Sterne, aber es war weder Ruhe noch Rast in ihnen. Sie nickte gegen das Fenster und winkte mit der Hand. Der kleine Junge erschrak und sprang vom Stuhl herab; da war es, als flöge draußen ein großer Vogel am Fenster vorbei.

Am nächsten Tag wurde es klarer Frost, und dann folgte Tauwetter. Und dann kam der Frühling: Die Sonne schien, das Grün keimte auf, die Schwalben bauten Nester, die Fenster wurden geöffnet, und die beiden kleinen Kinder saßen wieder in ihrem kleinen Garten hoch oben in der Dachrinne über allen Stockwerken.

Die Rosen blühten diesen Sommer so unvergleichlich; das kleine Mädchen hatte ein Lied gelernt und darin kamen auch Rosen vor, und bei diesen Rosen dachte sie an ihre eigenen; und sie sang es dem kleinen Jungen vor und er sang mit:

»Im Tale blühen die Rosen so schön,
Dort werden wir das Jesuskind sehn!«

Und die Kleinen hielten einander an den Händen, küssten die Rosen und schauten in Gottes hellen Sonnenschein hinein und sprachen zu ihm, als ob das Jesuskind dort wäre. Was waren das für schöne Sommertage, wie herrlich war es, draußen bei den frischen Rosenstöcken zu sein, die aussahen, als wollten sie nie aufhören zu blühen.

Kay und Gerda saßen da und sahen ein Bilderbuch mit Tieren und Vögeln an, da geschah es – die Uhr auf dem großen Kirchturm schlug gerade fünf –, dass Kay sagte: »Au! Es stach mich ins Herz! Und jetzt flog mir etwas ins Auge!«

Das kleine Mädchen schlang ihren Arm um seinen Hals; er blinzelte mit den Augen: Nein, da war nichts zu sehen.

»Ich glaube, es ist weg!«, sagte er; aber weg war es nicht. Es war just eins dieser kleinen Glaskörner, die vom Spiegel absprungen waren, dem Trollspiegel; wir entsinnen uns wohl jenes scheußlichen Glases, das alles Große und Schöne, das sich darin spiegelte, klein und hässlich machte, während das Böse und Schlechte ordentlich hervortrat und jeder Fehler an einer Sache gleich zu bemerken war. Der arme Kay, der hatte auch ein Körnchen mitten ins Herz hinein bekommen. Es würde bald wie ein Eisklumpen werden. Nun tat es nicht mehr weh, aber das Körnchen war da.

»Warum weinst du?«, fragte er. »Du siehst so hässlich aus! Mir fehlt ja nichts! Pfui!«, rief er auf einmal. »Die Rose da ist von einem Wurm angenagt! Und sieh nur, die dort ist ja ganz schief! Es sind im Grunde eklige Rosen! Sie gleichen den Kästen, in denen sie stehen!« Und dann stieß er mit dem Fuß hart gegen den Kasten und riss die beiden Rosen ab.

»Kay, was tust du!«, rief das kleine Mädchen, und als er dessen Erschrecken sah, riss er noch eine Rose ab und lief dann in sein Zimmer hinein, fort von der lieben, kleinen Gerda.

Wenn sie fortan mit dem Bilderbuch kam, sagte er, das sei etwas für Säuglinge; und erzählte die Großmutter Geschichten, kam er immer mit einem Aber. Ja, bot sich dazu Gelegenheit, dann ging er hinter ihr her, setzte eine Brille auf und sprach ebenso wie sie; es war täuschend ähnlich, und dann lachten die Leute über ihn. Er konnte bald so gehen und so sprechen wie alle Menschen in der ganzen Straße. Alles, was an ihnen eigentümlich und unschön war, wusste Kay nachzumachen, und dann sagten die Leute: »Dieser Junge hat bestimmt einen ausgezeichneten Kopf!« Aber es war das Glas, das er ins Auge bekommen hatte, das Glas, das ihm im Herzen saß; daher kam es auch, dass er selbst die kleine Gerda neckte, die ihn von ganzem Herzen lieb hatte.

Seine Spiele wurden nun ganz anders als früher, sie waren so verständig. An einem Wintertag, als die Schneeflocken stoben, kam er mit einem großen Brennglas daher, hob seinen blauen Rockzipfel hoch und ließ die Schneeflocken daraufallen.

»Sieh nun in das Glas, Gerda«, sagte er, und jede Schneeflocke wurde viel größer und sah aus wie eine prächtige Blume oder ein zehneckiger Stern; es war schön anzusehen.

»Siehst du, wie kunstvoll«, sagte Kay, »das ist viel interessanter als die wirklichen Blumen! Und es ist nicht ein einziger Fehler an ihnen, sie sind ganz regelmäßig, wenn sie nur nicht schmelzen wollten!«

Bald darauf kam Kay mit großen Handschuhen und seinem Schlitten auf dem Rücken; er rief Gerda gerade in die Ohren hinein: »Ich habe Erlaubnis bekommen, auf den großen Platz zu fahren, wo die andern spielen!«

Und fort war er.

Dort drüben auf dem Platz banden die kecksten Jungen oft ihren Schlitten an dem Wagen eines Bauern fest, und dann fuhren sie ein gutes Stück mit. Das ging wahrlich lustig zu. Als sie gerade mitten im Spiele waren, kam ein großer Schlitten daher; er war ganz weiß gestrichen, und darin saß jemand, in einen zottigen, weißen Pelz gehüllt und mit weißer, zottiger Mütze. Der Schlitten fuhr zweimal um den Platz herum, und Kay band geschwind seinen kleinen Schlitten daran fest, und nun fuhr er mit: Es ging immer schneller und schneller, geradenwegs in die nächste Straße hinein; der, welcher fuhr, drehte sich um und nickte Kay so freundlich zu, es war, als ob sie einander kennen; jedes Mal, wenn Kay seinen kleinen Schlitten losmachen wollte, nickte die Person wieder, und dann blieb Kay sitzen. Sie fuhren schnurstracks zum Stadttor hinaus. Da begann der Schnee so dicht niederzufallen, dass der Kleine die Hand vor den Augen nicht sehen konnte, während er dahinsauste; da ließ er schnell die Schnur fahren, um von dem großen Schlitten loszukommen; aber es half nicht, sein kleines Fuhrwerk hing fest, und davon ging es mit Windeseile. Da rief er ganz laut, aber niemand hörte ihn, und der Schnee stob und der Schlitten flog dahin; zuweilen machte er einen Sprung, es war, als führe er über Gräben und Hecken. Er war ganz erschrocken, er wollte ein Vaterunser beten, aber er konnte sich nur an das große Einmaleins erinnern.

Die Schneeflocken wurden größer und größer, zuletzt sahen sie aus wie große weiße Hühner; auf einmal sprangen sie zur Seite, der große Schlitten hielt, und die Person, die ihn gefahren hatte, richtete sich auf, der Pelz und die Mütze waren aus lauter Schnee; eine Dame war es, so groß und rank, so schimmernd weiß – es war die Schneekönigin.

»Wir sind gut vorangekommen«, sagte sie, »aber wer wird denn frieren! Kriech hinein in meinen Bärenpelz!« Und sie setzte ihn neben sich in den Schlitten und schlug den Pelz um ihn; es war, als versänke er in einer Schneewehe.

»Frierst du noch immer?«, fragte sie, und dann küsste sie ihn auf die Stirn. Uh! Das war kälter als Eis, es drang ihm bis ans Herz, das ja schon halbwegs ein Eisklumpen war; er fühlte es, als sollte er sterben, aber nur einen Augenblick, dann tat es ihm recht wohl; er spürte nicht mehr die Kälte ringsumher.

»Mein Schlitten! Vergiss meinen Schlitten nicht!« Daran dachte er zuerst; und der wurde an eins der weißen Hühner festgebunden, und es flog hinterdrein mit dem Schlitten auf dem Rücken. Die Schneekönigin küsste Kay noch einmal, und da hatte er die kleine Gerda und die Großmutter und alle daheim vergessen. »Nun bekommst du keine Küsse mehr«, sagte sie, »denn sonst küsse ich dich tot!«

Kay sah sie an; sie war so schön; ein klügeres, schöneres Gesicht konnte er sich nicht denken; jetzt schien sie nicht aus Eis zu sein wie damals, als sie draußen vor dem Fenster saß und ihm zuwinkte; in seinen Augen war sie vollkommen. Er fühlte gar keine Angst, er erzählte ihr, dass er kopfrechnen könne, und zwar mit Brüchen, dass er die Quadratmeilen der Länder wisse und wie viele Einwohner sie hätten, und sie lächelte immer. Da fand er, es wäre doch nicht genug, was er wisse, und er schaute in den großen, großen Luftraum hinauf, und sie flog mit ihm, flog hoch in die Lüfte auf die schwarze Wolke, und der Sturm sauste und brauste, es war, als sänge er alte Lieder. Sie flogen über Wälder und Seen, über Meere und Länder; unter ihnen sauste der kalte Wind, die Wölfe heulten, der Schnee glitzerte, die schwarzen, krächzenden Krähen flogen über ihn hin, aber darüber schien der Mond so groß und hell, und auf ihn schaute Kay in der langen, langen Winternacht; am Tage schlief er zu Füßen der Schneekönigin.

DRITTE GESCHICHTE

Der Blumengarten bei der Frau, die zaubern konnte

Aber wie erging es der kleinen Gerda, als Kay nicht mehr kam? Wo war er bloß? Niemand wusste es, niemand konnte Auskunft geben. Die Jungen erzählten nur, sie hätten ihn seinen kleinen Schlitten an einen andern, prächtig großen anbinden sehen, der in die Straße hinein- und zum Stadttor hinausfuhr. Niemand wusste, wo er war, viele Tränen flossen, die kleine Gerda weinte heiß und lange. Dann sagten sie, er sei tot, in dem Fluss ertrunken, der dicht bei der

Stadt vorbeifloss; oh, es waren recht lange, dunkle Wintertage.

Nun kam der Frühling mit wärmerem Sonnenschein.

»Kay ist tot und verschwunden«, sagte die kleine Gerda.

»Das glaube ich nicht!«, sagte der Sonnenschein.

»Er ist tot und verschwunden!«, sagte sie zu den Schwalben.

»Das glauben wir nicht!«, antworteten die, und zuletzt glaubte es die kleine Gerda auch nicht mehr.

»Ich will meine neuen, roten Schuhe anziehen«, sagte sie eines Morgens, »die, welche Kay nie gesehen hat, und dann will ich zum Fluss hinuntergehen und ihn fragen!«

Und es war ganz früh; sie küsste die alte Großmutter, die noch schlief, zog die roten Schuhe an und ging ganz allein zum Tor hinaus an den Fluss.

»Ist es wahr, dass du meinen kleinen Spielgefährten genommen hast? Ich will dir meine roten Schuhe schenken, wenn du ihn mir wiedergeben willst!«

Und die Wellen, so schien ihr, nickten so sonderbar; da nahm sie ihre roten Schuhe, das Liebste, was sie hatte, und warf sie beide in den Fluss hinaus, aber sie fielen dicht am Ufer nieder, und die kleinen Wellen trugen sie sogleich zu ihr ans Land, als wolle der Fluss das Liebste, was sie besaß, nicht nehmen, da er ja den kleinen Kay nicht hatte; aber sie glaubte nun, sie hätte die Schuhe nicht weit genug hinausgeworfen, und dann kroch sie in ein Boot, das im Schilf lag, sie ging bis ganz an das äußerste Ende und warf die Schuhe ins Wasser. Aber das Boot war nicht festgebunden, und bei der Bewegung, die sie machte, glitt es vom Land ab; sie bemerkte es und wollte schnell aussteigen, aber ehe sie zurückgelangte, hatte sich das Boot über eine Elle vom Land entfernt, und nun glitt es schneller dahin.

Da erschrak die kleine Gerda sehr und fing an zu weinen,

aber niemand hörte sie außer den Sperlingen, und die konnten sie nicht an Land tragen, aber sie flogen am Ufer entlang und sangen, wie um sie zu trösten: »Hier sind wir, hier sind wir!« Das Boot trieb mit der Strömung; die kleine Gerda saß ganz still, in den bloßen Strümpfen; ihre kleinen roten Schuhe schwammen hinterher, aber sie konnten das Boot nicht erreichen, es trieb viel zu schnell.

Schön war es an beiden Ufern, herrliche Blumen, alte Bäume und Abhänge mit Schafen und Kühen, aber nicht ein Mensch war zu sehen.

Vielleicht trägt mich der Fluss zum kleinen Kay hin, dachte Gerda, und da wurde sie wieder heiterer, richtete sich auf und sah viele Stunden lang die schönen grünen Ufer an; dann kam sie zu einem großen Kirschgarten, wo ein kleines Haus mit wunderlichen roten und blauen Fenstern war, übrigens hatte es ein Strohdach und draußen standen zwei Holzsoldaten, die vor den Vorbeisegelnden das Gewehr schulterten.

Gerda rief ihnen zu; sie glaubte, sie lebten, aber die Soldaten antworteten natürlich nicht; sie kam ihnen ganz nahe, der Fluss trieb das Boot gerade auf das Ufer zu. Gerda rief noch lauter, und da kam eine alte, alte Frau, die sich auf einen Krückstock stützte, aus dem Haus heraus; sie hatte einen großen Sonnenhut auf, und der war mit den schönsten Blumen bemalt.

»Du kleines, armes Kind«, sagte die Frau. »Wie bist du nur auf den großen, starken Strom gekommen und so weit in die Welt hinausgetrieben worden?« Und dann ging die alte Frau ganz in das Wasser hinein, hakte ihren Krückstock im Boot fest, zog es an Land und hob die kleine Gerda heraus.

Und Gerda war froh darüber, wieder aufs Trockene zu kommen, aber doch ein wenig bange vor der fremden, alten Frau. »Komm doch und erzähle mir, wer du bist und wie du hierherkommst«, sagte sie.

Und Gerda erzählte ihr alles, und die Alte wackelte mit dem Kopf und sagte: »Hm, hm!« Und als Gerda ihr alles gesagt und sie gefragt hatte, ob sie den kleinen Kay nicht gesehen habe, sagte die Frau, er sei nicht vorbeigekommen, aber er würde wohl noch kommen, sie solle nur nicht betrübt sein, sondern ihre Kirschen kosten, ihre Blumen anschauen, sie seien schöner als irgendein Bilderbuch, sie könnten jede eine Geschichte erzählen. Dann nahm sie Gerda bei der Hand, sie gingen in das kleine Haus hinein, und die alte Frau schloss die Tür zu.

Die Fenster saßen ganz hoch oben, und die Scheiben waren rot, blau und gelb; das Tageslicht schillerte so wunderlich in allen Farben da drinnen, aber auf dem Tisch standen die schönsten Kirschen, und Gerda aß so viele sie wollte, denn das durfte sie. Und während sie aß, kämmte ihr die alte Frau das Haar mit einem goldenen Kamm, und das Haar lockte sich und glänzte so schön gelb rings um das kleine, freundliche Gesicht, das so rund war und wie eine Rose aussah.

»Nach einem so süßen, kleinen Mädchen habe ich mich richtig gesehnt!«, sagte die Alte. »Nun sollst du sehen, wie gut wir zwei miteinander auskommen werden.« Und während sie das Haar der kleinen Gerda kämmte, vergaß diese ihren Pflegebruder Kay mehr und mehr; denn die alte Frau konnte zaubern; aber eine böse Zauberin war sie nicht, sie zauberte nur ein wenig zu ihrem eigenen Vergnügen, und nun wollte sie die kleine Gerda gern behalten. Darum ging sie hinaus in den Garten, streckte ihren Krückstock gegen alle Rosensträucher aus, und wie schön sie auch blühten, sanken sie doch alle in die schwarze Erde, und man konnte nicht sehen, wo sie gestanden hatten. Die Alte fürchtete, dass Gerda, wenn sie die Rosen sähe, an ihre eigenen denken und sich dann des kleinen Kays erinnern und davonlaufen würde.

Nun führte sie Gerda in den Blumengarten hinaus.

Nein! Was hier für ein Duft und eine Schönheit war! Alle nur denkbaren Blumen, und zwar für jede Jahreszeit, standen hier in prächtigem Flor; kein Bilderbuch konnte bunter und schöner sein. Gerda hüpfte vor Freude und spielte, bis die Sonne hinter den hohen Kirschbäumen unterging; dann bekam sie ein schönes Bett mit roten Seidenkissen, die waren mit blauen Veilchen gestopft, und sie schlief und träumte dort so herrlich wie eine Königin an ihrem Hochzeitstag.

Am nächsten Tag konnte sie wieder im warmen Sonnenschein mit den Blumen spielen, und so vergingen viele Tage. Gerda kannte jede Blume, aber wie viele auch da waren, es schien ihr doch, dass eine fehlte, aber welche, das wusste sie nicht. Da saß sie eines Tages da und betrachtete den Sonnenhut der alten Frau mit den gemalten Blumen, und gerade die schönste unter ihnen war eine Rose. Die Alte hatte vergessen, diese vom Hut zu entfernen, als sie die andern in die Erde versenkte. Aber so geht es, wenn man die Gedanken nicht beisammenhat!

»Was!«, sagte Gerda. »Sind hier keine Rosen?« Und sie sprang zwischen die Beete, suchte und suchte, aber es waren keine zu finden. Da setzte sie sich nieder und weinte; aber ihre heißen Tränen fielen gerade dorthin, wo ein Rosenstrauch versunken war, und als die warmen Tränen die Erde netzten, schoss der Strauch auf einmal empor, so blühend, wie er versunken war, und Gerda umarmte ihn, küsste die Rosen und dachte an die schönen Rosen daheim und mit ihnen auch an den kleinen Kay.

»Oh, wie bin ich aufgehalten worden!«, sagte das kleine Mädchen. »Ich sollte ja Kay suchen! – Wisst ihr nicht, wo er ist?«, fragte sie die Rosen. »Glaubt ihr, dass er tot und verschwunden ist?«

»Tot ist er nicht«, sagten die Rosen. »Wir sind ja in der Erde gewesen, dort sind alle die Toten, aber Kay war nicht da!«

»Habt Dank!«, sagte die kleine Gerda, und sie ging zu den andern Blumen hin und sah in deren Kelch und fragte: »Wisst ihr nicht, wo der kleine Kay ist?« Aber jede Blume stand in der Sonne und träumte ihr eigenes Märchen oder ihre Geschichte; davon hörte Gerda so viele, viele, aber keine wusste etwas von Kay.

Und was sagte denn die Feuerlilie? »Hörst du die Trommel: bum, bum! Es sind nur zwei Töne, immer bum, bum! Höre den Klagegesang der Frauen! Höre den Ruf der Priester! – In ihrem langen, roten Gewand steht die Hindu-Frau auf dem Holzstoß, die Flammen lodern um sie und ihren toten Mann empor; aber die Hindu-Frau denkt an den Lebenden hier im Kreise, an ihn, dessen Augen heißer brennen als die Flammen, an ihn, dessen Augenfeuer ihrem Herzen näher kommt als die Flammen, die bald ihren Leib zu Asche verbrennen. Kann des Herzens Flamme sterben in des Feuers Flammen?«

»Das verstehe ich gar nicht«, sagte die kleine Gerda.

»Das ist mein Märchen«, sagte die Feuerlilie.

Was sagte die Winde?

»Über den schmalen Felsweg hinaus hängt eine alte Ritterburg; dichtes Immergrün wächst an den alten roten Mauern empor, Blatt an Blatt, um den Balkon herum, und dort steht ein schönes Mädchen; es beugt sich über das Geländer und blickt den Weg hinab. Keine Rose hängt frischer von den Zweigen herab als sie; keine Apfelblüte, wenn sie der Wind vom Baum fortträgt, ist schwebender als sie; wie raschelt das prächtige Seidengewand: ›Kommt er denn nicht?‹«

»Meinst du Kay?«, fragte die kleine Gerda.

»Ich spreche nur von meinem Märchen, von meinem Traum«, antwortete die Winde.

Was sagte das kleine Schneeglöckchen?

»Zwischen den Bäumen hängt an Seilen das lange Brett; es

ist eine Schaukel; zwei reizende, kleine Mädchen – die Kleider sind weiß wie Schnee, grüne Seidenbänder flattern von den Hüten – sitzen und schaukeln; der Bruder, größer als sie, steht aufrecht in der Schaukel, er hat den Arm um das Seil geschlungen, um sich zu halten; denn in der einen Hand hat er eine kleine Schale, in der andern eine Tonpfeife, er macht Seifenblasen. Die Schaukel schwingt, und die Blasen fliegen mit schönen, wechselnden Farben; die letzte hängt noch am Pfeifenstiel und biegt sich im Winde; die Schaukel schwingt. Der kleine schwarze Hund, leicht wie die Blasen, richtet sich auf den Hinterbeinen auf und will mit in die Schaukel hinein; sie fliegt, der Hund fällt, kläfft und ist böse; er wird geneckt, die Seifenblasen platzen – ein schaukelndes Brett, ein zerspringendes Schaumbild ist mein Gesang!«

»Es mag wohl sein, dass es schön ist, was du erzählst, aber du sagst es so traurig und erwähnst Kay gar nicht. Was sagen die Hyazinthen?«

»Es waren drei schöne Schwestern, so durchsichtig und fein. Das Gewand der einen war rot, das der zweiten war blau, das der dritten ganz weiß; Hand in Hand tanzten sie an dem stillen See im hellen Mondschein. Sie waren keine Elfenmädchen, sie waren Menschenkinder. Es duftete so süß, und die Mädchen verschwanden im Wald; der Duft wurde stärker. Drei Särge, darin lagen die schönen Mädchen, glitten aus dem Waldesdickicht über den See dahin; Johanneswürmchen flogen leuchtend ringsumher wie kleine, schwebende Lichter. Schlafen die tanzenden Mädchen, oder sind sie tot? – Der Blumenduft sagt, sie sind Leichen; die Abendglocke läutet über den Toten!«

»Du machst mich ganz traurig«, sagte die kleine Gerda. »Du duftest so stark. Ich muss an die toten Mädchen denken! Ach, ist der kleine Kay denn wirklich tot? Die Rosen sind unten in der Erde gewesen, und die sagen nein!«

»Ding, dang!«, läuteten die Hyazinthenglocken. »Wir läuten nicht für den kleinen Kay, ihn kennen wir nicht. Wir singen nur unser Lied, das einzige, das wir können!«

Und Gerda ging zur Butterblume, die zwischen den glänzenden grünen Blättern hervorleuchtete.

»Du bist eine kleine, helle Sonne!«, sagte Gerda. »Sag mir, ob du weißt, wo ich meinen Spielgefährten finden soll.«

Und die Butterblume glänzte so schön und sah Gerda wieder an. Welches Lied konnte die Butterblume wohl singen? Es war auch kein Lied von Kay.

»In einem kleinen Hof erschien die liebe Gottessonne so warm am ersten Frühlingstag. Die Strahlen glitten an des Nachbarn weißer Wand herab; dicht daneben wuchsen die ersten gelben Blumen, leuchtendes Gold in den warmen Sonnenstrahlen; die alte Großmutter saß draußen in ihrem Stuhl, die Enkelin, das arme, schöne Dienstmädchen, kam heim von einem kurzen Besuch; sie küsste die Großmutter. Es war Gold, Herzensgold in diesem gesegneten Kuss. Gold auf dem Munde, Gold im Grunde, Gold dort oben in der Morgenstunde! Sieh, das ist meine kleine Geschichte!«, sagte die Butterblume.

»Meine arme, alte Großmutter«, seufzte Gerda. »Ja, sie sehnt sich gewiss nach mir und ist um mich besorgt, ebenso wie sie sich um den kleinen Kay grämte. Aber ich komme bald wieder heim, und dann bringe ich Kay mit. – Es hilft nichts, dass ich die Blumen frage, sie kennen nur ihr eigenes Lied, sie geben mir keine Auskunft!« Und dann band sie ihr kleines Kleid hoch, damit sie schneller laufen konnte. Aber die Narzisse schlug ihr über das Bein, als sie über sie hinwegsprang; da blieb sie stehen, sah die lange Blume an und fragte: »Weißt du vielleicht etwas?« Und sie beugte sich ganz zu ihr nieder. Und was sagte die?

»Ich kann mich selbst sehen! Ich kann mich selbst sehen!«,

sagte die Narzisse. »Oh, oh, wie ich dufte! – Oben in der Dachkammer, halb angekleidet, steht eine kleine Tänzerin, sie steht bald auf einem Bein, bald auf zweien, sie tritt mit den Füßen nach der ganzen Welt, sie ist nichts als Augentäuschung. Sie gießt Wasser aus einer Teekanne auf ein Stück Zeug, das sie hält; es ist das Mieder – Reinlichkeit ist eine gute Sache! Das weiße Kleid hängt am Haken, es ist im Teekessel gewaschen und auf dem Dach getrocknet! Das zieht sie an, das safrangelbe Tuch um den Hals, dann leuchtet das Kleid weißer. Das Bein in die Höhe! Sieh, wie sie sich auf dem einen Stängel streckt! Ich kann mich selbst sehen! Ich kann mich selbst sehen!«

»Das gefällt mir gar nicht«, sagte Gerda. »Es schickt sich nicht, mir so etwas zu erzählen.«

Und dann lief sie an das äußerste Ende des Gartens.

Die Tür war verschlossen, aber sie rüttelte an der verrosteten Krampe, bis sie nachgab und die Tür aufsprang, und dann lief die kleine Gerda auf bloßen Füßen in die weite Welt hinaus. Sie sah sich dreimal um, aber da war niemand, der ihr nacheilte; zuletzt konnte sie nicht mehr laufen und setzte sich auf einen großen Stein, und als sie sich umschaute, war der Sommer vorbei, es war Spätherbst; das konnte man drinnen in dem schönen Garten gar nicht merken, dort war immer Sonnenschein und die Blumen aller Jahreszeiten blühten.

»Gott, wie habe ich mich verspätet!«, sagte die kleine Gerda. »Es ist ja Herbst geworden! Da darf ich nicht ruhen!« Und sie erhob sich, um weiterzugehen.

Oh, wie waren ihre kleinen Füße wund und müde! Und überall sah es so kalt und rau aus; die langen Weidenblätter waren ganz gelb, und der Nebel tropfte als Wasser von ihnen herab, ein Blatt nach dem andern fiel, nur der Schlehdorn stand mit Früchten da, den herben, die den Mund zusammenziehen. Oh, wie war es grau und schwer in der weiten Welt!

Prinz und Prinzessin

Gerda musste sich wieder ausruhen. Da hüpfte auf dem Schnee, ihr gerade gegenüber, eine große Krähe; sie hatte lange dagesessen, sie angeschaut und mit dem Kopf gewackelt; jetzt sagte sie:»Kra, kra! – Gu'n Tag, gu'n Tag!« Besser konnte sie es nicht sagen, aber sie meinte es so gut mit dem kleinen Mädchen und fragte, wohin es so allein in die weite Welt hinausgehe. Das Wort »allein« verstand Gerda sehr gut und fühlte recht, wie viel darin lag, und dann erzählte sie der Krähe ihr ganzes Leben und Schicksal und fragte, ob sie Kay nicht gesehen habe.

Und die Krähe nickte ganz nachdenklich und sagte: »Es könnte sein! Es könnte sein!«

»Wie? Glaubst du?«, rief das kleine Mädchen und hätte die Krähe fast totgedrückt, so küsste sie sie.

»Vernünftig, vernünftig«, sagte die Krähe. »Ich glaube, es kann der kleine Kay sein! Aber nun hat er dich gewiss über der Prinzessin vergessen!«

»Wohnt er bei einer Prinzessin?«, fragte Gerda.

»Ja, höre!«, sagte die Krähe. »Aber es fällt mir so schwer, deine Sprache zu sprechen. Verstehst du die Krähensprache, dann kann ich besser erzählen?«

»Nein, die habe ich nicht gelernt!«, sagte Gerda. »Aber Großmutter konnte sie, und die P-Sprache konnte sie. Hätte ich sie doch gelernt!«

»Macht nichts«, sagte die Krähe. »Ich werde erzählen, so gut ich kann; aber schlecht wird es auf jeden Fall.« Und dann erzählte sie, was sie wusste.

»In dem Königreich, in dem wir jetzt sitzen, wohnt eine Prinzessin, die ungeheuer klug ist; aber sie hat auch alle Zeitungen gelesen, die es in der Welt gibt, und sie wieder vergessen, so klug ist sie. Neulich sitzt sie auf dem Thron, und das ist gar nicht mal so lustig, sagt man; da fängt sie an, ein Lied zu summen, es war gerade dieses: ›Warum sollte ich nicht heiraten?‹ Richtig, da ist etwas dran, sagt sie, und dann wollte sie sich verheiraten, aber sie wollte einen Mann haben, der zu antworten verstand, wenn man zu ihm sprach, einen, der nicht dastand und nur vornehm aussah, denn das ist so langweilig. Nun ließ sie alle Hofdamen zusammentrommeln, und als sie hörten, was die Prinzessin wollte, wurden sie sehr vergnügt. ›Das gefällt uns‹, sagten sie, ›an so etwas haben wir letzthin auch gedacht!‹ – Du kannst mir glauben, dass jedes Wort wahr ist, das ich sage«, versicherte die Krähe. »Ich habe eine zahme Liebste, die frei auf dem Schloss umhergeht, und sie hat mir alles erzählt!«

Das war natürlich auch eine Krähe, seine Liebste, denn eine Krähe sucht ihresgleichen, und das ist immer eine Krähe.

»Die Zeitungen erschienen sogleich mit einem Rand von Herzen und dem Namenszug der Prinzessin; man konnte da lesen, dass es jedem jungen Mann, der gut aussah, freistehe, auf das Schloss zu kommen und mit der Prinzessin zu sprechen; und den, der so sprach, dass man hören konnte, er sei dort wie zu Hause, und der am besten redete, den wollte die Prinzessin zum Mann nehmen. – Jaja«, sagte die Krähe, »du kannst mir glauben, es ist so gewiss, wie ich hier sitze; die Leute strömten herbei, es war ein Gedränge und ein Laufen, aber es glückte nicht, weder am ersten noch am zweiten Tage. Sie konnten alle gut reden, solange sie draußen auf der Straße waren. Aber wenn sie zum Schlosstor hereinkamen und die Garde in Silber sahen und auf den Treppen die Lakaien in Gold und die großen, erleuchteten Säle, dann wurden sie verwirrt; und standen sie vor dem Thron, auf dem die Prinzessin saß, dann wussten sie nichts zu sagen als das letzte Wort, das sie gesprochen hatte, und das noch einmal zu hören, dazu hatte sie keine Lust. Es war, als ob die Leute da drinnen Schnupftabak auf den Bauch bekommen hätten und in Erstarrung gefallen wären, bis sie wieder auf die Straße hinauskamen, ja, dann konnten sie reden. Es stand eine Schlange vom Stadttor bis zum Schloss hin. Ich war selbst drinnen, um es zu sehen«, sagte die Krähe. »Sie wurden hungrig und durstig, aber im Schloss bekamen sie nicht einmal ein Glas lauwarmes Wasser. Wohl hatten einige der Klügsten Butterbrote mitgenommen, aber sie teilten nicht mit ihrem Nachbarn; sie dachten so: Lass ihn nur hungrig aussehen, dann nimmt die Prinzessin ihn nicht!«

»Aber Kay, der kleine Kay?«, fragte Gerda. »Wann kommt er? War er unter den vielen?«

»Gib Zeit, gib Zeit! Nun sind wir gleich bei ihm! Es war am dritten Tag, da kam eine kleine Person, ohne Pferd oder Wagen, ganz keck direkt aufs Schloss zumarschiert. Seine Augen glänzten wie deine, er hatte schönes, langes Haar, aber sonst ärmliche Kleider.«

»Das war Kay!«, jubelte Gerda. »Oh, dann habe ich ihn gefunden!« Und sie klatschte in die Hände.

»Er hatte einen kleinen Ranzen auf dem Rücken«, sagte die Krähe.

»Nein, das war sicher sein Schlitten«, sagte Gerda. »Denn mit dem Schlitten ging er fort!«

»Das kann gut sein«, sagte die Krähe, ich habe nicht so genau hingesehen. Aber das weiß ich von meiner zahmen Liebsten: Als er durch das Schlosstor kam und die Leibgarde in Silber und auf den Treppen die Lakaien in Gold sah, wurde er nicht im Geringsten verzagt, er nickte und sagte zu ihnen: ›Es muss langweilig sein, auf der Treppe zu stehen, ich geh lieber hinein!‹ Dort erstrahlten die Säle im Licht; Geheimräte und Exzellenzen gingen auf bloßen Füßen und trugen Goldschüsseln; es konnte einem wohl feierlich zumute werden! Seine Stiefel knarrten schrecklich laut, aber ihm wurde doch nicht bange.«

»Es ist ganz gewiss Kay«, sagte Gerda. »Ich weiß, er hatte neue Stiefel, ich habe sie in Großmutters Stube knarren hören!«

»Ja, geknarrt haben sie«, sagte die Krähe, »und keck ging er gerade auf die Prinzessin zu, die auf einer Perle saß, so groß wie ein Spinnrad. Und alle Hofdamen mit ihren Mädchen und den Mädchen ihrer Mädchen, und alle Kavaliere mit ihren Dienern und den Dienern ihrer Diener, die sich Burschen halten, standen ringsumher aufgestellt; und je näher sie der Tür standen, desto stolzer sahen sie aus. Des Dieners Dieners Bursche, der immer in Pantoffeln geht, darf man fast nicht anschauen, so stolz steht er in der Tür!«

»Das muss gräulich sein«, sagte die kleine Gerda. »Und Kay hat die Prinzessin trotzdem bekommen?«

»Wäre ich nicht eine Krähe gewesen, dann hätte ich sie genommen, und das, obwohl ich verlobt bin. Er soll ebenso gut gesprochen haben, wie ich spreche, wenn ich Krähensprache spreche, das weiß ich von meiner zahmen Liebsten. Er war unbefangen und reizend; er war gar nicht gekommen, um zu freien, er war nur gekommen, um die Klugheit der Prinzessin zu erproben, und die fand er gut, und sie wiederum fand ihn gut!«

»Ja, bestimmt! Es war Kay!«, sagte Gerda. »Er war so klug, er konnte kopfrechnen, mit Brüchen! – Oh, willst du mich nicht auf das Schloss führen?«

»Ja, das ist leicht gesagt«, meinte die Krähe. »Aber wie machen wir das? Ich werde darüber mit meiner zahmen Liebsten reden; sie kann uns wohl raten. Denn das muss ich dir sagen: So ein kleines Mädchen wie du bekommt nie Erlaubnis, richtig hineinzukommen.«

»Doch, das tue ich«, sagte Gerda. »Wenn Kay hört, dass ich hier bin, kommt er gleich heraus und holt mich!«

»Erwarte mich dort am Zaun«, sagte die Krähe, wackelte mit dem Kopf und flog davon.

Erst als es dunkler Abend war, kam die Krähe wieder zurück: »Rar, rar!«, sagte sie. »Ich soll dich vielmals von ihr grüßen! Und hier ist ein Brötchen für dich, das nahm sie in der Küche, dort ist Brot genug, und du bist sicher hungrig! – Es ist nicht möglich, dass du ins Schloss hineinkommen kannst, du bist ja barfuß; die Garde in Silber und die Lakaien in Gold würden es nicht zulassen; aber weine nicht, du wirst schon hinkommen. Meine Liebste weiß eine kleine Hintertreppe, die zum Schlafgemach führt, und sie weiß, wo sie den Schlüssel finden kann!«

Und sie gingen in den Garten hinein, in die große Allee, wo ein Blatt nach dem andern abfiel, und als auf dem Schloss die Lichter erloschen, eines nach dem andern, führte die Krähe die kleine Gerda zu einer Hintertür, die angelehnt war.

Oh, wie Gerdas Herz vor Angst und Sehnsucht klopfte! Es war, als ob sie etwas Böses vorhätte, und sie wollte ja nur in Erfahrung bringen, ob es der kleine Kay sei. Doch er musste es sein; sie dachte so lebhaft an seine klugen Augen, sein langes Haar; sie konnte geradezu sehen, wie er lächelte, so wie damals, als sie daheim unter den Rosen saßen. Er würde sich bestimmt darüber freuen, sie zu sehen, von ihr zu hören, welchen weiten Weg sie seinetwegen gegangen war, und zu wissen, wie traurig sie zu Hause alle gewesen waren, als er nicht wiederkam. Oh, das war eine Furcht und Freude!

Jetzt waren sie auf der Treppe. Auf einem Schrank brannte eine kleine Lampe; mitten auf dem Fußboden stand die zahme Krähe und drehte den Kopf nach allen Seiten und betrachtete Gerda, die sich verneigte, wie Großmutter es sie gelehrt hatte.

»Mein Bräutigam hat so schön von Ihnen gesprochen, mein kleines Fräulein«, sagte die zahme Krähe. »Ihr Lebenslauf, wie man es nennt, ist auch sehr rührend! – Wollen Sie die Lampe nehmen, dann werde ich vorausgehen. Wir gehen hier den geraden Weg, denn da begegnen wir niemand.«

»Mir ist, als käme jemand gerade hinter uns her«, sagte Gerda, und es sauste etwas an ihr vorbei; es war wie Schatten an der Wand entlang, Pferde mit flatternden Mähnen und dünnen Beinen, Jägerburschen, Herren und Damen zu Pferd.

»Das sind nur die Träume!«, sagte die Krähe. »Sie kommen und holen die Gedanken der hohen Herrschaft zur Jagd, das ist gut, dann können Sie sie besser im Bett betrachten. Aber falls Sie zu Ehren und Würden gelangen, dass Sie dann ein dankbares Herz zeigen.«

»Davon zu sprechen gehört sich nicht«, sagte die Krähe aus dem Walde.

Nun kamen sie in den ersten Saal, er war aus rosenrotem Atlas mit künstlichen Blumen an den Wänden; hier sausten schon die Träume an ihnen vorbei, aber sie flogen so schnell, dass Gerda die hohe Herrschaft nicht zu sehen bekam. Ein Saal war immer prächtiger als der andere; ja, man konnte nur staunen, und nun waren sie im Schlafgemach. Die Decke hier drinnen glich einer großen Palme mit Blättern aus Glas, kostbarem Glas, und mitten auf dem Boden hingen an einem dicken Stängel aus Gold zwei Betten, die jedes wie eine Lilie aussahen; das eine war weiß, in ihm lag die Prinzessin; das andere war rot, und in dem sollte Gerda den kleinen Kay suchen. Sie bog eines der roten Blätter zur Seite, und da sah sie einen braunen Nacken. – Oh, es war Kay! Sie rief ganz laut seinen Namen, hielt die Lampe zu ihm hin – die Träume sausten zu Pferd wieder in die Stube herein –, er erwachte, drehte den Kopf, und es war nicht der kleine Kay.

Der Prinz glich ihm nur von hinten, aber jung und schön war er. Und aus dem weißen Lilienbett schaute die Prinzessin heraus und fragte, was denn los sei. Da weinte die kleine

Gerda und erzählte ihre ganze Geschichte und alles, was die Krähen für sie getan hatten.

»Du Ärmste!«, sagten der Prinz und die Prinzessin, und sie lobten die Krähen und sagten, sie seien ihnen gar nicht böse, aber sie dürften es doch nicht wieder tun, nun sollten sie jedoch eine Belohnung erhalten. »Wollt ihr frei sein?«, fragte die Prinzessin. »Oder wollt ihr eine feste Anstellung als Hofkrähen haben mit allem, was in der Küche abfällt?«

Und beide Krähen verneigten sich und baten um die feste Anstellung, denn sie dachten an ihr Alter und sagten: »Es ist so gut, etwas für seine alten Tage zu haben«, wie sie es nannten.

Und der Prinz stand aus seinem Bett auf und ließ Gerda darin schlafen, und mehr konnte er nicht tun. Sie faltete ihre kleinen Hände und dachte: Wie sind Menschen und Tiere doch gut, und dann schloss sie ihre Augen und schlief ganz selig. Alle Träume kamen wieder hereingeflogen, und da sahen sie aus wie Engel Gottes; und sie zogen einen kleinen Schlitten und auf dem saß Kay und nickte; aber das Ganze war nur Träumerei, und deshalb war es auch wieder verschwunden, sobald sie erwachte.

Am nächsten Tag wurde sie von Kopf bis Fuß in Seide und Samt gekleidet; es wurde ihr angeboten, auf dem Schloss zu bleiben und sich gute Tage zu gönnen, aber sie bat nur um einen kleinen Wagen mit einem Pferd davor und um ein Paar kleine Stiefel, dann wollte sie wieder in die weite Welt hinausfahren und Kay finden.

Und sie bekam Stiefel und auch einen Muff; sie wurde reizend angekleidet, und als sie fortwollte, hielt vor der Tür eine neue Kutsche aus purem Gold; das Wappen des Prinzen und der Prinzessin leuchtete an ihr wie ein Stern; Kutscher, Diener und Vorreiter, denn Vorreiter waren auch da, saßen da mit Goldkronen auf dem Kopf. Der Prinz und die Prinzessin halfen ihr selbst in den Wagen und wünschten ihr alles

Glück. Die Waldkrähe, die nun verheiratet war, begleitete sie die ersten drei Meilen. Sie saß neben Gerda, denn sie konnte es nicht vertragen, rückwärts zu fahren; die andere Krähe stand am Tor und schlug mit den Flügeln, sie kam nicht mit, denn sie litt an Kopfweh, seit sie eine feste Anstellung erhalten hatte und zu viel zu essen bekam. Inwendig war die Kutsche mit Zuckerbrezeln gefüttert, und im Sitz waren Früchte und Pfeffernüsse.

»Leb wohl, leb wohl!«, riefen Prinz und Prinzessin, und die kleine Gerda weinte und die Krähe weinte.

So ging es die erste Meile, dann sagte auch die Krähe Lebewohl, und das war der schwerste Abschied. Sie flog auf einen Baum und schlug mit ihren schwarzen Flügeln, solange sie den Wagen sehen konnte, der wie der helle Sonnenschein strahlte.

FÜNFTE GESCHICHTE

Das kleine Räubermädchen

Sie fuhren durch den dunklen Wald, aber die Kutsche leuchtete wie eine Flamme, die den Räubern in die Augen stach, das konnten sie nicht ertragen.

»Das ist Gold, das ist Gold!«, riefen sie, stürzten hervor, hielten die Pferde an, schlugen die kleinen Reiter, den Kutscher und die Diener tot und zogen nun die kleine Gerda aus dem Wagen.

»Sie ist fett, sie ist reizend, sie ist mit Nusskernen gemästet!«, sagte das alte Räuberweib, das einen langen, struppigen Bart hatte und Augenbrauen, die ihr über die Augen herabhingen. »Das ist so gut wie ein kleines Fettlamm! Na, die wird uns schmecken!« Und dann zog sie ihr blankes Messer hervor, und es blitzte, dass es grauenvoll war.

»Au!«, sagte das Weib auf einmal; sie wurde von ihrem eigenen Töchterchen ins Ohr gebissen. Die Kleine hing auf ihrem Rücken und gebärdete sich so wild und ungezogen, dass es eine Lust war. »Du leidiger Balg!«, sagte die Mutter und kam nicht dazu, Gerda zu töten.

»Sie soll mit mir spielen«, sagte das kleine Räubermädchen. »Sie soll mir ihren Muff geben, ihr schönes Kleid, bei mir in meinem Bett schlafen.« Und dann biss sie wieder, so dass das Räuberweib in die Höhe sprang und sich im Kreise drehte. Und alle Räuber lachten und sagten: »Seht, wie sie mit ihrem Balg tanzt!«

»Ich will in die Kutsche«, sagte das kleine Räubermädchen, und sie musste und wollte ihren Willen haben, denn sie war so verwöhnt und so eigensinnig. Sie und Gerda saßen im Wagen, und dann fuhren sie über Stoppeln und Dornbüsche tiefer in den Wald hinein. Das kleine Räubermädchen war so groß wie Gerda, aber kräftiger, breitschultriger und von dunkler Haut; die Augen waren ganz schwarz, sie sahen fast traurig aus. Sie fasste die kleine Gerda um den Leib und sagte: »Sie sollen dich nicht töten, solange ich nicht böse auf dich werde. Du bist sicher eine Prinzessin?«

»Nein«, sagte die kleine Gerda und erzählte ihr alles, was sie erlebt hatte und wie lieb sie den kleinen Kay habe.

Das Räubermädchen schaute sie ganz ernst an, nickte ein wenig mit dem Kopf und sagte: »Sie sollen dich nicht töten, wenn ich auch böse auf dich werden sollte, dann will ich es schon selber tun!« Und dann trocknete sie Gerdas Augen und steckte ihre beiden Hände in den schönen Muff, der so weich und so warm war.

Nun hielt die Kutsche; sie waren mitten im Hof eines Räuberschlosses; es war von oben bis unten in den Mauern geborsten. Raben und Krähen flogen aus den offenen Löchern, und die großen Bullenbeißer, von denen jeder aussah, als könne er einen Menschen verschlingen, machten gewaltige Sprünge; aber sie bellten nicht, denn das war verboten.

In dem großen, alten, rußigen Saal brannte mitten auf dem Steinboden ein großes Feuer; der Rauch zog unter der Decke hin und musste selbst sehen, wie er einen Weg ins Freie fand; in einem großen Braukessel kochte Suppe, und Hasen und Kaninchen wurden am Spieß gebraten.

»Du sollst heute Nacht mit mir hier bei allen meinen kleinen Tieren schlafen«, sagte das Räubermädchen. Sie bekamen zu essen und zu trinken und gingen dann in eine Ecke, wo Stroh und Decken lagen. Darüber saßen auf Latten und Stäben an die hundert Tauben, die zu schlafen schienen, sich aber doch ein wenig bewegten, als die Mädchen kamen.

»Die gehören alle mir«, sagte das kleine Räubermädchen und griff sich geschwind eine der nächsten, hielt sie an den Beinen und schüttelte sie, so dass sie mit den Flügeln schlug. »Küss sie!«, rief sie und klatschte Gerda das Tier ins Gesicht. »Da sitzen die Waldkanaillen«, fuhr sie fort und zeigte hinter eine Menge Latten, die vor ein Loch hoch oben in der Mauer geschlagen waren. »Das sind Waldkanaillen, die beiden! Sie fliegen gleich fort, wenn man sie nicht ordentlich eingeschlossen hält; und hier steht mein alter Freund Bä!« Und sie zog ein Rentier am Horn, das einen blanken Kupferring am Hals hatte und angebunden war. »Ihn müssen wir genauso im Auge behalten, sonst springt er uns auch fort. Ich kitzle ihn Abend für Abend am Hals mit meinem scharfen Messer, davor hat er solche Angst!« Und das kleine Mädchen zog ein langes Messer aus einem Spalt in der Mauer und ließ es über den Hals des Rentiers gleiten; das arme Tier schlug mit den Beinen aus, und das Räubermädchen lachte und zog Gerda mit auf das Bett nieder.

»Willst du das Messer bei dir behalten, wenn du schläfst?«, fragte Gerda und schaute etwas ängstlich nach ihm hin.

»Ich schlafe immer mit dem Messer«, sagte das kleine Räubermädchen. »Man kann nie wissen, was kommt. Aber berichte mir nun noch einmal, was du vorhin von dem kleinen Kay erzähltest und warum du in die weite Welt hinausgegangen bist.«

Und Gerda erzählte wieder von vorne, und die Waldtauben gurrten oben im Bauer, die andern Tauben schliefen. Das Räubermädchen legte seinen Arm um Gerdas Hals, hielt das Messer in der andern Hand und schlief, dass man es hören konnte. Aber Gerda konnte kein Auge zutun, sie wusste nicht, ob sie leben oder sterben sollte. Die Räuber saßen rings um das Feuer, sangen und tranken, und das Räuberweib schlug Purzelbäume. Oh, es war ganz gräulich für ein kleines Mädchen, das mit anzusehen!

Da sagten die Waldtauben: »Gurre, gurre! Wir haben den kleinen Kay gesehen. Ein weißes Huhn trug seinen Schlitten; er saß im Wagen der Schneekönigin, der niedrig über den Wald hinfuhr, als wir im Nest lagen; sie blies uns Junge an, und alle starben sie außer uns beiden; gurre, gurre!«

»Was sagt ihr da oben?«, rief Gerda. »Wo reiste die Schneekönigin hin? Wisst ihr etwas darüber?«

»Sie reiste sicher nach Lappland, denn dort ist immer Schnee und Eis. Frage nur das Rentier, das am Strick angebunden steht.«

»Dort ist Eis und Schnee, dort ist es herrlich und gut!«, sagte das Rentier. »Dort springt man frei umher in den großen, schimmernden Tälern. Da hat die Schneekönigin ihr Sommerzelt; aber ihr festes Schloss liegt oben gegen den Nordpol zu, auf der Insel, die Spitzbergen genannt wird!«

»O Kay, kleiner Kay!«, seufzte Gerda.

»Lieg jetzt endlich still«, sagte das Räubermädchen. »Sonst bekommst du das Messer in den Magen!«

Am Morgen erzählte Gerda ihr alles, was die Waldtauben

gesagt hatten, und das kleine Räubermädchen schaute ganz ernst drein; es nickte mit dem Kopf und sagte: »Es ist gleich, es ist gleich! – Weißt du, wo Lappland liegt?«, fragte sie das Rentier.

»Wer sollte das besser wissen als ich«, sagte das Rentier, und die Augen funkelten in seinem Kopf. »Dort bin ich geboren und aufgewachsen, dort bin ich auf den Schneefeldern umhergelaufen.«

»Hör«, sagte das Räubermädchen zu Gerda, »du siehst, alle unsere Mannsleute sind fort, nur Mutter ist noch hier und sie bleibt, aber im Laufe des Vormittages trinkt sie aus der großen Flasche und macht danach ein Schläfchen; dann will ich etwas für dich tun!«

Nun sprang sie aus dem Bett, fiel der Mutter um den Hals, zupfte sie am Bart und sagte: »Mein lieber, süßer Ziegenbock, guten Morgen!« Und die Mutter knipste sie auf die Nase, dass sie rot und blau wurde; aber das tat sie alles aus lauter Liebe.

Als dann die Mutter aus ihrer Flasche getrunken hatte und ein kleines Schläfchen machte, ging das Räubermädchen zum Rentier hin und sagte: »Ich habe so recht Lust, dich noch viele Male mit dem scharfen Messer zu kitzeln, denn dann bist du so lustig. Aber es ist gleich, ich will dich losbinden und dir hinaushelfen, damit du nach Lappland laufen kannst. Du musst laufen, was du nur kannst, und dieses kleine Mädchen zum Schloss der Schneekönigin bringen, wo ihr Spielgefährte ist. Du hast ja sicher gehört, was sie erzählte, denn sie sprach laut genug und du horchtest!«

Das Rentier machte einen Luftsprung vor Freude. Das Räubermädchen hob die kleine Gerda hinauf und war so umsichtig, sie festzubinden, ja, ihr sogar ein kleines Kissen zu geben, auf dem sie sitzen konnte. »Es ist gleich«, sagte sie, »da hast du deine Pelzstiefel, denn es wird kalt, aber den Muff behalte ich, er ist allzu hübsch! Du sollst aber trotzdem nicht frieren. Hier hast du die großen Fausthandschuhe meiner Mutter, sie reichen dir bis an die Ellbogen; kriech hinein! – Jetzt siehst du an den Händen aus wie meine abscheuliche Mutter!«

Und Gerda weinte vor Freude.

»Ich kann es nicht leiden, dass du flennst«, sagte das Räubermädchen. »Jetzt solltest du gerade vergnügt aussehen! Und da hast du zwei Brote und einen Schinken, dann musst du nicht hungern.« Beides wurde hinten auf das Rentier gebunden; das kleine Räubermädchen öffnete die Tür, lockte alle die großen Hunde herein, und dann schnitt sie den Strick mit ihrem Messer durch und sagte zum Rentier: »Lauf denn! Aber gib wohl Acht auf das kleine Mädchen!«

Und Gerda streckte die Hände mit den großen Fausthandschuhen nach dem Räubermädchen aus und sagte Lebewohl. Dann flog das Rentier davon über Büsche und Stoppeln, durch den großen Wald, über Moore und Steppen, so schnell es nur konnte. Die Wölfe heulten und die Raben krächzten. »Fut, fut!«, sagte es am Himmel. Es war, als niese er rot.

»Das sind meine alten Nordlichter!«, sagte das Rentier. »Sieh nur, wie sie leuchten!« Und dann lief es noch schneller von dannen, Tag und Nacht; die Brote wurden verzehrt, der Schinken auch, und dann waren sie in Lappland.

SECHSTE GESCHICHTE

Die Lappin und die Finnin

Sie hielten vor einem kleinen Haus, das war sehr armselig. Das Dach ging bis zur Erde herab, und die Tür war so niedrig, dass die Familie auf dem Bauch kriechen musste, wenn

sie heraus- oder hineinwollte. Hier war niemand zu Hause
außer einer alten Lappin, die dastand und an einer Tranlampe
Fische briet; und das Rentier erzählte Gerdas ganze Geschichte, aber erst seine eigene, denn es fand, die sei viel
wichtiger, und Gerda war von der Kälte so mitgenommen,
dass sie nicht sprechen konnte.

»Ach, ihr Ärmsten!«, sagte die Lappin. »Da habt ihr noch
weit zu laufen! Ihr müsst noch über hundert Meilen nach
Finnmarken hinein, denn dort wohnt die Schneekönigin
und zündet jeden Abend bengalische Flammen an. Ich
werde ein paar Worte auf einen gedörrten Stockfisch schreiben, Papier habe ich nicht, den werde ich euch mitgeben für
die Finnin dort oben, die euch besser Auskunft geben kann
als ich.«

Und als nun Gerda sich gewärmt hatte und sie zu essen
und zu trinken bekommen hatte, schrieb die Lappin ein paar
Worte auf einen gedörrten Stockfisch und bat Gerda, gut auf
ihn aufzupassen, band sie wieder auf dem Rentier fest, und
dieses sprang davon. »Fut, fut!«, sagte es oben in der Luft; die
ganze Nacht über brannte das schönste blaue Nordlicht, und
dann kamen sie nach Finnmarken und klopften an den
Schornstein der Finnin, denn sie hatte nicht einmal eine Tür.

Es war eine Hitze dort drinnen, dass die Finnin selbst fast
nackt ging; klein war sie und schmutzig. Sie löste Gerda
gleich die Kleider, zog ihr die Fausthandschuhe und die Stiefel aus, denn sonst wäre es ihr zu heiß geworden, legte dem
Rentier ein Stück Eis auf den Kopf und las dann, was auf
dem Stockfisch geschrieben stand. Sie las es dreimal, dann
konnte sie es auswendig und steckte den Fisch in den Kochtopf, denn er ließ sich ja noch essen und sie vergeudete nie
etwas.

Nun erzählte das Rentier erst seine Geschichte, dann die
der kleinen Gerda, und die Finnin blinzelte mit den Augen,

sagte aber nichts. »Du bist so klug«, sagte das Rentier. »Ich weiß, du kannst alle Winde der Welt in einen Nähfaden knüpfen; wenn der Schiffer den einen Knoten löst, bekommt er guten Wind, löst er den zweiten, dann bläst es heftig, und löst er den dritten und vierten, dann stürmt es, dass die Wälder umfallen. Willst du dem kleinen Mädchen nicht einen Trunk geben, dass es Zwölfmännerstärke erhält und die Schneekönigin überwinden kann?«

»Zwölfmännerstärke«, sagte die Finnin, »ja, das würde allerhand ausrichten!« Und dann ging sie zu einem Brett, holte ein großes, zusammengerolltes Fell hervor und rollte es auf. Es waren sonderbare Buchstaben darauf geschrieben, und die Finnin las, dass ihr das Wasser von der Stirn troff.

Aber das Rentier bat noch einmal so sehr für die kleine Gerda, und Gerda sah die Finnin mit so flehenden, tränenvollen Augen an, dass diese wieder mit den ihren zu blinzeln begann und das Rentier in eine Ecke zog, wo sie ihm etwas zuflüsterte, während es frisches Eis auf den Kopf bekam.

»Der kleine Kay ist allerdings bei der Schneekönigin und findet dort alles nach seinem Wunsch und Willen und glaubt, es sei der beste Ort der Welt. Aber das kommt daher, weil er einen Glassplitter ins Herz und ein kleines Glaskörnchen ins Auge bekommen hat; die müssen erst heraus, sonst wird er nie wieder ein Mensch und die Schneekönigin wird ihn in ihrer Macht behalten.«

»Aber kannst du der kleinen Gerda nicht etwas eingeben, damit sie über das alles Macht erhält?«

»Ich kann ihr keine größere Macht geben, als sie schon hat! Siehst du nicht, wie groß die ist? Siehst du nicht, wie Menschen und Tiere ihr dienen müssen und wie sie auf bloßen Füßen so gut in der Welt vorangekommen ist? Sie braucht ihre Macht nicht von uns zu bekommen, sie sitzt in ihrem Herzen und besteht allein darin, dass sie ein liebes, unschuldiges Kind ist. Kann sie nicht selbst zur Schneekönigin hineingelangen und den kleinen Kay von den Glassplittern befreien, dann können wir ihr nicht helfen! Zwei Meilen von hier beginnt der Garten der Schneekönigin, dorthin kannst du das kleine Mädchen tragen; setze sie bei dem großen Busch ab, der voll roter Beeren im Schnee steht; mache kein langes Geschwätz, sondern kehre schnell hierher zurück!« Und dann hob die Finnin die kleine Gerda auf das Rentier, das lief, so schnell seine Beine es tragen konnten.

»Oh, ich habe meine Stiefel nicht! Ich habe meine Fausthandschuhe nicht!«, rief die kleine Gerda; das spürte sie in der schneidenden Kälte; aber das Rentier wagte nicht anzuhalten, es lief, bis es an den großen Busch mit den roten Beeren kam. Dort setzte es Gerda ab, küsste sie auf den Mund, und es liefen große, blanke Tränen über des Tieres Backen herab, und dann rannte es, was es nur konnte, wieder zurück. Da stand die arme Gerda, ohne Schuhe, ohne Handschuhe, mitten in dem fürchterlichen, eiskalten Finnmarken.

Sie lief weiter, so schnell sie es vermochte; da kam ein ganzes Regiment Schneeflocken; aber sie fielen nicht vom Himmel herab, der war ganz klar und leuchtete von Nordlichtern; die Schneeflocken liefen richtig über die Erde hin, und je näher sie kamen, desto größer wurden sie. Gerda erinnerte sich wohl daran, wie groß und künstlich sie damals ausgesehen hatten, als sie durch das Brennglas sah; aber hier waren sie allerdings noch viel größer und fürchterlicher, sie waren lebendig, sie waren Vorposten der Schneekönigin. Sie hatten die seltsamsten Gestalten; einige sahen aus wie garstige, große Stachelschweine, andere wie ganze Knäuel aus Schlangen, die die Köpfe hervorstreckten, und wieder andere wie kleine, dicke Bären, deren Haare sich sträubten, alle glänzend weiß, alle waren lebendige Schneeflocken.

Da betete die kleine Gerda ihr Vaterunser, und die Kälte

war so groß, dass sie ihren eigenen Atem sehen konnte; wie Rauch strömte er aus ihrem Mund; der Atem wurde dichter, und er formte sich zu kleinen, lichten Engeln, die zusehends wuchsen, wenn sie die Erde berührten; und alle hatten sie Helme auf dem Kopf und Speer und Schild in den Händen. Es wurden immer mehr, und als Gerda ihr Vaterunser beendet hatte, war sie von einer ganzen Legion umgeben. Sie hieben mit ihren Speeren auf die gräulichen Schneeflocken ein, so dass sie in hundert Stücke zersprangen, und die kleine Gerda ging ganz sicher und unverzagt weiter. Die Engel streichelten ihre Füße und Hände, und da fühlte sie weniger, wie kalt es war, und ging rasch auf das Schloss der Schneekönigin zu.

Aber nun wollen wir erst sehen, wie es Kay ging. Er dachte wahrlich nicht an die kleine Gerda, und am allerwenigsten daran, dass sie draußen vor dem Schloss stand.

SIEBENTE GESCHICHTE

Was sich im Schloss der Schneekönigin zutrug und
was später geschah

Die Wände des Schlosses waren aus stiebendem Schnee und Fenster und Türen aus schneidenden Winden; es waren über hundert Säle, je nachdem der Schnee stob; der größte erstreckte sich viele Meilen weit, alle beleuchtet von dem starken Nordlicht, und sie waren so groß, so leer, so eisig kalt und so glitzernd. Niemals herrschte hier Fröhlichkeit, es wurde nicht einmal ein kleiner Bärenball abgehalten, wo der Sturm aufblasen und die Eisbären auf den Hinterbeinen gehen und feine Manieren zeigen konnten; niemals eine kleine Spielgesellschaft mit Maulklapp und Tatzenschlag; niemals ein klein wenig Kaffeeklatsch von den weißen Fuchsfräulein her; leer, groß und kalt war es in den Sälen der Schneekönigin. Die Nordlichter flammten so regelmäßig, dass man zählen konnte, wann sie am höchsten und wann sie am niedrigsten standen. Mitten in dem leeren, unendlichen Schneesaal war ein gefrorener See. Er war in tausend Stücke zerborsten, aber jedes Stück glich dem andern so genau, dass es ein wahres Kunstwerk war; und mitten darauf saß die Schneekönigin, wenn sie zu Haus war, und dann sagte sie, sie sitze im Spiegel des Verstandes, und das sei das Einzige und das Beste auf dieser Welt.

Der kleine Kay war ganz blau vor Kälte, ja, fast schwarz; aber er merkte es nicht, denn sie hatte ihm ja den Kälteschauer weggeküsst und sein Herz war wie ein Eisklumpen. Er schleppte einige scharfe, flache Eisstücke mit sich herum, die er auf alle möglichen Arten zusammenlegte; denn er wollte ein Muster daraus bilden; es war, als wenn wir andern kleine Holztafeln haben und diese zu Figuren zusammenfügen, was man das chinesische Spiel nennt. Kay legte alle Figuren, die allerkunstvollsten, es war das Verstandes-Eisspiel. In seinen Augen waren die Figuren ganz ausgezeichnet und von allerhöchster Wichtigkeit: Das bewirkte das Glaskörnchen, das ihm im Auge saß! Er legte ganze Figuren, die ein geschriebenes Wort bildeten; aber nie wollte es ihm gelingen, das Wort zu legen, das er just legen wollte, das Wort: Ewigkeit. Und die Schneekönigin hatte gesagt: »Kannst du mir diese Figur herausfinden, dann sollst du dein eigener Herr sein, und ich schenke dir die ganze Welt und ein Paar neue Schlittschuhe.« Aber er konnte es nicht.

»Nun sause ich fort nach den warmen Ländern!«, sagte die Schneekönigin. »Ich will hin und in die schwarzen Töpfe gucken!« – Das waren die Feuer speienden Berge, Ätna und Vesuv, wie man sie nennt. »Ich werde sie ein wenig weiß machen! Das gehört dazu; das wird den Zitronen und Weintrauben guttun!« Und dann flog die Schneekönigin davon, und Kay saß ganz allein in dem viele Meilen großen, leeren Eissaal und schaute die Eisstücke an und dachte und dachte, so dass es in ihm knackte; ganz starr und still saß er da, man hätte glauben können, er sei erfroren.

Da trat die kleine Gerda durch das große Tor, das aus schneidenden Winden bestand, ins Schloss; aber sie sprach ihr Abendgebet, und da legten sich die Winde, als wollten sie schlafen, und sie trat in die großen, leeren, kalten Säle ein. Da erblickte sie Kay, sie erkannte ihn, sie flog ihm um den Hals, hielt ihn fest und rief: »Kay! Lieber kleiner Kay! So habe ich dich gefunden!«

Aber er saß ganz still, starr und kalt; da weinte die kleine Gerda heiße Tränen, sie fielen auf seine Brust, sie drangen in sein Herz hinein, sie tauten die Eisklumpen auf und verzehrten das kleine Spiegelstückchen da drinnen; er sah sie an und sie sang das Lied:

»Im Tale blühen die Rosen so schön,
Dort werden wir das Jesuskind sehn!«

Da brach Kay in Tränen aus; er weinte so sehr, dass das Spiegelkörnchen aus seinem Auge herausrollte, er erkannte sie und jubelte: »Gerda! Liebe kleine Gerda! – Wo bist du nur so lange gewesen? Und wo bin ich gewesen?« Und er blickte sich um. »Wie kalt es hier ist! Wie leer und groß es hier ist!« Und er hielt sich an Gerda fest, und sie lachte und weinte vor Freude; es war so beglückend, dass selbst die Eisstücke vor Freude im Kreise tanzten, und als sie müde waren und sich niederlegten, lagen sie gerade in den Buchstaben, von denen die Schneekönigin gesagt hatte, er solle sie ausfindig machen, dann sei er sein eigener Herr und sie wolle ihm die ganze Welt und ein Paar neue Schlittschuhe schenken.

Und Gerda küsste seine Wangen, und sie wurden blühend; sie küsste seine Augen, und sie leuchteten wie die ihren; sie küsste seine Hände und Füße, und er war gesund und munter. Die Schneekönigin mochte ruhig nach Hause kommen, sein Freibrief stand da mit glitzernden Eisstücken geschrieben.

Und sie fassten einander bei den Händen und wanderten aus dem großen Schloss hinaus; sie sprachen von Großmutter und von den Rosen oben auf dem Dach; und wo sie gingen, lagen die Winde ganz still und die Sonne brach hervor. Und als sie den Busch mit den roten Beeren erreichten, stand das Rentier dort und wartete; es hatte ein anderes junges Rentier bei sich, dessen Euter voll war, und es gab den Kleinen seine warme Milch und küsste sie auf den Mund. Darauf trugen sie Kay und Gerda zuerst zur Finnin, wo sie sich in der heißen Stube wärmten und Bescheid über die Heimreise erhielten, und dann zur Lappin, die ihnen neue Kleider genäht und ihren Schlitten instand gesetzt hatte.

Und das Rentier und das junge Rentier sprangen neben dem Schlitten her und begleiteten sie bis an die Grenze des Landes; dort guckte das erste Grün hervor, und dort nahmen sie Abschied von dem Rentier und der Lappin. »Lebt wohl!«, sagten sie alle. Und die ersten kleinen Vögel begannen zu zwitschern, der Wald hatte grüne Knospen, und aus ihm kam herausgeritten auf einem prächtigen Pferd, das Gerda kannte (es war vor die Goldkutsche gespannt gewesen), ein junges Mädchen mit einer leuchtend roten Mütze auf dem Kopf und Pistolen im Halfter; es war das kleine Räubermädchen, das es satt hatte, zu Hause zu sein, und nun erst gegen Norden wollte und später nach einer anderen Gegend, falls es ihr dort nicht gefiele. Sie erkannte Gerda sofort und Gerda erkannte sie; das war eine Freude!

»Du bist ein komischer Kerl, dich so herumzutreiben!«,

sagte sie zum kleinen Kay. »Ich möchte wohl wissen, ob du es verdienst, dass man deinetwegen bis ans Ende der Welt läuft!«

Aber Gerda streichelte ihr die Wange und fragte nach dem Prinzen und der Prinzessin.

»Die sind nach fremden Ländern gereist!«, sagte das Räubermädchen.

»Aber die Krähe?«, fragte die kleine Gerda.

»Ja, die Krähe ist tot!«, antwortete sie. »Die zahme Liebste ist Witwe geworden und geht mit einem Stückchen schwarzen Wollfaden um das Bein; sie klagt jämmerlich und Geschwätz ist das Ganze! – Aber erzähle mir nun, wie es dir ergangen ist und wie du ihn erwischt hast!«

Und Gerda und Kay erzählten beide.

Und »Schnippschnapp-Schnurrebasselurre!«, sagte das Räubermädchen, fasste sie beide an den Händen und versprach, falls sie einmal durch ihre Stadt käme, dann wolle sie heraufkommen und sie besuchen, und dann ritt sie in die weite Welt hinaus. Aber Kay und Gerda gingen Hand in Hand, und wie sie so gingen, war es schöner Frühling mit Blumen und Grün; die Kirchenglocken läuteten, und sie erkannten die hohen Türme, die große Stadt, es war die, in der sie wohnten, und sie gingen in die Stadt hinein und hin zu Großmutters Tür, und die Treppe hinauf, in die Stube hinein, wo alles noch am gleichen Platz stand wie früher, und die Uhr sagte: »Tick, tack!« Und der Zeiger drehte sich; aber als sie durch die Tür gingen, merkten sie, dass sie erwachsene Menschen geworden waren. Die Rosen in der Dachrinne blühten zu den offenen Fenstern herein, und da standen die kleinen Kinderstühle und Kay und Gerda setzten sich jedes auf den seinen und hielten sich an den Händen; sie hatten die kalte, leere Herrlichkeit bei der Schneekönigin gleich einem schweren Traum vergessen. Großmutter saß in Gottes hellem Sonnenschein und las laut aus der Bibel vor: »Es sei denn, dass ihr euch umkehret und werdet wie die Kinder, so werdet ihr nicht ins Himmelreich kommen!«

Und Kay und Gerda schauten einander in die Augen, und sie verstanden auf einmal das alte Lied:

»Im Tale blühen die Rosen so schön,
Dort werden wir das Jesuskind sehn!«

Da saßen sie beide, erwachsen und doch Kinder, Kinder im Herzen, und es war Sommer, warmer, gesegneter Sommer.

Aus dem Dänischen von Albrecht Leonhardt

Hans Christian Andersen: »Tölpel-Hans«. Aus dem Dänischen von Albrecht Leonhardt. Originaltitel: »Klods-Hans«. In: Hans Christian Andersen, »Märchen«. Beltz & Gelberg, Weinheim & Basel 2004, S. 158–162. © der deutschen Übersetzung Beltz & Gelberg, Weinheim & Basel.

Johan Ludvig Runeberg: »Ein Weihnachtsabend im Lotsenhäuschen«. Aus dem Schwedischen von Wibke Kuhn. Originaltitel: »En julkväll i lotskojan«. In: Ylva Lindh (Hrsg.), »De bästa julberättelser«. Bokförlaget Semic, Sundbyberg 2006, S. 103–109.

August Blanche: »Der Ball des Seifenhändlers«. Aus dem Schwedischen von Wibke Kuhn. Originaltitel: »Tvålhandlarens bal«. In: Ylva Lindh (Hrsg.), »De bästa julberättelser«. Bokförlaget Semic, Sundbyberg 2006, S. 190–194.

Peter Christen Asbjørnsen/Jørgen Moe: »Ein altmodischer Heiligabend«. Aus dem Norwegischen von Nanna Quam, überarbeitet von Frank Zimmer. Originaltitel: »En gammeldags juleaften«. In: P. Chr. Asbjørnsen und J. Moe, »Sämtliche Volksmärchen und Erzählungen aus Norwegen. Erster Band. Verlag des Antiquariats Bernhard Schäfer, Bad Karlshafen 2003, S. 21–31. © der deutschen Übersetzung Europäische Märchengesellschaft e. V., Rheine.

August Strindberg: »Der Weihnachtsabend der Kammerfrau«. Aus dem Schwedischen von Wibke Kuhn. Originaltitel: »Pintorpafruns julafton«: In: Ylva Lindh (Hrsg.), »De bästa julberättelser«. Bokförlaget Semic, Sundbyberg 2006, S. 82–92.

Henrik Wranér: »Eine Weihnachtspredigt im Angebot«. Aus dem Schwedischen von Frank Zimmer. Originaltitel: »En julpredikan till salu«. In: Ylva Lindh (Hrsg.), »De bästa julberättelser«. Bokförlaget Semic, Sundbyberg 2006, S. 44–49.

Herman Bang: »Weihnachten – das Fest der Erinnerungen«. Aus dem Dänischen von Joachim Grage und Anne-Bitt Gerecke. Originaltitel: »Mindernes Fest. Jul«. In: Joachim Grage (Hrsg.), »Dänische Weihnachtserzählungen«. Gütersloher Verlagshaus, Gütersloh 1994, S. 57–61. © der deutschen Übersetzung Joachim Grage und Anne-Bitt Gerecke.

Astrid Lindgren: »Polly patent«. Aus dem Schwedischen von Karl Kurt Peters. Originaltitel: »Kajsa Kavat«. In: Astrid Lindgren »Sammelaugust und andere Kinder«. Verlag Friedrich Oetinger, Hamburg 1971, S. 20–37. © der deutschen Übersetzung Friedrich Oetinger Verlage.

Ole Strandgaard: »Der Wichtel – ein Weihnachtsmysterium«. Aus dem Dänischen von Catrin Frischer. Originaltitel: »Nissen – et julemysterium«. In: »Julehistorier«. Lindhardt & Ringhof, Kopenhagen 1998, S. 89–95. © Lindhardt & Ringhof.

Tine Bryld: »Friedliche Weihnacht«. Aus dem Dänischen von Catrin Frischer. Originaltitel: »Julefred«. In: Morten Kjær Petersen und Ninette Birch Ahlstrand (Hrsg.), »Det bliver jo altid jul«. DR Multimedie, Kopenhagen 2002, S. 40–44. © Tine Bryld.

K. Arne Blom: »Engel im Schnee«. Aus dem Schwedischen von Wibke Kuhn. Originaltitel: »Snöängel«. In: Marie-Anne Knutas und Andreas Nyberg (Hrsg.), »Midvintermord och andra kriminalnoveller«. Bokförlaget Semic, Sundbyberg 2001, S. 93–106. © K. Arne Blom.

Åke Edwardson: »Astrid und Isaak«. Aus dem Schwedischen von Angelika Kutsch. Originaltitel: »Astrid och Isaak«. In: Annelie Lindqvist und Andreas Nyberg (Hrsg.), »Kärlek i juletid«. Bokförlaget Semic, Sundbyberg 2006, S. 19–34. © Bokförlaget Semic.

Kjell Eriksson: »Weihnachtsüberraschung«. Aus dem Schwedischen von Wibke Kuhn. Originaltitel: »Julstök«. In: Annelie Lindqvist und Andreas Nyberg (Hrsg.), »Mord i juletid«. Bokförlaget Semic, Sundbyberg 2006, S. 75–87. © Bokförlaget Semic.

Hanne-Vibeke Holst: »Das erste Weihnachten«. Aus dem Dänischen von Catrin Frischer. Originaltitel: »Den første jul«. In: Morten Kjær Petersen und Ninette Birch Ahlstrand (Hrsg.), »Det bliver jo altid jul«. DR Multimedie, Kopenhagen 2002, S. 75–78. © Hanne-Vibeke Holst.

Martin Hall: »Neun Zigaretten«. Aus dem Dänischen von Catrin Frischer. Originaltitel: »Ni cigaretter«. In: »Julehistorier«. Lindhardt & Ringhof, Kopenhagen 1998, S. 19–24. © Lindhardt & Ringhof.

Mark Ørsten: »Die Weihnachtsshow«. Aus dem Dänischen von Catrin Frischer. Originaltitel: »Juleshow«. In: »Julehistorier«. Lindhardt & Ringhof, Kopenhagen 1998, S. 97–105. © Lindhardt & Ringhof.

Fredrik Brounéus: »Der blöde Pullover«. Aus dem Schwedischen von Frank Zimmer. Originaltitel: »Skitjumpern«. In: Annelie Lindqvist und Andreas Nyberg (Hrsg.), »Kärlek i juletid«. Bokförlaget Semic, Sundbyberg 2006, S. 9–18. © Fredrik Brounéus.

Hans Christian Andersen: »Die Schneekönigin«. Aus dem Dänischen von Albrecht Leonhardt. Originaltitel: »Snødronningen«. In: Hans Christian Andersen, »Märchen«. Beltz & Gelberg, Weinheim & Basel 2004, S. 337–373. © der deutschen Übersetzung Beltz & Gelberg, Weinheim & Basel.

Joanne Harris

Chocolat

Roman

ISBN 978-3-548-25244-5
www.ullstein-buchverlage.de

Ist Vianne Rocher eine Magierin? Sie verzaubert die Menschen mit ihren selbstgemachten Pralinés und Schokoladenkreationen. In dem französischen Städtchen, in dem sie sich niederlässt, gewinnt sie rasch Zugang zu allen Herzen. Mit einer Ausnahme: Pater Reynaud erklärt ihr, besorgt um das Seelenheil seiner Gemeinde, den Krieg.

Ein bezaubernder Roman um die unwiderstehliche Verführungskraft von Schokolade, verfilmt mit Juliette Binoche und Johnny Depp

»Dieser Roman macht Appetit auf Leckereien.«
Welt am Sonntag

ullstein

UB99

Regine Leisner

Die Rabenfrau

Roman

ISBN 978-3-548-26889-7
www.ullstein-buchverlage.de

Vor 11 500 Jahren mitten in Deutschland: Ravan, die junge Vogelfrau der Eschenleute, kämpft gegen den Schamanen Godain, der die Macht der Großen Mutter nicht anerkennt. Sie verstößt ihn aus dem Stamm, obwohl sie ihn liebt. Plötzlich bebt die Erde, eine Katastrophe kündigt sich an. Nur gemeinsam können Ravan und Godain ihr Volk retten. Eine große Liebesgeschichte, packend und historisch genau erzählt.

»Ein Debüt voller Fantasie und atmosphärischer Landschaftsbeschreibungen, das die mystische Verbindung zwischen dem frühen Menschen und der Natur beschwört.« *Woman*

ullstein

UB462

Alexandra Kilian / Milosz Matuschek

MANN MIT GRILL
SUCHT FRAU MIT KOHLE

Ein Selbstversuch in 100 Kontaktanzeigen

Piper München Zürich

Mehr über unsere Autoren und Bücher:
www.piper.de

MIX
Papier aus verantwor-
tungsvollen Quellen
FSC® C014496

Originalausgabe
August 2012
© Piper Verlag GmbH, München 2012
Umschlaggestaltung: semper smile, München
Umschlagabbildung: Denis Scott/Corbis
Autorenfotos: Zvonimir Bašić (Milosz Matuschek),
Karin Kaiser (Alexandra Kilian)
Satz: Kösel, Krugzell
Gesetzt aus der Palatino
Papier: Munken Print von Arctic Paper Munkedals AB, Schweden
Druck und Bindung: GGP Media GmbH, Pößneck
Printed in Germany   ISBN 978-3-492-27427-2